KB268769

魔宗

하오문금소

김시우 新무협 판타지 소설

FANTASTIC ORIENTAL HEROES

하오문 금오 5

김시우 新무협 판타지 소설

초판 1쇄 찍은 날 § 2008년 5월 19일
초판 1쇄 펴낸 날 § 2008년 5월 29일

지은이 § 김시우
펴낸이 § 서경석

편집장 § 문혜영
편집책임 § 이재권

펴낸곳 § 도서출판 청어람
등록번호 § 제1081-1-89호
등록일자 § 1999. 5. 31
어람번호 § 제2-1489호

주소 § 경기도 부천시 원미구 심곡1동 350-1 남성B/D 3F (우) 420-011
전화 § 032-656-4452 팩스 § 032-656-4453
http://www.chungeoram.com
E-mail § eoram99@chollian.net

ⓒ 김시우, 2008

ISBN 978-89-251-1320-3 04810
ISBN 978-89-251-1122-3 (세트)

魔宗

하오문 금오

[완결]

5

FANTASTIC ORIENTAL HEROES

김시우 新무협 판타지 소설

도서출판 청어람

第一章　황자 주원호

下午
門鷄

$$1$$

“놈을 막아라!!”

도패륵이 소리쳤다. 평소의 그라고 생각하기 힘든 발언이다. 하지만 이것은 그의 본능이 쏟아낸 말이었다. 금오를 발견한 순간 ‘저자와 부딪치면 죽는다’는 생각이 본능적으로 떠올랐던 것이다.

“그 많은 사람을 해쳐 놓고 너는 오래 살고 싶다 이거냐?!!”

금오는 사왕검수단이 달려올 틈도 주지않고 도패륵을 향해 쇄도해 들어갔다. 중간에 있던 몇몇 검수가 앞을 가로막았지만, 그들은 금오의 속도를 잠시도 늦추지 못하였다.

파파팟!!!

금오는 운약선녀보로 그들 사이를 헤집으며 지풍을 쏘아
냈고, 그가 지나간 자리에 서 있던 검수들은 배를 움켜쥐며
그 자리에 고꾸라졌다. 단전 부위에서 선혈이 흘러나오는 것
으로 보아 무공을 폐지해 버린 것이 분명했다.

그렇게 순식간에 도패륵 앞에 도착한 금오는 달려가는 속
도 그대로 도패륵에게 일권을 내질렀다.

"지국쇄금수!!"

수미신공의 첫 번째 초식을 권으로 쏟아낸 것이다.

우웅!!

묵직한 공기 울림과 함께 그의 주먹에서 황금빛 권영이 쏟
아져 나왔다.

"나를 너무 우습게봤다, 꼬맹이 녀석!!"

도패륵은 기다렸다는 듯 마주 일권을 뻗어냈다. 사실 그는
수미금강저가 겁났던 것일 뿐, 금오는 조금도 두렵지 않았다.
내력에서는 자신이 훨씬 앞선다는 믿음이 있었기 때문이다.
그런데 금오가 알아서 권으로 싸움을 걸어오니 이 얼마나 고
마운 일인가?

이 절호의 기회를 놓치지 않고 금오에게 타격을 주어야 한
다고 판단한 도패륵은 뻗어낸 일권에 전력을 쏟아 부었다.
이 공격으로 일정 수준 이상의 타격을 줄 수만 있다면 금오
에게 수미금강저가 있다 하더라도 얼마든지 꺾을 자신이 있
었다.

이윽고 두 사람의 공격이 격돌하는 순간,

끄릉!!

압축된 공기가 폭발하는 듯한 소리가 울려 나왔다. 그와 동시에,

"크윽!!!"

내력 면에서는 절대 뒤지지 않는다고 자부하고 있던 도패륵이 고통스러운 신음과 함께 뒤로 서너 걸음이나 밀려나고 말았다.

"우습게본 건 바로 너야!!"

금오가 연이어 공격해 들어갔다.

"지국쇄금수!!"

둘째 초식은 쓸 필요조차 없다는 듯 금오는 또다시 첫째 초식을 펼쳐 냈다.

'이렇게 되면…….'

내공에서조차 밀린 도패륵은 이 자리를 벗어나야 한다고 생각했다.

"죽어라, 꼬맹이 녀석!!"

도패륵은 이번에도 마주 일권을 뻗어냈다. 충돌의 반탄력으로 몸을 날려 도주할 계획이었다. 그런데 쌍방의 권격이 충돌하는 순간, 금오의 권영이 꺼지듯 사라져 버리지 않겠는가? 그와 동시에 금오의 신형도 사라졌다 나타나듯 순식간에 옆으로 이동하였다.

도패륵은 급히 권을 회수하며 금오가 움직인 방향으로 시선을 돌렸다.

씨익!!

웃고 있었다. 처음 나타났을 때처럼 금오가 환한, 아니, 도패륵이 보기에는 너무나도 징그러운 웃음을 짓고 있었다. 그리고,

우우웅!!

황금빛 찬란한 수미금강저가 직선으로 뻗어 나왔다. 봉끝에 달린 입체 칼날이 무서운 속도로 회전하는 것이 도패륵의 눈에 확대되어 들어왔다.

'막아야 한다.'

도패륵은 본능적으로 손을 내밀어 수미금강저의 봉 부분을 움켜쥐었다. 그의 악력이라면 굳이 내력을 싣지 않는다 해도 반 갑자 이상의 위력을 지니고 있다. 거기에 혼신의 내력까지 실렸으니 움직임이 멈추거나 최소한 늦어지기라도 해야 정상이다. 그런데 마치 얼음을 움켜쥔 듯 그것은 아무 저항 없이 그의 손아귀를 그대로 미끄러져 지나왔다.

크그그극!!!

자신의 살과 뼈가 갈려 나가는 소리를 듣는 기분은 어떤 것일까? 도패륵은 자신의 왼 가슴에서 그 소리가 울려오는 것을 똑똑히 들을 수 있었다. 소름 따위는 끼치지 않는다. 고통도 없다. 심장이 있던 자리에 커다란 구멍이 뚫려 버린 사람은

그런 것을 느낄 수 없는 법이니까.

"끄르륵!!"

도패륵은 약간의 피거품과 함께 기이한 음성을 흘려내며 눈을 허옇게 뒤집어 떴다. 자신의 능력을 키우기 위해 백 명의 여인을 제물로 삼았던 괴물의 죽음치고는 너무나 깨끗했다. 하지만 그 여죄에 대한 대가는 저승에서 톡톡히 치러야 할 것이다, 끝없이 긴 시간 동안.

너무도 간단하게 도패륵이 당하는 장면을 목격한 설화는 그 자리에 얼어붙은 듯 꼼짝도 하지 못하였다. 금오의 능력을 견식한 사왕검수단도 섣불리 나서지 못하기는 마찬가지였다.

"꿇어."

금오가 나직한 음성과 함께 설화의 무릎을 향해 지풍을 쏘아냈다.

"아흑!!"

무릎에 구멍이 뚫린 설화는 고통스러운 신음과 함께 그 자리에 주저앉았고, 금오는 느릿하게 시선을 돌려 사왕검수단을 쓸어보았다.

"조무래기는 죽일 생각 없어. 이제라도 생각을 바꿔 오래 살고 싶은 놈은 사신교를 떠나는 게 좋을 거다. 꿋꿋하게 사신교에 충성하다간 조만간 몰살을 면치 못할 테니까. 자, 이제부터 마음속으로 열을 셀 거야. 열을 세고 나서도 남아 있는 놈은 죽고 싶다는 뜻으로 받아들일 테니 알아서 해.”

이렇게 말하며 금오는 그들 사이로 천천히 걸어 들어가기 시작했다. 그러자 기세가 완전히 꺾인 사왕검수단은 움찔움찔 물러나며 길을 내주기 시작했다. 하지만 사람이 많다 보면 그중에는 꼭 사태 파악을 못하는 인간이 한두 명쯤 있기 마련이다.

“사신교는 겁쟁이만 모인 곳이 아니다!!”

검수 하나가 동료를 헤치고 나오며 금오의 측면을 공격해 들어왔다. 나름대로 훈련을 받은 자들인만큼 그의 검은 제법 날카로웠다. 그러나 상대는 금오였다. 그것도 환골탈태한 금오였다.

퍼억!!

아주 시원한 격타음이 일대에 울려 퍼졌고, 기세 좋게 달려들던 검수는 얼굴 한가운데가 제대로 망가진 채 뒤로 나자빠졌다. 그나마 손에 인정을 두어 목숨은 건진 것 같았지만, 피범벅이 된 얼굴로 혼절한 모습은 동료들에게 공포심을 심어 주기에 충분했다.

“살고 싶지 않은 놈들만 모였다면 모조리 죽여주마!!”

잔뜩 겁에 질려 있는 상태에서 금오가 소리를 지르며 수미금강저를 휘두르자 주변에 있던 자들은 혼비백산하여 도망치기 시작했다. 그러자 뒤에 있던 자들도 그들에 휩쓸려 도망치고 말았다.

금오는 그들이 도망치도록 놔둔 뒤, 백염객점 측면에 있던 나지막한 언덕으로 신형을 날렸다. 일행이 아직 활시와 싸우느라 애를 먹고 있는 것을 알면서도 엉뚱한 곳으로 달려간 것은 그곳에서 방울 소리가 울려 나오고 있다는 것을 알아챈 까닭이다.

스아앗!!

그가 언덕 위에 나타나자 그 뒤에 숨어 있던 법사들은 혼비백산하고 말았다.

"멀쩡한 사람들을 시체로 만들어서 부려먹는 너희들이 인간이냐?"

딸랑, 딸랑, 딸랑!!!

법사들은 도망쳐 봐야 소용없다는 것을 잘 아는 듯 다급히 방울을 울려댔다. 그러자 빙영 일행을 공격하고 있던 활시들이 신형을 쏘아오기 시작했다. 하지만 그것은 다 소용 없는 짓이었다. 금오가 법사들을 죽여 버리기로 이미 작정을 한 까닭이다.

위위위윙!!!

금오가 수미금강저를 들고 법사들을 한차례 쓸고 지나가는 순간 세 마디의 비명이 허공에 울려 퍼졌고, 달려오던 활시들은 그 자리에 우뚝 멈추어 선 채 더 이상 움직일 생각을 하지 않았다.

적의 핵심을 제거함으로써 싸움을 간단히 마무리 지은 금오는 재빨리 몸을 낮춰 언덕 뒤로 숨어들었다. 그리고는 살그머니 고개를 내밀어 빙영 일행의 동태를 살폈다. 그런데,

"이번엔 또 어디로 도망치려고?"

뒤에서 묘묘의 음성이 들려오지 않겠는가? 뿐만 아니라 빙영과 주선하도 어느새 언덕에 거의 다가온 상태였다. 그가 법사들을 처리하는 사이에 몰려온 것이 분명했다.

"다시 한 번 도망치면 사신교 놈들보다 우리 손에 먼저 죽을 줄 알아라."

곧이어 전마가 좌측에서 모습을 드러내며 말하였고, 장쾌는 우측을 가로막으며 말이 필요없다는 듯 쇠몽둥이를 붕붕 휘둘렀다.

"내가 언제 도망을 쳤다고 그래? 난 단지 급히 볼일이 있어서……."

"그 입 닥치지 않으면 나와 생사를 겨뤄야 할 거야!"

빙영이 소리쳤다. 얼음 가루가 풀풀 날리는 음성이다. 정말 화가 났다는 얘기다.

"그러게 나는……."

"나쁜 자식!!"

금오가 변명을 또 하려 하자 빙영은 정말 목을 베기라도 하겠다는 듯 검을 뽑아 들며 공격해 들어갔다.

"언니!!"

주선하와 묘묘가 동시에 소리쳤다. 하지만 그녀의 검은 어

느새 금오의 목에 떨어져 내린 뒤였고, 금오 또한 피할 생각을 않고 그대로 서 있는 상태였다.

하지만 빙영이 금오의 목을 베는 일은 일어나지 않았다. 그녀의 검은 목에 닿을 듯 멈추어져 있었고, 그녀의 눈에는 그렁한 눈물이 고여 있었다.

"나쁜 자식……."

빙긋!

금오가 웃음 지었다.

"살아 돌아왔으면 됐지, 뭐."

"나쁜 자식……."

빙영은 다른 말을 도저히 떠올릴 수 없는지 '나쁜 자식'이라는 말만 거듭하였다. 그리고 결국은 양안에 그득했던 눈물로 흘러내리고 만다. 눈물을 보이고 싶지는 않았는데…….

"미안, 미안. 다음부턴 꼭 말을 하고 떠날게. 하다못해 서찰이라도 남겨두던지."

금오가 대답을 하는 순간이었다.

"또 도망치겠다고!!"

일행이 도끼눈으로 쏘아보며 동시에 고함을 질렀다.

'씨바, 살벌하네… 내 발 가지고 내가 돌아다니겠다는데 왜 댁들이 난리냐고요.'

이런 생각이 들었지만 결코 입 밖에 낼 수는 없었다. 그랬다간 저 인간들이 죽이겠다고 달려들 게 뻔했으니까.

“자, 자, 저기 아래 잡아놓은 여자가 하나 있으니 한번 가 보자고. 오랜만에 만났으니 객점에서 술도 한잔 마시고…….”

금오는 분위기를 돌리기 위해 실없는 놈처럼 괜히 히죽히죽 웃어대며 일행을 달래야 했다. 그제야 일행은 표정을 약간 누그러뜨렸지만 여전히 믿지는 못하겠다는 듯 포위망(?)을 풀지는 않았다.

“도망 안 갈게. 약속할 테니까, 제발 내 사생활도 좀 생각해 달라고.”

‘무슨 사생활을 말하는 건데?

일행들이 이런 눈길로 쳐다보고 있을 때였다.

“끌끌… 눈치들이 그렇게 없으니 저 녀석이 도망을 다니지.”

개지박사가 석두 선사와 함께 나타나며 끌탕을 하였다.

“그게 무슨 말씀이세요?”

묘묘가 묻자 개지박사가 답답하다는 표정으로 대답했다.

“금오와 빙영이 어떤 사이라는 것까지 꼭 내 입으로 말을 해야 알겠냐?”

“무슨… 사인데요?”

묘묘가 묻자 금오가 얼른 끼어들어 개지박사의 말을 막으려 하였다. 하지만,

“부부 사이다!! 이제 알아듣겠냐?”

개지박사가 먼저 소리치고 말았다.

부부… 애인도 아니고 부부 사이란다.

주선하는 쇠망치로 뒤통수를 얻어맞은 듯 멍한 표정이 되었고, 장쾌와 전마는 '그런 일이 있었어?' 하는 표정으로 금오와 빙영을 번갈아 보았다. 그런 사실을 이미 알고 있던 묘묘만이 다소 어두운 표정으로 고개를 떨굴 뿐이다.

'망할 영감탱이……'

금오가 이런 눈길로 노려보자 개지박사는 '내가 뭘?' 하는 표정으로 딴청을 피웠다. 그리고 빙영은 목덜미까지 붉게 물들인 채 고개를 폭 숙이고 있었다.

"어서들 내려가자."

개지박사가 금오의 눈길을 피해 슬그머니 돌아서자 장쾌와 전마도 입맛을 쩍 다시며 뒤를 쫓았다.

"가요."

묘묘가 손을 잡아끌자 그때까지 멍한 표정을 짓고 있던 주선하도 천천히 발길을 돌렸다.

후두둑!

그녀의 발치로 맑은 눈물이 흩뿌려진다. 빙영과 보통 사이가 아니라는 것은 알았지만 부부라는 건 얘기가 또 다르다. 주선하의 여린 마음은 그만 상처를 입고 말았다.

마지막으로 석두 선사도 언덕 너머로 사라지자 금오는 빙영의 손을 살짝 움켜쥐었다.

“많이 걱정했던 거야?”

“난 당신이 죽은 줄 알았어.”

빙영이 나직하게 대답했다. 또 눈물이 흘러내린다.

“날 너무 우습게보지 말라니까 그러네. 내 명줄은 그렇게 간단하게 끊어지지 않아. 죽더라도 내가 할 일은 다 마치고 죽을 거라고.”

금오는 그녀를 가만히 안아주었다.

“그런데 왜 이렇게 늦었던 거야?”

“아, 그게 말이야…….”

사실은 죽을 뻔했다는 말을 할 수 없었던 금오는 부상을 치유할 약초를 캐러 돌아다니다가 독의 마충광을 만났다고 거짓말을 하였다. 하지만 그다음부터는 있는 그대로 모두 얘기해 주었다.

“그럼, 부상당한 게 전화위복이 된 거였네? 난 그런 것도 모르고…….”

“그러게 괜히 불안한 생각부터 하는 버릇 좀 고쳐. 사람이 자꾸 그러면 행운이 오다가도 불행으로 바뀐다잖아. 항상 모든 일을 긍정적으로 생각하라고. 눈앞에 닥친 나쁜 일이 때에 따라선 좋은 일로 변할 수도 있는 거니까.”

“알았어. 하지만 당신도 다음부터는 그런 식으로 도망치지 말아.”

“글쎄, 그건 도망친 게 아니라… 윽!!”

금오는 말을 하다 말고 옆구리를 움켜쥐었다. 빙영의 꼬집기 마공(?)에 제대로 걸려든 까닭이다.

"아흐흐… 어떻게 꼬집는 게 칼 맞는 거보다 더 아프냐… 당신, 지금 내공을 실어서 꼬집은 거 맞지."

금오가 울상을 지으며 중얼거리자 빙영이 풋, 웃음을 터뜨리며 대답했다.

"그럼 도검불침이신 몸을 그냥 꼬집었겠어?"

오랜만에 빙영의 얼굴에 환한 미소가 피어난다.

2

도대체 무슨 짓을 한 것인지 금오와 빙영은 거의 반 시진이 지나서야 객점으로 돌아왔다. 주선하와 묘묘소녀는 구석진 자리에 따로 앉아 있었고, 네 명의 남자는 한자리에 앉아서 술을 마시고 있었다. 술고래 석두 선사와 밥고래 장쾌가 한자리에 앉다 보니 탁자 주변엔 빈 음식 그릇과 술병이 산더미처럼 쌓여 있었다.

그런데 객점에는 그들 외에 또 다른 손님이 와 있었다. 그녀는 하화였다.

빙영과 함께 돌아오는 금오를 보고 하화는 얼른 자리에서 일어났다.

"금 대협을 뵈어요."

“대협??”

금오가 의아한 표정으로 말을 받았다. 불과 얼마 전에 만났을 때까지만 하여도 소협이라 하더니 오늘은 왜 대협이란 말인가?

“무림을 위해 큰일을 하신 분이니 대협이라 불러 드려야 마땅하지 않을까 생각했는데, 혹시 거북하셨나요?”

“난 무림을 위해서 한 일이 없는 것 같은데?”

“정사를 막론하고 활시를 제조하는 것은 금기시되어 있어요. 그만큼 폐해가 크기 때문이지요. 한데 대협께서는 얼마 전에 활시 삼백을 처리했고, 오늘도 이백을 처리하셨다고 들었어요. 그것만으로도 무림에 커다란 일을 하신 셈이지요.”

“나는 그냥 나를 죽이려는 놈들을 처리한 것뿐이지만, 소협이든 대협이든 댁이 편한 대로 부르는 건 말리지 않겠어. 그런데 여긴 웬일이야?”

“설마 몰라서 물으시는 건 아니겠지요?”

“저기 묶여 있는 설화를 풀어달라고 온 거야?”

금오의 지풍에 무릎을 관통당한 설화는 석두 선사가 지혈해서 객점 입구에 묶어둔 상태였다.

“맞아요. 서로 뜻을 달리하기는 하지만 저 아이는 제 쌍둥이 동생이니까요.”

“그래도 그건 좀 곤란하겠는데? 설화는 너무 많은 죄를 지었어.”

“그래서 꼭 죽여야 하겠다는 건가요?”

“아니, 이미 제압된 여자를 죽일 생각은 없어. 하지만 지은 죄가 있으니 설화의 처리는 주선하 공주와 주은하 황녀에게 맡길 생각이야.”

“그럼 제가 그 두 분에게 허락을 받으면 될까요?”

“그건 알아서 하라고. 내 손을 벗어난 일이니까. 하지만 주은하 황녀는 여기 없는데, 어쩐다지?”

“이쪽으로 오고 있다는 소식을 들었어요. 아마 오늘 해가 떨어지기 전에 당도하게 될 거예요.”

“정보력이 대단한걸?”

“하오문이나 개방만큼은 아니어도 우리 교도들도 많은 곳에 퍼져 살아요.”

“어쨌든 그 문제는 알아서 하라고. 그런데 말이야, 쌍둥이 자매라면서 왜 당신만 그런 병에 걸린 거지?”

“이건 병이 아니에요.”

“그럼?”

“일종의 주화입마 현상이죠.”

“무공을 익히다 그렇게 됐다는 거야?”

“그래요. 그래서 무공을 더 이상 익히지 못하는 몸이 되기도 했고요.”

“주화입마라면 일상 생활을 하기 힘들 정도가 되어야 정상 아닌가?”

“그렇게 되길 바라시는 건가요?”

“이봐, 말에 자꾸 가시 박지 말라고. 그거 버릇되면 못써.”

금오가 타이르는 듯 말하자 하화는 피식 웃음을 흘리며 대꾸했다.

“주화입마의 일종이기는 하지만 흔히 알려진 그런 상태는 아니에요. 연성 중인 무공을 중지하는 것으로 더 이상의 진행은 막을 수 있지요.”

“그럼, 무공을 폐하면 그 현상도 사라지는 건가?”

“그것 말고도 방법은 하나 더 있어요.”

“그런데 왜 치료하지 않아?”

“그게 제 마음에 꼭 드는 남자가 있어야 가능한 방법이거든요.”

하화가 대답하며 묘한 눈길을 보내자 금오는 슬그머니 시선을 피해 버렸다. 그녀가 말하는 방법이 무엇인지 짐작이 가는 까닭이다.

‘젠장, 동정이어야만 익히는 무공이 있다는 얘기는 들어봤어도 동정으로 익히면 조로증에 걸리는 무공이 있다는 얘기는 생전 처음이네.’

빙영도 하화의 말뜻이 무엇인지 모를 리 없다. 또한 하화가 금오에게 어떤 감정을 지니고 있는지도 충분히 알고 있다. 하지만 그녀는 모든 것을 금오에게 맡겨둔 채 주선하와 묘묘가 앉아 있는 자리로 발걸음을 옮겼다.

"훌륭한 분을 곁에 두셨군요."

하화가 나직이 말하자 금오는 끄느름한 눈길로 빙영의 뒷모습을 바라보았다.

'내공 실어서 꼬집는 것만 빼면 아주 훌륭한 여자지. 아직도 옆구리가 얼얼하네, 샹…….'

"저도 그럼 잠시 가서 주선하 공주님을 뵙고 와야겠네요."

빙영의 뒤를 따라가려고 하는 하화에게 금오가 전음으로 물었다.

"혹시라도 진무 형님 얘기는 하지 않도록 조심해."

"걱정 말아요. 그 정도는 저도 알고 있으니까."

"한데, 지난번에 진무 형님을 보니 이상한 가죽 가방을 하나 메고 있던데, 그 안에 뭐가 들어 있는지 아나?"

금오가 다시 물었다. 이상하게 그 가죽 가방의 정체가 마음에 자꾸 걸렸던 것이다.

"글쎄요. 저도 그 안에 든 물건을 본 적이 없어서 모르겠네요."

하화도 전음으로 답을 하고는 주선하가 있는 곳으로 향하였다.

씨이이이…….

어디선가 날카로운 소성(小聲)이 들려온 것은 바로 그때였다. 금오는 본능적으로 수미금강저를 뽑아 듬과 동시에 설화를 향해 일장을 날렸다.

"아악!!"

갑작스레 날아든 장력에 격타당한 설화는 비명을 지르며 나둥그라졌고, 바로 그 순간 그녀가 앉아 있던 벽면이 깨져 나가며 푸르스름한 물체가 쏟아져 들어왔다.

만약 설화가 그 자리에 그대로 앉아 있었다면 정확히 목이 날아가고 말았을 만한 위치였다.

"천라생비!!"

금오가 놀라서 소리치는 순간, 푸른 물체가 급히 방향을 바꿔 그에게로 날아왔다.

"그렇지 않아도 기다렸던 바였다!!"

금오는 수미금강저에 진기를 실어 그것을 마주쳐 갔다.

씨이이이…….

우우우웅!!

푸르스름한 기운에 휩싸인 천라생비와 황금빛 찬란한 수미금강저가 드디어 격돌을 일으키는 순간,

쩌―쩡!!!

고막을 터뜨릴 듯한 소음이 일어났고,

파파파팍!!

객점 내부에 있던 술병과 그릇들이 산산이 부서져 날아갔다. 심후한 내력을 지니고 있는 석두 선사와 전마 등도 인상을 찌푸려야 할 만큼 어마어마한 음파였다.

그런데 그 격돌에서 과연 누가 이긴 것일까?

금오는 격돌했던 자리에서 뒤로 세 걸음이나 물러난 상태였고, 객점 바닥에는 깊숙한 족인이 선명하게 찍혀 있었다. 허공을 날아온 것임에도 불구하고 내력에서 밀렸다는 건 사신교주 위헌령의 내공이 그만큼 대단하다는 증거였다. 하지만 금오의 패배라고 할 수는 없었다.

기세 좋게 날아왔던 천라생비도 균형을 잃은 듯 크게 흔들거리며 되돌아가고 있었기 때문이다.

"끝을 보자, 사신교주!!"

금오가 창문으로 신형을 쏘아내며 소리쳤다. 그러자 술을 마시고 있던 네 사람도 급히 금오의 뒤를 쫓았다.

밖으로 나온 금오는 천라생비가 돌아가고 있는 방향으로 신형을 폭사해 나갔다. 그러나 천라생비의 속도를 따라잡을 수는 없었다.

언덕 위에 서 있던 사신교주는 천라생비를 회수하자 곧바로 도주하기 시작했다. 금오 하나라면 모를까, 뒤이어 쫓아오는 일행까지 상대하기에는 무리라고 판단한 듯했다.

금오는 계속하여 쫓아갔지만 거리는 좀처럼 좁혀지지 않았다.

"돌아와라, 금오! 너를 유인하고 있는 것인지도 모른다!"

뒤에서 석두 선사가 소리쳤다. 일행은 처음에 비해 거리가 다소 벌어진 상태였다. 추격을 계속한다면 일행과의 거리는 더욱 멀어질 것이 분명했다. 그리고 석두 선사의 우려대로 사신교주가 어딘가에 함정을 파놓고 자신을 유인하는 것이라면 위험에 처할 가능성이 컸기에 금오는 어쩔 수 없이 추격을 포기해야 했다.

금오가 추격을 멈추자 저만치 달려가던 사신교주도 서서히 멈추어 서더니 뒤를 돌아보았다. 까마득한 거리라 확실히 알 수는 없지만, 비웃음을 머금고 있는 듯하다. 하지만 그것은 금오의 자격지심일 뿐이다.

멀리서 금오를 바라보고 있는 사신교주 위헌령은 결코 비웃고 있지 않았다.

"금오… 네놈이 선마지체인 줄 조금만 더 일찍 알았더라면 만사를 제쳐 놓고 네놈부터 제거했을 것을……."

위헌령의 표정에는 안타까운 심정이 드러났다. 금오가 선마지체라는 사실을 그가 알게 된 것은 환비의 주인을 만나고 나서였다. 그 소리를 들었기에 연합 체제를 구축하는 데 찬성하기도 한 것이고 말이다.

위헌령은 그 사실을 알게 된 즉시 금오를 제거하기 위한 연합 작전을 제의했고, 환비의 주인도 흔쾌히 동의해 주었다. 하지만 환비의 주인은 그것이 성공하지 못하리라고 판단한 듯 위헌령이 요구하는 만큼의 활시와 법사만 보내준 채 모든 일을 위헌령에게 일임하였다.

결국 금오를 제거하는 일은 물론 그의 일행을 제거하는 데도 실패했고, 상당한 정보를 알고 있는 설화마저 사로잡히는 형국이 되고 말았다.

그래서 사신교 최강의 정예를 매복시켜 놓고 자신이 직접 금오를 유인하려 했던 것인데, 설화를 제거하는 것도, 금오를 유인하는 것도 실패하고 말았다. 얼마 전까지만 하여도 송사리에 불과했던 금오가 이제는 커다란 장애로 느껴지기 시작한다.

금오가 제법 멀리까지 사신교주를 쫓아갔다 돌아온 사이에 객점에는 새로운 손님이 도착해 있었다. 다름 아닌 주은하 일행이었다. 하지만 평상시처럼 검혼과 단둘이 온 것이 아니라, 두 명의 손님이 더 있었다. 삼황자 주원호와 그의 호위인 범중이 그들이다. 범중도 간단한 인물은 아니었지만, 주원호는 한눈에 보기에도 최정상급 무공을 보유한 고수임에 분명해 보였다.

상대가 황자임에도 불구하고 일행은 간단하게 인사를 주고받았다. 황족으로서의 정식 행차가 아니라 호위 하나만 대동한 무림 나들이였기에 황자가 아닌 무림인으로 대우를 한 것이다. 주원호도 그런 격식에는 크게 구애받지 않는 듯 불쾌한 기색이 전혀 없었다.

"요즘 금오라는 인물이 무림을 들썩이게 만든다고 하더니, 과연 범상한 인물은 아닌 듯하구나."

주원호가 탐난다는 듯한 표정으로 금오를 쳐다보며 말하

었다.

"범상한 인물과 범상치 않은 인물이 달리 있겠소? 그가 어떤 것을 가졌느냐의 차이일 뿐이지."

"하하하! 옳은 말이다. 내가 만약 하오문에 태어났다면 지금과 똑같은 이름과 똑같은 외모를 갖추고 있다 하더라도 만인이 고개를 조아리는 일은 없겠지. 반대로 네가 황실에서 태어났다면 하오문 나부랭이라고 불릴 일이 없었을 테고 말이다."

'이 인간 봐라?'

금오가 다소 놀란 눈빛으로 쳐다보자 주원호가 빙긋이 웃는 얼굴로 말을 이었다.

"그런데 말이다, 세상이 때로는 그가 가진 알맹이보다 타고난 배경이나 껍데기에 의해 좌우되기도 한다는 데 문제가 있다. 특히 큰일일수록 그런 경향이 강하지. 작고 실무적인 일은 대부분 그가 가진 능력에 의해 결정되고 이루어지지만, 크고 상징적인 일들은 겉보기에 그럴싸한 쪽으로 힘이 기울게 마련이지. 그리고 그 힘은 커다란 물결과도 같아서 한 인간의 능력으로는 좀처럼 대세를 거스를 수 없는 법이다."

'무슨 말을 하는 거야?'

금오는 주원호가 하는 말을 쉽게 알아들을 수가 없었다. 자신에게 너무 기고만장하지 말라는 경고 같기도 하였지만 그게 전부는 아니었다. 왠지 그의 음성에서 슬픔, 혹은 분노 같은 것이 느껴졌기 때문이다.

"나는 여기에 온 목적을 달성했으니 그만 가보아야 하겠구나. 은하, 너무 위험 깊숙이 뛰어드는 일이 없도록 해라. 하나밖에 없는 여동생이 다치면 이 오라비는 너무 화가 날지도 모르니까."

주원호는 금오의 얼굴을 본 것으로 만족했다는 듯 곧바로 떠날 뜻을 내비쳤다.

"어디로 가실 예정이세요?"

주은하가 물었다.

"나온 김에 홀가분하게 천하 유람이나 할 생각이다. 혹시 강호십이괴사 같은 사건이 발 앞에 걸치면 잠시 쉬어 갈 수도 있겠지."

"강호십이괴사라면 이곳 청해가 바로 그 현장이잖아요."

"하지만 여긴 이미 너무 많은 사람들이 와 있으니 내가 있을 곳이 못 된다는 생각이 드는구나."

가볍게 대꾸를 한 주원호는 한쪽에서 우울한 표정을 짓고 있는 주선하에게 시선을 던졌다.

"무엇이 선하를 그토록 슬프게 만든 것이냐?"

주선하가 황궁에 들렀을 때 가장 살갑게 대해주던 사람이 바로 주원호였다. 그가 혹시 자신을 좋아하는 것이 아닌가 하는 착각이 들 만큼 말이다.

"아, 아무것도 아니에요."

　"사람 사는 세상은 활짝 열려 있는 듯하지만, 눈에 보이지 않는 장벽이 도처에 깔려 있단다. 대개는 약간의 노력으로 얼마든지 극복 가능한 장애들이지만 어떤 것들은 인생을 몽땅 걸어야 할 만큼 커다란 장애로 작용하기도 하지. 그런 걸 결정할 때는 신중할 필요가 있다. 그런 장애는 한 사람의 인생을 꿀꺽하고도 눈 하나 깜짝하지 않는 법이니까."

　주원호는 또 한 번 알아듣기 힘든 말을 남겨둔 채 천천히 객점을 나서기 시작했다. 검혼이 깍듯하게 인사를 올리자 다른 사람들은 그러지 말라는 듯 어깨 너머로 한 손을 흔들어 보이고는 범중과 함께 객점을 유유히 빠져나갔다.

　지고한 신분과 최정상급의 무공을 소유했으면서도 격식 따위에는 구애받지 않는 자, 주원호. 금오의 눈에 비친 그의 뒷모습은 거대한 태산이었다. 뭔지 모를 슬픔을 간직한 듯한 태산……

第二章 금오의 고집

下午門鵺

1

　금오는 주은하와 단둘이 객점 인근의 호숫가를 산책하고 있었다. 그녀에게 조용히 묻고 싶은 것이 있어서 금오가 불러낸 것이다.

　내륙의 바다 청해호. 끝이 보이지 않는 거대한 호수가 혹독한 추위에 얼어붙어 유리판처럼 변해 있다.

　어느덧 석양이 지는 시간. 거대한 얼음 호수가 노을을 받아 붉은빛을 토해내는 모습은 그야말로 장관이다. 하지만 그 모습이 아름답게만 느껴지지 않는 것은 강호에 드리운 먹구름 때문일 것이다.

　핏빛 노을…….

그것이 왠지 강호의 핏빛 미래로 다가오는 것은 금오의 기우일까?

"혹시 천라삼비라고 알아?"

금오가 문뜩 물었다. 전혀 생각지 못했던 질문이기 때문일까? 아니면 또 다른 이유가 있기 때문일까? 주은하는 흠칫 놀라 금오를 바라보았다.

"알고 있군? 혹시 그걸 알기 위해서 나를 고용했던 거야?"

금오가 그럴 줄 알았다는 표정으로 다시 묻자 주은하는 어쩔 수 없다는 듯 대답했다.

"그걸 이미 알고 있었다는 사실을 부인하지 않겠어."

"그렇다면 혹시 당신이 찾고 있는 사람이 그 일과 연관되어 있다고 생각하는 거야?"

'당신이 찾고 있는 사람' 이란 대목에 주은하는 또 한 번 놀란 표정을 지었다.

"그것까지 알고 있었던 거야?"

"날 너무 우습게보지 말라니까 그러네."

"혹시 진무 오라버니를 만난 거야?"

주은하는 이제 더 이상 숨길 필요가 없다는 듯 주진무의 이름을 입에 올렸다. 하지만 금오는 주진무를 만났다는 이야기를 그녀에게 할 수 없었다. 주진무와 이미 약속을 한 일이니까.

"무슨 말을 하는 거야? 내가 그 사람에 대해서 아는 건 당신이 해준 얘기가 전부라고."

그가 주진무와 자신의 관계를 이미 알고 있으리라 판단했던 주은하는 혼란스러운 표정이 되었다.

"그럼 내가 강호십이괴사를 풀고 싶은 게 아니라 사실은 진무 오라버니를 찾고 있다는 사실을 어떻게 알았지?"

"그야 당연하잖아. 세상 풍파라고는 모르고 자란 당신 같은 여자가 강호십이괴사에 무슨 관심이 있겠어? 게다가 당신은 천하를 움켜쥐려는 야욕 따위도 없으니 천라삼비를 원하는 것도 아닐 테고. 그래서 생각해 봤지. 혹시 천라삼비를 갖고 있는 누군가를 찾기 위해 거금을 들어 나를 고용한 것이 아닌가 하고 말이야. 강호십이괴사가 풀리면 천라삼비와 그 주인들에 대해서 자연히 알게 될 테니까."

"그럼, 그냥 던져 본 말에 내가 본심을 다 털어놓은 꼴이 되는 건가?"

"밤하늘에 빛나는 별과 같은 사랑이 사촌 오라비였다… 이거 의외인걸?"

"금오!!"

"아, 아, 걱정할 필요는 없어. 나는 뒷구멍에서 남의 사생활이나 떠들어대는 할 일 없는 부류가 아니니까. 그런데 왜 그 사람이 천라삼비와 관련되어 있을 거라 생각한 거지?"

"오라버니가 실종되기 얼마 전에 나에게 부탁을 한 적이 있었어. 기담괴사라는 책을 아무도 모르게 가져다줄 수 없느냐고. 나는 오라버니가 심심풀이로 보려는 것인 줄 알고 황궁 서고에 들어가서 아무도 몰래 그 책을 가져다주었지. 오라버니는 그 책을 하루 만에 다 보고 돌려주었어. 그때까지만 해도 오라버니가 사라질 것이라고는 상상도 못했었지. 그런데 며칠 후에 행방이 묘연해진 거야. 나는 이상한 생각이 들어서 그 책을 살펴보았지. 그 책에는 강호에서 일어난 여러 가지 기담괴사가 실려 있었는데, 그중에서도 가장 괴이한 것이 바로 천라삼비에 대한 이야기더군."

주은하는 아련한 표정으로 청해호를 바라보며 말을 이어 나갔다.

"칠백 년 전에 나타났다 사라졌다는 천라삼비의 이야기는 너무나도 황당했지만, 만약 그런 것이 실재한다면 세상을 뒤집어엎을 수도 있겠다 싶었어. 하지만 그때는 그냥 황당한 이야기인 줄만 알았어. 그러다가 강호십이괴사에 대한 이야기를 일 년 전쯤 듣게 되었지. 도저히 사람이 저지른 일이 아닌 듯하다는 이야기를 누군가에게 듣는 순간 천라삼비가 갑자기 떠올랐지. 그래서 당신에게 청부를 한 거야."

"그런 사연이 있었군. 그런데 만약 그 사람이 천라삼비의 주인 중 하나라면 어떤 괴사가 그 사람과 관련있을 것 같아?"

"글쎄… 청월멸구괴사와 나부소신괴사 정도라면 가능하겠지."

"그렇게 생각하는 특별한 이유라도 있어?"

"다른 괴사들은 무고한 양민의 희생이 뒤따랐지만, 그 두 괴사에선 모두 죽어 마땅한 자들만 죽었으니까."

"청월도의 왜구들이야 그렇다 쳐도 나부파는 왜?"

"당시 모종의 세력과 결탁하여 세력을 급격히 확장하는 중이었다는 사실은 당신도 알고 있을 거야."

"물론이지."

"은밀한 소문에 의하면, 그들의 배후에 엄청난 세력이 숨어 있었다고 해. 무림은 물론 황실까지 위협할 수 있을 정도로 강력한……."

"그러니까 다른 괴사와 달리 그 두 괴사는 세상을 어지럽히는 자들을 침묵시킨 거라 이거로군?"

"맞아. 만약 진무 오라버니가 괴사 중 무엇인가를 일으켰다면 그 두 사건뿐일 거야. 오라버니라면 무슨 일이 있어도 양민을 해치는 일 따위는 하지 않을 테니까."

주진무에 대한 주은하의 믿음은 거의 절대적이었다. 그리고 그 부분에 있어서는 금오도 동감이었다. 그가 알고 있는 주진무는 결코 양민을 해칠 인물이 아니었다.

'이연 일행이 보았다는 사비는 아홉 척이나 되는 장창에 은경이 달려 있는 모습이라고 했어. 하지만 진무 형님이 등에 메고 있던 가죽 가방은 기껏해야 석 자를 갓 넘는 길이였지. 그렇다면……?!'

곰곰이 생각에 잠겨 있던 금오는 수미금강저가 두 자에서 여섯 자로 늘어날 수 있는 기병이라는 데 생각이 미쳤다. 만약 천라사비도 그런 식으로 길이를 줄일 수 있거나, 삼단 정도로 분리할 수 있는 기병이라면 그 가방에 딱 들어갈 만한 길이였다.

'내 추측이 맞는다면 천라삼비의 주인 중 두 명을 찾은 셈이군. 하지만…….'

그렇게 되면 주진무와도 언젠가는 부딪쳐야 한다는 말이 아닌가? 금오는 갑자기 가슴이 답답해진다.

*　　　*　　　*

어둠. 비릿하고도 퀴퀴한 독무(毒霧).

여기는 과연 무엇을 하는 곳일까?

드넓은 지하 광장이다. 암반을 깎아 만든 네모반듯한 수조가 끝없이 펼쳐져 있다. 작은 것은 한 사람이 들어갈 수 있는 석관처럼 생겼으며, 큰 것은 수십 명이 나란히 누울 만한 크기이다. 그리고 그 안에는 시체가 나란히 누워 있다. 언뜻 보면 살아 있는 사람 같기도 했지만, 파르스름한 액체 속에 푹 잠겨 있는 것으로 보아 시체임에 분명했다. 인간이 숨을 쉬지 않고 살 수는 없는 법이니까.

일 인용 수조의 수가 백여 개, 십 인용 수조가 오십 개, 백 인용 수조가 삼십 개이니 모두 삼천육백여 구인 셈이다.

이 많은 시체들이 모두 활시로 제조되고 있는 것인가? 그렇다면 이들이 모두 깨어났을 때 무림은 한바탕 혈겁을 겪을 수밖에 없을 것이다. 아니, 무림뿐 아니라 온 세상이 혈란에 휩싸이게 될 것이다.

"제령 노사(制靈老師)……."

지하 광장 한쪽 끝에서 나직하면서도 범접할 수 없는 위엄이 실린 음성이 흘러나왔다. 어둠에 휩싸여 있는 자, 그는 바로 환비의 주인이었다.

"하명하십시오, 천주님!!"

제령 노사라 불린 노인이 환비의 주인 앞에 부복하며 복명하였다.

"천령시와 지령시가 완성되려면 얼마나 더 기다려야 하는가?"

"마지막 단계에 돌입했으니 앞으로 마흔아홉 날 후에는 완성될 것입니다."

"삼천 구의 인령시도 같은 날에 맞추도록!"

"명심하겠습니다, 천주님."

제령 노사의 답을 들은 옥유천주는 땅 위를 미끄러지듯 움직여 지하 광장을 빠져나가기 시작했다.

'칠백 년 전, 초대 옥유천주(獄幽天主)께서는 환비의 진정한 능력을 제대로 활용하지 않아서 뜻을 이루지 못하셨을 것. 하지만 나는 다르다. 최소한 한 문파의 장문인 급 능력을 지

니며 삼 갑자의 내가고수가 아닌 이상 파괴할 수 없는 천령시
가 일백 구, 대문파의 장로급 능력을 지니며 이 갑자의 내가
고수라야 파괴할 수 있는 지령시가 오백 구, 얼마 전에 금오
녀석을 공격했던 인령시가 삼천 구… 이만한 숫자라면 무림
이 모두 달려든다 해도 충분한 승산이 있다. 여기에 생비와
사비까지 손에 넣을 수 있다면 황실과도 맞설 만하겠지.'

정녕 무림을 피로 씻어낼 작정인가? 옥유천주, 그의 음모
가 너무나도 무섭다. 그는 대체 누구인가?

*　　　*　　　*

밤이 이슥한 시각. 백염객점.

금오와 그의 일행은 객점 한가운데 모여 설화의 이야기에
귀를 기울이고 있었다. 사신교주 위헌령이 자신을 죽이려 했
다는 사실에 충격을 받은 설화가 사신교에 대해 자신이 알고
있는 모든 정보를 털어놓기 시작한 것이다.

그녀는 전 대륙에 걸쳐 있는 칠십여 개의 지부는 물론 사신
교 총단의 위치까지 모두 알고 있었다. 이것은 실로 대단한
정보였다. 아마도 위헌령은 이런 정보가 유출될까 걱정되어
본인이 직접 그녀를 죽이려 했을 것이다. 그것이 오히려 정보
를 털어놓는 계기가 되기는 했지만 말이다.

설화의 이야기를 다 들은 금오가 주은하에게 말하였다.

“하오문을 통해 전 무림에 이 사실을 알려야겠군. 그러면 사신교 지부는 일거에 궤멸되고 말겠군.”

“지부는 큰 문제가 아니다. 총단이 건재한 이상 지부는 언제든 다시 만들 수 있을 테니까.”

개지박사가 의견을 제시하자 금오가 문제될 것 없다는 표정으로 대답했다.

“총단은 우리가 치면 될 거 아니오?”

“뭐야? 겨우 이 인원 가지고 총단을 치잔 말이냐?”

“이런 일은 원래 소수 정예로 급습을 가하는 게 성공 확률이 높은 법이오.”

“소수 정예도 정도가 있어야지. 열 명도 안 되는 인원으로 사신교 같은 거대 세력을 친다는 게 가당키나 한 말이냐?”

“그럼, 놈들이 다 도망치고 난 후에 만 명쯤 이끌고 가서 빈집을 털자는 얘기요?”

“설화가 총단 위치를 누설할 걸 염두에 둔 사신교주가 총단을 옮길 거라고 보는 게냐?”

“당연한 거 아니오? 자기들이 저지른 죄가 있는데, 전 무림이 공격해 올 것을 뻔히 알면서 그 자리에 버티고 있을 것 같소?”

“그렇긴 하구나. 하지만 아무리 그렇다 해도 이 숫자로 공격을 하는 건 섶을 지고 불에 뛰어드는 것과 다를 바 없는 일이다. 난 반대야.”

"그럼, 영감탱은 빠지쇼."

"뭘 빠져, 이 녀석아! 다 가지 말자는 말인데."

"내게 계획이 있으니 따라올 사람은 따라오고, 겁나는 사람은 빠지라는 얘기요."

"모두 반대하면 너 혼자라도 가겠다는 뜻이냐?"

"그럴 생각이오."

"이놈이 드디어 미쳤군. 미쳐도 아주 제대로 미쳤어."

개지박사는 애 좀 말려보라는 표정으로 주변을 둘러보았다. 그런데,

"난 가겠소. 아우가 사지로 뛰어들겠다는데 형이 구경만 하고 있으면 안 될 말이지."

장쾌가 금오의 뜻에 따를 것을 확실히 하였고, 곧이어 전마도 가세하였다.

"그렇게 신나는 싸움에 내가 빠지면 안 되겠지."

"말려도 시원치 않을 판에 무슨 짓들을 하는 게야?!"

개지박사가 소리를 지르자 석두 선사가 나직이 말했다.

"일단 금오 녀석의 계획을 들어보기로 하세. 반대는 그런 연후에 해도 늦지 않을 테니……."

"아무리 훌륭한 계획이라도 이건 안 될 일이야."

개지박사는 들을 필요도 없다는 태도였지만, 장쾌와 전마가 동의한 이상 금오가 고집을 꺾는 일은 없을 것 같았기에 일행은 그의 계획을 들어보는 쪽으로 의견을 모았다.

개지박사의 논리에 금오의 고집이 승리를 거두는 순간이
다.

*   *   *

청해호 남단에 위치한 작은 객점.

변방의 야인들이나 들를 법한 그 허름한 객점의 한구석에
황자 주원호가 앉아 있었다. 누구를 기다리는 것일까? 약간
의 야채와 돼지고기를 넣고 볶은 이름 모를 안주와 싸구려 화
주가 탁자 위에 놓여 있다. 시간이 제법 된 듯 안주는 차갑게
식어 있었고, 술병도 가벼워 보였다.

"범중, 한잔할 테냐?"

주원호가 뒤에 시립해 있는 범중에게 물었다.

"속하는 평생 술을 입에 대본 적이 없습니다."

"그래, 그대는 그랬었지……."

외로운 것일까? 주원호의 눈빛이 쓸쓸하기 그지없다. 무엇
때문에 그는 외로운 것일까?

"시간이 얼마나 되었지?"

주원호가 다시 물었다.

"정오가 가까운 것 같습니다."

"그럼 올 때가 되었군."

"그렇습니다."

　주원호는 술을 한 잔 따라 천천히 들이켰다. 그렇게 한 잔을 다 비웠을 무렵 그가 들판 저 멀리 모습을 나타냈다. 얼굴을 알아보기 힘들 정도로 까마득한 거리임에도 불구하고 한 마리 이무기를 보는 듯한 느낌이 물씬 풍기는 중년 사내. 그는 바로 사신교주 위헌령이었다.
　주원호는 사신교주 위헌령과 무슨 볼일이 있는 것일까?

2

　금오는 결국 일행과 함께 사신교 총단으로 향하고 있었다.
　워낙에 위험한 일이라 주은하와 주선하는 데리고 오지 않았다. 물론 주은하의 호위인 검혼도 그녀들과 함께 남았다. 그리고 하화는 백염객점의 싸움에 동원되었던 활시들의 신원을 확인해 보기로 하였다.
　사신교의 총단은 곤륜산맥(崑崙山脈) 깊숙한 곳에 위치한다고 하였다. 곤륜산맥은 서쪽 끝에서 신강과 서장의 경계를 가로지르며 동(東)으로 달려와 청해 깊숙한 곳까지 뻗어 있는 대산맥이다. 그 길이가 무려 육천 리가 넘으며 황하와 장강이 모두 이곳으로부터 발원한다.
　주변의 여러 산맥을 지맥으로 거느리고 있을 만큼 산세가 웅장하면서도 험준하며, 기후는 극도로 춥고 건조하여 초목조차 제대로 자라지 못하는 것으로 알려져 있다.

며칠간의 강행군 끝에 일행은 지금 곤륜산맥에 접어든 상태였다.

위이이이잉~!!

계곡에서 몰아쳐 나오는 바람이 거의 태풍 수준이었다. 게다가 지독하게 추운 날씨에 대기가 극도로 건조하여 얼굴과 손등이 쩍쩍 갈라질 지경이었다. 다행히 여기 있는 사람들은 모두가 고강한 무공의 소유자여서 얼어 죽을 일은 없었지만, 중원에서는 겪어보지 못한 맹추위에 당황한 기색이 역력했다.

"건량을 넉넉히 준비했기에 망정이지 그렇지 않았으면 굶어 죽을 뻔했구만."

금오가 앞장서 길을 걸으며 중얼거렸다. 혹독한 추위 때문인지 산짐승의 흔적도 거의 볼 수가 없었기에 하는 말이다.

"아무리 환경이 혹독해도 다 살아가는 방법이 있기 마련이다."

석두 선사가 나직이 대꾸하였다.

"대개의 경우는 그렇겠지만, 저 먹보 형은 그게 좀 힘들 것 같지 않소?"

금오가 뒤쪽을 가리키며 석두 선사의 귀에 속삭였다. 그가 가리킨 사람은 장쾌였다.

"음… 저놈은 확실히 예외라 할 수 있지. 하루 동안에 건포를 두 관이나 먹어 치우는 놈이니까."

“말린 과일 한 관은 왜 빼쇼?”

“저놈이 인간인 건 확실한 거냐?”

“사람의 언어를 쓰는 걸로 봐서 곰은 아닌 것 같소.”

“그렇지?”

두 사람이 이렇게 농을 하고 있자니, 장쾌가 인상을 와락 일그러뜨리며 소리쳤다.

“나 먹는 데 늙은이하고 네놈이 뭐 보태준 거 있냐? 돈은 주선하 공주가 냈는데, 왜 두 인간이 이러쿵저러쿵 말이 많아?”

“심심해서 한 번 씹어봤어.”

금오가 히죽 웃으며 대꾸했다.

“딴 거 씹어, 인마!!”

“마땅히 만만한 인간이 있어야지. 머리에 든 거 많은 영감탱을 건드리면 열 곱절로 돌아올 테고, 싸움귀신 건드리면 사신교고 지랄이고 여기서 한판 붙자고 설칠 테니 만만한 게 형님밖에 더 있겠수? 그렇다고 홍일점을 씹자니 사내놈이 할 짓이 아닌 것 같고 말이야.”

“만만한 놈이 집어 던지는 바위에 한번 깔려볼 테냐?”

“참아, 참아. 우리가 그냥 조용히 갈게.”

장쾌를 진정시키고 돌아선 금오는 무료한 시선으로 하늘을 올려다보았다. 하지만 그것은 무료한 것이 아니었다. 사신교와 결전을 앞둔 긴장감이 거꾸로 표출되고 있는 것이다.

나름대로 계획을 세워놓기는 했지만, 계획은 어디까지나 계획일 뿐이다. 언제 어디서든 예기치 않은 변수가 발생할 수 있는 것이며, 그럴 경우 턱없이 부족한 일행의 세력으로는 몰살을 면키 어려울 것이다. 그 점이 금오의 마음을 무겁게 한다.

이런 생각에 잠겨 길을 걷고 있던 금오는 갑자기 앞이 훤해지는 것을 느끼며 흠칫 놀라 걸음을 멈추었다. 생각지 못했던 천장단애가 앞에 펼쳐져 있었던 것이다. 얼마나 깊은 것인지 바닥이 보이지 않을 정도로 깊은 단애였다.

"이상하네… 설화가 그려준 지도에는 이런 단애가 존재하지 않는데……."

금오는 자신이 혹시 잘못 본 것인가 하여 지도를 꺼내 살펴보았다. 하지만 그들이 가고 있는 여정에 단애가 확실히 존재하지 않았다. 그렇다면 설화가 거짓말을 했단 말인가? 만약 그렇다면 여기는 함정일 공산이 컸다.

'하지만…….'

금오는 고개를 갸웃하였다. 자신을 죽이려는 주군을 위해 충성을 할 사람이 얼마나 될까? 만약 사신교주가 그녀를 죽이려던 것도 미리 약속된 연극이었다면 얘기가 다를 수도 있다. 하지만 그것은 자신이 그녀를 살리기 위해 손을 쓴다는 전제가 있어야 가능한 일이니, 그런 건 계획이라고 할 수도 없다.

'그렇다면…….'

무슨 생각이 든 것일까? 금오는 일행을 주변을 예리하게 살펴 나갔다. 그렇게 잠시 둘러보던 그가 미간을 찌푸리며 중얼거렸다.

"어떤 썩을 인간이 이런 데다 장난질을 해놓은 거야?"

금오는 단애 한쪽으로 걸어가더니 그곳에 놓여 있던 커다란 바위를 발로 걷어찼다. 상당한 내력을 운용한 듯 바위는 뿌리째 뽑혀서 저만치 굴러 떨어졌다. 그런데 그 순간, 앞에 펼쳐져 있던 단애가 감쪽같이 사라지며 길이 다시 나타나지 않겠는가?

주변에 작은 돌탑이 여러 개 쌓여 있는 것으로 보아 누군가 진식을 펼쳐 놓았던 것이 분명했다.

"하여간 이렇게 쓸데없는 짓 해놓는 인간들은 다 뒈져야 해. 진식을 모르는 사람이 걸려들었으면 여기서부터 길을 잃고 헤매다 얼어 죽었을 거 아냐? 이 험한 산속에다 왜 이런 짓을 해놓느냐고……."

금오가 다시 한 번 투덜거리고 있으려니 저 앞에 있던 커다란 바위 뒤에서 노성이 터져 나왔다.

"오랜만에 만나 벗을 농하기 위해 어른들이 장난을 좀 쳤기로서니 어린놈이 웬 말이 그리 많은 게냐?!!"

바위가 우르르 흔들릴 만한 외침과 함께 두 노인이 바위 양옆으로 나타났다. 둘 다 굵직한 괴장(怪杖)을 하나씩 들었으며 푸른 도포를 걸친 모습이었는데, 길게 뻗은 검미가 역팔자로 치솟아 오르고 얼굴이 붉은 것으로 보아 대단한 성격의 소유자들임에 분명했다.

하지만 상대가 좀 괴팍한 성격이라고 주눅 들 금오는 아니다.

"사람 얼어 죽게 만드는 게 장난이었다고 우기는 거야, 지금?"

거침없는 싸라기 말투에 두 노인의 코에서 뜨거운 김이 확 뿜어져 나왔다.

"이 우라질 자식!! 곤륜쌍화의 이름을 걸고 네놈의 모가지를 비틀어 버리고야 말 테다!!"

외침과 동시에 두 노인이 신형을 폭사해 왔다.

한 번의 도약으로 십여 장을 압축해 오는 것으로 보아 보통은 넘는 능력자들임에 분명했다. 곤륜쌍화(崑崙双火) 혹은 천지쌍노(天地双老)라 불리는 그들은 곤륜파 장문인보다도 한 배분 높은 고인들이니 뛰어난 능력자일 수밖에 없다.

"노부의 일장을 받고도 혀를 나불거릴 수 있는지 보자!!"

우웅!!

곤륜쌍화 중 천노가 일장을 뻗어내자 묵직한 울림 소리와 함께 시뻘건 장인이 커다랗게 확대되며 금오를 덮쳐 왔다.

"한 번 죽어보자, 이거야?"

금오도 피할 생각이 없다는 듯 마주 일장을 뻗어냈다. 순간,

쫘릉!!!

뇌성과도 같은 충돌음과 함께 엄청난 기의 파동이 일대를 휩쓸고 지나갔다.

"이런 말도 안 되는……."

천노가 믿을 수 없다는 표정으로 중얼거렸다. 자신이 무려 다섯 발짝이나 뒤로 밀려난 상태였기 때문이다.

"그 애송이가 혹시 금오라는 녀석인가?"

옆에 서 있던 지노가 석두 선사를 바라보며 물었다.

"그래, 버르장머리가 좀 없는 거 빼고는 괜찮은 놈이지."

빙긋이 웃으며 대꾸하는 석두 선사에게 금오가 물었다

"저 노인네들이 영감탱 친구야?"

"그렇다, 이 녀석아."

석두 선사는 여전히 웃는 얼굴로 대답하고 있었지만, 왠지 속이 조금 끓고 있는 듯한 눈빛이다.

"이래서 유유상종이란 말이 생긴 거로군."

금오가 그럼 그렇지 하는 표정으로 돌아서며 중얼거렸다. 순간,

따악!!

금오의 뒤통수에 석두 선사의 꿀밤이 제대로 꽂혀 들어갔다.

얼마나 세게 때린 것인지 금오는 뒤통수를 감싸 쥔 채 한동안 어쩔 줄을 몰랐다.

"어른 공경하는 법도 좀 배워라, 이 녀석아."

석두 선사가 한마디 툭 던지자, 그제야 금오도 고개를 들며 으르렁거렸다.

"영감탱, 내공 실어서 때렸지?"

"손모가지 부러질까 봐 조금 실었다. 도검불침됐다는 소릴 나도 들었거든."

"샹… 치사하게 뒤에서 암습이나 하고……."

"이런 건 암습이 아니고 훈계라고 하는 거다."

"어련하시겠어?"

회심의 일격으로 친구들 대신 통쾌한 복수전을 펼친 석두 선사는 의기양양하게 곤륜쌍화에게 다가갔다.

"저놈을 때려주려면 이렇게 해야 돼. 정면으로 덤벼선 승산이 없어!"

석두 선사가 큰 소리로 떠들어대자 금오가 끄느름한 눈길로 쳐다보았다.

'자랑이다…….'

잠시 후.

'씨바, 뭐 이런 영감탱들이 다 있냐고…….'

금오는 한 손에 하나씩 곤륜쌍화와 손바닥을 마주 댄 채 내력 대결을 벌이고 있었다.

세 살 먹은 어린아이도 아니고… 지고는 죽어도 못 사는 성격이란다. 성격이 불같아서 명호에 불 화(火) 자가 들어갔다나 어쨌다나 하면서 덤벼드는 통에 금오는 벌써 반 시진째 이러고 있는 중이다.

그토록 오랫동안 내력 대결을 펼치면 힘이 들 만도 하련만, 금오는 무척이나 여유가 있는 모습이다. 하지만 곤륜쌍화는 그러지 못했다. 얼어 죽을 만큼 추운 날씨임에도 불구하고 그들의 온몸은 땀으로 푹 젖어 있는 상태였으니까.

'내가 영감탱들 비위나 맞춰줄 거라고 생각했다면 오산이야.'

이제 마무리할 때가 되었다고 판단한 금오는 진기를 슬쩍 끌어올렸다. 그러자 곤륜쌍화의 안색이 불에 달군 듯 시뻘겋게 달아올랐다. 한계 상황에 이르렀다는 얘기다.

"야, 이 녀석아! 내 친구들을 죽일 작정이냐?!!"

석두 선사가 소리를 질렀지만 금오는 진기를 조금 더 끌어올렸고, 곤륜쌍화는 이제 혈맥이 터지기 일보 직전이 되었다.

'영감탱들, 또 까불면 반신불수될 각오를 해야 할 거야.'

금오는 이런 눈빛으로 두 노인을 쏘아보고는 진기를 끌어올릴 때보다 좀 더 빠른 속도로 회수하기 시작했다. 이처럼 진기를 급격히 회수하는 것은 곤륜쌍화에게 시간을 주지 않기 위함이다.

진기 회수 속도를 늦추면 훨씬 안전하기는 하겠지만, 시간을 주어 조금 살 만해지면 계속 겨루겠다고 고집을 피울까 봐 일부러 속도를 빨리한 것이다.

　금오의 진기가 일정 수준으로 내려가자 예상했던 대로 곤륜쌍화도 진기를 거두었다.

　금방 죽을 것 같은 위기에서 몰렸다가 진기의 압박이 갑자기 느슨해지자 자기들도 모르게 금오에 맞춰 진기를 회수했던 것이다. 대결이 끝나자 곤륜쌍화는 온몸에 맥이 풀리는 듯 그 자리에 털썩 주저앉고 말았다. 칠십 평생을 살아오면서 이런 창피를 당하기는 처음이었다. 더구나 그들은 둘이 협공까지 하지 않았던가? 그러고도 이런 결과를 초래했다면 보통은 고개를 들지 못할 만큼 창피해하는 것이 정상이다. 하지만 그들의 얼굴에는 창피해하는 기색이 조금도 떠오르지 않았다.

　"애송이 녀석아……."

　천노가 금오를 노려보며 힘겨운 음성을 흘려냈다. 말투로 보아 자존심이 아직 살아 있는 게 분명했다.

　"말해보쇼."

　"분명히 말해두지만, 방금 싸움은 무승부였다. 아직 승부가 난 건 아니란 말이다."

　"그래서 한번 더 붙어보시려고?"

　"아니… 오늘은 삭신이 쑤셔서 그만두련다. 하지만 조만간 다시 붙게 될 테니, 도망칠 생각은 꿈에도 말아라."

　'졌다'도 아니고, '마지막에 진기를 거두어줘서 고맙다'도 아니고 도망가지 말란다. 고집이 이쯤 되면 금오도 두 손을 들 수밖에 없다. 죽이기 전에는 절대로 꺾일 고집이 아닌 까닭이다.

그날 밤.

곤륜쌍화까지 합류한 금오 일행은 작은 동굴을 찾아 야영을 하게 되었다.

'저런 고집탱이들 데리고 다니는 건 도움 안 될 가능성이 훨씬 큰데⋯⋯.'

금오는 불만이 있었지만, 석두 선사가 미리 연락을 넣어두어 일부러 도와주러 온 것이라니 내칠 수도 없는 일이다.

동굴 앞에 구덩이를 파고 불을 놓은 뒤, 동굴 안에 마른풀을 넉넉히 깔아놓으니 제법 근사한 잠자리가 마련되었다. 하지만 금오는 동굴 안으로 들어갈 수가 없었다. 장유유서라는 돼먹지 않은(?) 윤리 강령으로 자리를 정하다 보니 장쾌, 빙영, 묘묘와 함께 바깥으로 밀려난 까닭이다.

장쾌야 원래 껍데기가 튼튼해서 얼음 속에 눕혀놔도 괜찮으니 문제될 것이 없다. 하지만 빙영과 묘묘까지 바깥으로 밀려난 것에는 불만이 많은 금오였다. 일행 중 두 여자의 내력이 가장 약하기 때문이다.

"샹, 잠자리는 우리가 만들었는데, 왜 좋은 자리는 자기들이 먼저 차지하느냐고⋯⋯."

금오가 들으라는 듯 투덜거리자 동굴에서 석두 선사의 음성이 들려왔다.

"그렇게 억울하면 너도 얼른 나이 먹으면 될 거 아니냐?"

"나이 잔뜩 먹은 게 자랑이기도 하겠수."

"그런데 장쾌 녀석은 금방 어디로 사라진 거냐?"

"먹을 만한 게 있나 찾아보겠다고 나갔소. 이렇게 척박한 땅에 무슨 먹을 게 있을 거라고……."

"두고 봐라, 근사한 걸 잡아올 테니. 원래 먹을 거 밝히는 놈 눈에는 먹을거리가 잘 보이는 법이다."

"저 먹을 거, 제가 찾아오면 나야 고맙지. 내일이면 내 건량까지 뺏어 먹겠다고 덤벼들 판이니까."

그때 우직우직, 하는 발걸음 소리가 들리며 어둠 저편으로 거대한 물체가 나타났다. 덩치로 보아 장쾌인 것은 분명했는데, 평소의 그보다 덩치가 훨씬 커진 것 같았다. 무슨 일인가 싶어 안력을 높여 바라보던 금오의 눈빛이 끄느름하게 가라앉았다.

'인간아, 아무리 먹을 게 좋아도 그렇지 겨울잠 잘 자고 있는 곰을 잡아 오냐… 개가 무슨 죄를 졌다고…….'

장쾌의 어깨 위에 축 늘어진 채 혀를 빼물고 있는 곰이 금오는 왠지 불쌍하게 느껴졌지만, 동굴 안에서는 난리가 났다.

"웅담 중에서도 겨울잠 자는 놈 웅담이 최고지."

"곰 고기는 약이야, 약."

이렇게 소리치며 노인들이 우르르 몰려나오더니 장쾌와 어울려 가죽을 벗긴다, 웅담을 떼어낸다, 한참이나 난리를 부렸다.

　그렇게 불쌍한 곰은 삽시간에 토막이 났고, 장쾌와 노인들은 각자 선호하는 부위를 잘라 모닥불에 구워 먹기에 바빴다.

　'인간들이 오래는 살고 싶어 가지고…….'

　금오는 사람 닮은 짐승 잡아먹는 게 마음에 들지 않는다는 듯 인상을 찌푸리더니 옆에 앉아 있던 빙영의 손을 잡고 슬그머니 동굴 안으로 들어갔다. 모두 곰 고기에 정신을 팔고 있는 사이에 동굴 안쪽 자리를 차지해 버리려는 속셈이었다. 두 사람이 들어가자 묘묘도 살그머니 따라 들어갔다.

　'실컷 먹고 들어와서 자는 사람 깨우기만 해봐라, 이 망할 동굴을 확 무너뜨려 버릴 테니까.'

　금오는 가장 안쪽 자리를 묘묘에게 주고, 그 옆으로 빙영과 자신이 나란히 누웠다. 만약 노인들이 실컷 먹고 들어와서 자리를 차지하겠다고 잠을 깨우면 사생결단을 내고야 말겠다는 굳은 결의(?)를 다지며 금오는 서서히 잠에 빠져들어 갔다. 그렇게 하루가 저물어간다.

第三章　죽음의 덫

下午門鵷

1

"후에취, 후에취!!"

곤륜쌍화는 연신 재채기를 해가며 산길을 걷고 있었다.

"못된 어린 녀석!!"

두 노인은 앞서 가고 있는 금오의 뒤통수를 뚫어져라 노려보았다. 녀석이 빙영과 함께 동굴 제일 안쪽 자리를 차지하는 바람에 자신들이 바깥으로 밀려나 추위에 떨어야 했기 때문이다.

전마와 개지박사는 먹는 것에 원래 별 관심이 없었던 까닭에 두어 점 먹고 먼저 들어갔고, 술은 마셔도 육식은 하지 않는 석두 선사 또한 지니고 있던 술이 바닥나자 자리를 털고 일어나서 마지막 자리를 차지할 수 있었다.

덕분에 곤륜쌍화는 동굴 밖에서 장쾌와 함께 밤을 새워야 했다. 장쾌란 놈은 춥거나 말거나 코를 드릉드릉 골아가며 잘 도 잤지만, 곤륜쌍화는 뼈마디에 냉기가 스며들어 도무지 잠을 이룰 수가 없었다.

그렇게 하룻밤을 지내고 나자 삭신이 온통 쑤시기 시작했고, 결국은 감기가 와서 사흘째 이 고생을 하고 있는 중이다.

'그러게 갈 날도 얼마 남지 않은 영감들이 몸에 좋다는 건 왜 그렇게 밝혀? 늙어서 보약 많이 먹으면 죽을 때 고생한다는 것도 모르나?

금오는 조금도 미안하지 않다는 태도다.

백설로 뒤덮여 있는 수많은 봉우리 중 하나.

그곳 정상에는 백의로 온몸을 감싼 채 날카로운 눈으로 일대를 감시하는 자들이 있었다. 얼굴도 흰색 두건으로 감싼 채 눈을 쌓아 만든 거처에 들어앉아 있으니 인근으로 다가가지 않는 한 도저히 식별이 불가능한 상태였다.

그들이 그렇게 웅크리고 있는 것은 사신교의 총단으로 접근하는 자들을 감시하기 위함이다. 그리고 이런 비밀 초소는 사신교 총단 반경 삼백 리에 걸쳐 백일흔두 곳이 운영되고 있으며, 적의 침입을 발견할 경우 적에게 노출되지 않는 각도로 빛을 반사시켜 다른 초소에 알리는 방법을 통해 총단에 보고 하도록 되어 있다.

　오늘 그 초소를 지키고 있던 감시자는 삼백여 장 떨어진 산등성이로 일단의 인물이 이동하고 있는 모습을 발견하였다.

　—노인 다섯, 청년 둘, 여자 둘. 무림 고수로 보이는 자들이 총단을 향해 접근 중.

　감시자는 미리 정해진 방법에 따라 신호를 보내기 시작했다. 이제 잠시 후면 총단에서는 저들에 대한 대비책을 강구하게 될 것이다.

　같은 시각.
　또 다른 초소에서도 경고를 알리는 신호가 급하게 전해지고 있었다.

　—세 명의 인물이 이끄는 일단의 검수단 출현. 숫자는 삼백여 명. 태극검가의 인물들로 보임.

　태극검가에서도 움직인 것인가? 그렇다면 오늘 싸움은 생각보다 더 치열하게 될 공산이 컸다.
　제이의 초소에서 우려스러운 눈길로 바라보고 있는 곳.

　태극검가의 검수들을 이끌고 있는 사람들은 다름 아닌 이연, 담초은, 유수천이었다. 세 명의 제자가 각자의 수하들을 이끌고 사신교 정벌에 나선 것이다.

　이연의 청룡검수대, 유수천의 현무검수대, 여자들로 이루어진 담초은의 주작검수대.

　각 검수대는 원래 오백 명으로 이루어져 있으나 험난한 지형을 빠른 시간 안에 이동하기 위하여 최정예만 선발하여 달려가고 있는 중이다. 숫자는 비록 삼백에 불과하지만, 구대문파 중 한 곳과 겨룬다 해도 충분히 승산을 가질 만한 정예들이니 사신교 정도는 얼마든지 이길 수 있다는 것이 세 사람의 생각이다.

　하지만 사신교가 끈질기게 살아남은 데는 그만한 이유가 있다는 점을 그들은 간과하고 있었다. 살아남은 자들에게는 그럴 만한 이유가 분명히 있기 마련인데도 말이다.

＊　　　　＊　　　　＊

　금오는 무엇이 걱정스러운지 다소 심각한 표정을 짓고 있었다.

　설화가 그려준 지도에 의하면 사신교 총단까지는 이제 얼마 남지 않은 거리였다. 그렇다면 인근에 접근자를 감시하는 초소가 눈에 띌 법도 한데 아무리 주의를 살펴도 초소는커녕

은신해서 감시를 하는 자도 발견할 수 없었다.

'이상하네… 총단의 경계가 이렇게 허술할 리 없는데… 혹시 벌써 다 철수한 것인가?'

금오는 자신이 감시 초소를 발견하지 못했을지도 모른다는 점보다는 사신교가 급히 이동했을 가능성에 더욱 무게를 두었다.

약 한 시진 정도 더 이동해 나가자 그동안 보아왔던 것보다 훨씬 험준한 지형이 눈앞에 펼쳐졌다. 그곳은 양옆으로 수백 장의 단애가 마주 보고 있는 협곡이었는데, 그중 한쪽 단애에 수많은 동굴이 뚫려 있는 모습이었다.

수많은 동굴이 미로처럼 얽혀 있는 단애. 저곳이 바로 사신교의 총단이었다. 그런데 너무 조용했다. 그들이 아무리 은밀한 무리라 하여도 수많은 사신교도들이 거처하고 있다 보면 어디선가는 움직임이 감지되어야 정상인데, 전혀 그런 기미가 보이지 않았다.

"젠장, 아무래도 벌써 꼬리를 감춘 모양이군."

금오가 낮게 중얼거렸다. 그는 원래 사신교가 이동을 시작하면 일행과 함께 은밀하게 움직여 그들 수뇌부만 집중 공략할 생각이었다. 같은 숫자라도 전투 대형을 구축한 것과 이동 대형으로 움직이는 것에는 엄청난 차이가 있게 마련이어서 급습이 성공할 가능성은 무척 높았다. 그런데 벌써 사라져 버렸다면 수뇌부를 처치하는 것은 고사하고 그들의 근거지를 다시 찾는 것조차 어렵지 않겠는가?

금오로서는 힘이 빠질 수밖에 없는 일이다. 그래도 혹시 몰랐기에 금오 일행은 극히 조심스럽게 움직여 단애로 접근해 들어갔다. 그러나 그들의 근거지 앞에 이르도록 사신교는 아무런 움직임도 보이지 않았다.

"내가 안을 잠시 살펴보고 올 테니 여기서 기다리고들 계시오."

금오는 일행을 입구에 놓아둔 채 가까이에 있던 동굴로 은밀하게 스며들었다. 그곳 역시 지키고 있는 자는 없었다. 조금 더 들어가니 굴이 여러 갈래로 나뉘어졌다. 예상했던 대로 수많은 동굴은 단애 안에서 미로처럼 복잡하게 얽혀 있는 것이 분명했다.

금오는 조금 더 깊숙한 곳까지 들어가 보았다. 그러자 통로 중간 중간에 위치한 석실들이 나타나기 시작했다. 사신교도들이 거주지로 사용하던 공간인 듯하였기에 금오는 조심스럽게 안을 살펴보았다.

"젠장, 모두 떠난 것이 분명하군."

석실은 하위 계층의 교도들이 사용하던 공간이었던 듯 허름한 집기들이 놓여 있었는데, 어지럽게 흐트러져 있는 것으로 보아 몹시 급하게 짐을 챙겨 떠난 것이 분명했다. 금오는 그곳을 빠져나와 석실 몇 개를 더 훑어보았지만, 상황은 모두 비슷했다.

그때 다른 일행들이 금오가 있는 곳으로 다가왔다.

"벌써 줄행랑을 놓은 모양이구나."

석두 선사가 비어 있는 석실 하나를 둘러보고 나오며 말하였다.

"그런 것 같소."

"이 정도 규모면 적지 않은 인원이 거주했을 텐데, 신속하게도 움직였군."

"혹시 이주 장소에 대해 알 수 있는 단서가 어딘가 있을지도 모르니 안쪽을 좀 더 살펴봐야겠소."

"그래, 단서가 남아 있을지도 모르지."

일행은 주변으로 흩어져서 비어 있는 석실들을 살펴보기 시작하였다.

태극검가의 인물들은 금오 일행보다 다소 늦게 사신교 총단에 도착하였다.

한바탕 결전을 예상하고 있던 그들도 계곡에 진입하는 순간, 뭔가 이상하다는 것을 눈치 챌 수 있었다.

만약의 경우에 대비해 이연이 선발대로 먼저 오고 담초은과 유수천은 약간 뒤에 머물러 있었는데, 사신교 총단이 텅 비었다는 사실을 알고는 이연 측과 합류하였다.

"하화라는 계집이 혹시 거짓말을 한 것 아니오?"

유수천이 이연에게 다가오며 말하였다. 청해에서 일어나

는 일을 조사하라는 태극검성의 명을 받고 백염객점 인근에 도착해 있던 그들이 이곳으로 급히 달려온 것은 하화가 제공한 정보 때문이었다. 그런데 총단이 텅 비어 있으니 의심이 생긴 것이다.

"아니, 그보다는 설화를 제거하지 못한 사신교 측이 이런 경우를 대비해 총단을 옮겼을 가능성이 크다. 그런데 금오 녀석은 왜 안 보이는지 모르겠군."

"어쩌면 동굴 안을 수색하고 있을지 모르니 우리도 들어가 봅시다. 사신교에 대한 정보를 약간이라도 얻을 수 있을지 모르니 말이오."

"좋다. 각기 삼십 명씩 선발하여 내부를 수색해 보도록 하자. 나머지 대원은 이곳에 남아 만약의 경우에 대비하도록 하고."

이연의 말에 따라 그들은 각자 삼십 명씩의 수하를 차출하여 동굴 안으로 진입해 들어갔다. 그리고 나머지 대원들은 입구에 진형을 구축한 채 휴식을 취하기 시작했다.

스스슥…….

단애의 상층부 동굴에서 수백 명의 인물이 모습을 나타낸 것은 바로 그때였다. 아무 소리 없이 나타난 그들의 손에는 넉 자 정도의 단창이 들려 있었다. 하지만 바깥에 대기하고 있는 태극검가의 무사들 중 위쪽을 쳐다보는 자는 아무도 없었다.

휘이익~!!
누군가 휘파람으로 신호를 울리는 순간,
쐐애애액!!
수백 자루의 장창이 태극검가 무사들의 머리 위로 일시에 쏟아져 냈다.

"기, 기습… 크아악!!!"

"아아아악!!!"

무방비 상태로 휴식을 취하고 있던 태극검가 무사들은 검 한 번 뽑아보지 못한 채 절반 이상이 즉사하고 말았다. 급히 몸을 피한 몇몇은 목숨을 건질 수 있었지만, 그들도 오래 버티지는 못할 것 같았다. 단창이 계속해서 쏟아지고 있었기 때문이다.

다급해진 태극검가 무사들은 가까운 동굴로 뛰어들기 시작했다. 그렇게 모두가 동굴 속으로 몸을 피했을 때였다.

그르르… 쿠쿵!!!

두툼한 석문이 내려와 아래쪽 동굴의 입구들을 동시에 막아버리고 말았다. 텅 비어 있는 줄 알았던 사신교 총단이 순식간에 죽음의 덫으로 변해 버리고 만 것이다.

'큰일이네.'

약간 떨어진 곳에 몸을 숨기고 있던 교윤은 갑작스러운 상황의 변화에 어떻게 대처해야 할지 몰라 안절부절못하였다. 그가 여기까지 쫓아온 것은 멀리서라도 담초은의 얼굴을 보기 위함이었다. 그런데 그녀가 사신교의 덫에 걸려 버렸으니 이를 어찌해야 한단 말인가?

생각은 오래가지 않았다. 돌아가서 지원 세력을 급히 끌어 모은다 해도 다시 돌아왔을 때는 모두 죽어버리고 난 후일 테니까. 담초은이 죽어버린다면 아무런 의미도 없었다. 어떻게든 그녀만은 살려서 구출해야만 했다.

교윤은 저 안으로 들어가기로 작정을 하였다. 다행히 상층부에 모습을 드러냈던 사신교 무리들이 모두 사라진 상태였고, 상층부의 동굴들은 여전히 열려 있었다.

'좋아, 저기로 들어가 보는 거야.'

단단히 각오를 한 교윤은 절벽을 타고 위로 기어오르기 시작했다.

사신교 총단의 깊숙한 곳에 위치한 대전.

천장이 둥글고 높게 솟아 있으며, 수천 명이 동시에 모일 수 있을 만큼 넓은 곳이다. 한쪽 벽면에는 거대한 사신상이 양각되어 있으며, 그 앞에는 높은 제단이 있고, 제단 앞에는 교주가 앉는 커다란 의자가 놓여 있다.

사신교주 위헌령은 그 의자에 앉아 있었다.

그그그궁…….

대전으로 이어지는 수십 개의 통로에서 기관 작동음이 들려오기 시작하자 위헌령의 입가에 비릿한 미소가 머금어졌다.

"드디어 시작된 모양이군."

그가 자리에서 천천히 일어나며 나직하게 소리쳤다.

"사령구십구위(蛇靈九十三九衛)!!"

"하명하십시오, 교주님!!"

온몸을 검은 천으로 휘감은 서른세 명의 인물이 바닥에 부복한 채 복명하였다. 적지 않은 인원임에도 불구하고 존재감이 거의 느껴지지 않는 것으로 보아 은잠술을 전문적으로 익힌 살수들임에 분명했다.

"가서 침입자들의 목을 베어와라!! 단 한 놈도 남기지 말고 모조리 죽여 없애라!!"

"존명!!!"

사령구십구위는 하나의 목소리로 복명한 뒤 곧바로 대전을 빠져나가기 시작하였다. 마치 물이 흐르듯, 검은 운무가 움직이듯 그들은 삼 인 일 조가 되어 각각의 통로로 스며들어갔다.

"기다려라, 금오. 네놈은 본좌가 직접 처치해 주마."

위헌령도 천천히 계단을 내려왔다. 금오 일행은 물론 태극검가의 세 제자도 무시 못할 능력의 소유자들이니 수하들의 희생도 적지 않을 것이다. 하지만 금오를 죽이고 수미금강저를 탈취할 수만 있다면 수하의 절반을 잃더라도 이득이라 할 만했다.

“무덤… 이곳을 네놈들의 무덤으로 만들어주마.”

사신교주 위헌령은 나직하게 읊조리며 통로를 향해 신형을 날렸다.

2

금오는 곤륜쌍화, 석두 선사와 함께 미로를 헤매고 있었다.

여러 곳으로 흩어져 석실을 조사하고 있던 그들 일행은 입구 쪽에서 들려온 기관음을 듣고는 모두 통로로 뛰어나왔었다. 그러나 석실을 빠져나왔을 때는 이미 통로에서도 변화가 일어나고 있었다. 통로의 곳곳이 막히고, 없던 통로가 새롭게 생겨났던 것이다.

그때까지만 해도 금오는 바깥쪽과 안쪽에 대한 방향 감각을 지니고 있었다. 하지만 일행을 찾기 위해 미로를 헤매는 사이에 방향 감각을 완전히 잃어 지금은 안팎을 전혀 구분할 수 없는 상태였다.

그렇게 헤매는 사이에 곤륜쌍화와 석두 선사를 다시 만날 수 있었지만, 빙영과 나머지 일행은 어디로 갔는지 도무지 찾을 길이 없었다. 게다가 여기저기서 불쑥불쑥 나타나는 사신교 무리들 때문에 지금은 마음놓고 돌아다니기도 힘든 상황이었다.

“완전히 덫에 걸려 버리고 만 것 같소.”

“그러게 말이다.”

나직한 음성으로 주고받는 금오와 석두 선사의 대화에 곤륜쌍화의 천노가 끼어들었다.

“걱정 마라. 곤륜파의 제자들이 곧 뒤따라올 테니까.”

“곤륜파가 몽땅 몰려오기라도 한다는 거요?”

금오가 물었다.

“아마 총력을 기울여서 오고 있을 게다.”

“그렇다면 더 큰일이지.”

“어째서 더 큰일이라는 게냐?”

“우리 꼴이 나지 않는다고 누가 보장하겠소? 자칫하면 몰살을 당할 수도 있다고.”

“으음…….”

듣고 보니 일리가 있는 말이었기에 곤륜쌍화는 동시에 침음성을 흘렸다. 그때,

쐐쐐쐐!!!

통로 앞뒤에서 일단의 무리가 나타나며 동시에 공격해 들어왔다. 이것으로 벌써 다섯 번째였다.

“귀찮아 죽겠네!!”

금오는 전면으로 쇄도해 오던 다섯 명을 향해 수미금강저를 휘둘러 냈다. 길이를 넉 자로 조정해 놓은 상태여서 좁은 공간에서 사용하기에도 문제가 없었다.

파카카카캉!!

"크아아악!!"

수미금강저에 휩쓸린 사신교 무리는 산산이 부서진 검의 파편에 난자당한 채 죽어 널브러졌고, 그사이에 석두 선사와 곤륜쌍화는 뒤에서 공격해 오던 자들을 깨끗이 처리하였다.

금오는 쓰러진 자들을 지나쳐 통로를 걸어가던 금오가 고개를 갸웃하였다.

"혹시 우리가 위로 향하는 경사로를 만난 적이 있었소?"

"뜬금없이 그런 건 왜 묻는 게냐?"

석두 선사가 대꾸했다.

"내 기억에 아래로 내려가는 경사로를 지난 적은 있어도 올라가는 경사로는 만난 적이 없는 것 같아서 그렇소."

"그게 어쨌다는 거냐?"

"밖에서 보았을 때 이곳은 수십 층에 이르는 입체 공간이었고, 우리는 지상 일층으로 진입했소. 그런데 어째서 위로 올라가는 길은 없고 아래로 내려가는 길만 가끔 나온다고 생각하시오?"

"네 말은 혹시……??"

"그렇소. 아무래도 놈들이 만들어놓은 길을 따라 어디론가 유인되고 있는 것 같소."

금오의 우려는 기우가 아니었다. 끊임없이 기관 작동음이 들리며 지금도 길이 계속 바뀌는 소리가 들려오고 있기 때문이다. 과연 사신교주가 유도하고 있는 그곳에는 어떤 위험이

기다리고 있는 것일까?

전마는 묘묘와 함께 움직이고 있었다.

그들 또한 일행을 찾아 헤매고 있는 중이었는데, 방향을 종잡을 수 없는 미로에 갇혀 있음에도 불구하고 전마는 조금도 갑갑해하거나 불안해하지 않았다. 오히려 그는 이 상황을 즐기고 있었다. 언제 어디서 나타날지 모르는 사신교 무리의 공격이 그의 전투 본능을 끊임없이 자극하고 있었기 때문이다. 다만 한 가지 불만이라면 아직 호적수라 할 만한 놈들을 만나지 못했다는 점이었다.

그는 쉽게 싸워 이길 수 있는 상대보다 목숨을 걸고 용호상박의 승부를 펼칠 수 있는 적수가 필요했다.

그그긍…….

혹은 가까운 곳에서, 혹은 먼 곳에서 끊임없이 울려오는 기관 작동음. 전마와 묘묘도 미로가 계속 바뀌고 있다는 사실은 이미 눈치 챈 상태였다. 하지만 자신들이 지하의 어딘가로 유인되고 있다는 사실까지는 알지 못했다.

태극검가 청룡검수단 소속 제삼조장 하후복(夏候復)은 다섯 명의 수하와 함께 동료들을 찾아다니고 있는 중이다. 그동안 사신교 무리의 암습을 두 차례 받았지만, 그다지 강한 자들이 아니어서 큰 피해 없이 제압할 수 있었다.

그는 원래 담력이 제법 있는 사람이었지만, 이상하게도 이렇게 답답한 공간에 갇히면 마음이 불안하고 괜히 숨이 막히는 것 같아 참을 수가 없었다.

미로에 갇힌 지가 벌써 한 시진. 그는 거의 폭발 직전에 이르러 있었다. 그런데 그가 걷고 있던 통로가 하필이면 막다른 벽으로 막혀 있지 않겠는가?

막힌 벽을 보는 순간 하후복의 가슴도 꽉 막히고 말았다.

"이따위 벽들은 모조리 부숴 버려야 해……."

드디어 한계 상황을 넘어선 것인가? 하후복은 벽을 상대로 검을 치켜 들었다.

'모조리 부숴 버리고 말겠다. 벽이란 벽은 모조리…….'

"하아압!!"

하후벽은 정면의 벽을 향해 강력한 일검을 휘둘러 냈다. 혼신의 진기가 실린 검이 베고 지나가자 한 자가량의 석벽에 균열이 쩍쩍, 번져 나갔다.

"우아압!!"

하후벽은 검을 한 번 더 휘둘렀다. 그러자 석벽이 우르르 무너져 내리며 건너편 공간이 모습을 드러냈다. 그제야 하후벽은 가슴이 조금 진정되는 듯했다. 그런데 먼지가 뿌옇게 일어나는 통로 저편에 누군가가 서 있었다, 무시무시한 안광을 쏘아내며.

"누, 누구냐?!"

상대의 안광에 기가 눌린 하후벽이 검을 겨누며 소리쳤다. 그러자 무시무시한 안광과 전혀 어울리지 않는 소녀의 음성이 들려왔다.

"벽을 뚫고 나타난 사람들이 먼저 정체를 밝혀야 하지 않나요? 보아하니 사신교 같지는 않은데……."

말을 걸어온 소녀는 무시무시한 안광을 쏘아내고 있는 노인의 등 뒤에서 고개를 빠끔히 내밀고 있었다. 무척이나 귀여운 모습이었지만, 지금 제정신이 아닌 하후복의 눈에는 그녀의 얼굴이 들어오지 않았다.

"잔말 말고 정체를 밝혀라!!"

느닷없이 벽을 부수고 나타난 멍청한 녀석이 소리까지 벅벅 질러대자 전마는 몹시 기분이 언짢아졌다. 만약 묘묘가 뒤에서 그의 손을 잡고 있지 않았다면 멍청한데다 버르장머리까지 없는 저 녀석의 머리통을 벌써 박살 내고 말았을 것이다.

묘묘가 얼른 말을 받았다.

"꼭 먼저 알아야겠다면 말해주죠. 이분은 전마 할아버지고 나는 묘묘라고 해요. 혈마곡에서 왔죠."

"혈마곡!!"

하후복과 그의 수하들은 까무러칠 듯 놀라 소리를 질렀다.

"설마, 혈마곡이 사신교와 결탁했단 말인가?"

하후복이 은은히 떨리는 음성으로 중얼거리자 전마가 눈

살을 찌푸리며 말했다.

“무슨 헛소리를 지껄이는 거냐, 멍청한 녀석!! 우리는 사신교 놈들을 박살 내러 왔다가 미로에 갇혔을 뿐이다.”

“거짓말 마라!! 혈마곡이 무엇 때문에 태극검가를 도와 사신교와 싸운단 말이냐?”

“태극검가?”

전마의 양안에 갑자기 살기가 어리기 시작했다.

“아유, 할아버지! 지금은 저 사람들과 싸울 때가 아니잖아요.”

묘묘가 손을 잡아 흔들며 말하자 전마도 얼른 손을 쓰지는 않았다. 하지만 살기 어린 눈빛은 그대로였다.

“태극검성도 여기 들어온 거냐?”

전마가 윽박지르듯 묻자 하후복은 움찔하여 대답했다.

“그분께서 오시지는 않았지만 대제자이신 이연 총사님과 나머지 제자 분들도 오셨다.”

“잘됐군. 사신교 놈들부터 박살 낸 다음에 너희 태극검가 놈들의 씨를 말려주마.”

나직이 말한 전마는 묘묘를 데리고 가던 길을 계속 가기 시작했다. 너희 따위는 겁낼 필요도 없다는 듯 그는 하후복 앞을 무방비 상태로 지나쳤다. 바로 그 순간,

“씨가 마르는 건 너희 혈마곡이 될 거다!!”

하후복이 갑자기 검을 찔러냈다. 워낙 지척에서 벌어진 기

습이었기에 전마는 방비할 틈조차 없었다.

쓰아악!!!

검은 전마의 몸을 그대로 관통해 버렸고, 하후복의 입가에
는 승리의 미소가 피어났다. 하지만 그것은 그의 착각이었을
뿐이다. 관통했다고 느낀 그의 검은 전마의 작은 움직임으로
인해 그의 오른쪽 겨드랑이 사이로 지나가고 말았기 때문이
다.

겨드랑이로 검을 흘려보낸 전마는 빠르게 한 걸음 물러서
며 왼손으로 하후복의 팔목을 움켜쥐고, 오른 팔꿈치로 그의
면상을 그대로 찍어버렸다.

우직!!

안면 골격이 내려앉는 소리가 소름 끼치게 울리며 하후복
은 비명조차 지르지 못하고 그 자리에서 절명하고 말았다.

"암습이나 하는 주제에 네놈들이 무슨 정파란 말이냐?!!"

하후복의 암습으로 잔뜩 화가 난 전마는 다섯 명의 청룡검
수대 사이로 돌진해 들어갔다.

"그만둬요, 할아버지!!"

묘묘가 소리쳤지만, 일단 손을 쓰기 시작한 전마를 멈추게
할 방법은 없었다.

퍼퍼퍼퍼퍽!!!

다섯 번의 격타음이 거의 동시에 울려왔고, 청룡검수단은
손 한 번 쓰지 못한 채 피를 토하며 쓰러지고 말았다. 그가 어

떻게 접근해 오고, 어떤 각도로 주먹을 뻗었는지 알아채지도 못한 채 다섯 명의 검수는 그렇게 명을 달리하고 말았다. 가히 육박술에 관한 한 천하제일이라 할 만한 전마였다.

"사신교와 싸우러 온 사람들을 죽이면 오히려 우리에게 손해라는 걸 몰라서 이러는 거예요?!"

묘묘가 눈썹을 살짝 찌푸리며 소리쳤다.

"그럼, 암습이나 하는 놈을 그냥 두란 말이냐?"

"나머지 다섯 사람은 아무 짓도 하지 않았잖아요."

"태극검가 놈들은 다 똑같은 종자들이다."

전마가 퉁명스럽게 대꾸하고 있을 때였다.

그르릉…….

몇 발짝 떨어진 곳의 벽이 갈라지며 새로운 통로가 나타났다. 그런데 그곳에서 또 태극검가의 인물들이 걸어나오지 않겠는가? 이번에는 열 명이 넘는 숫자였다.

전마와 묘묘는 걸음을 멈추며 그들을 주시하였다. 그러자 선두에 있던 젊은 녀석 하나가 하후복 일행의 시신을 발견하고 소리쳤다.

"저들을 죽인 게 너희들의 짓이냐?"

전마의 눈썹이 확 치켜 올라갔다. 아무리 적대적인 관계라도 대가리에 피도 안 마른 녀석이 저따위로 떠들어대는 건 도저히 용서할 수가 없다.

"죽는 게 소원인 놈들은 죽여줘야지."

전마가 다시 한바탕 붙을 기세로 소리치자 묘묘가 얼른 앞을 가로막으며 소리쳤다.

"제발 그만 좀 해요. 우린 지금 금오를 찾는 게 급하다고요!"

방금 전마에게 소리쳤던 유수천은 금오라는 말에 언뜻 놀란 표정을 지었다.

"당신들은 누군데 금오를 알지?"

"우리는……."

혈마곡 사람이라고 하면 문제가 또 일어날까 봐 묘묘는 대답을 머뭇거렸다. 그러자 전마가 살기 어린 눈빛으로 소리쳤다.

"너희 태극검가 놈들과 상극인 혈마곡의 어른이시다!!"

"혈마곡!!"

유수천은 경악하여 검을 뽑아 들었다. 그러자 뒤따라온 검수들도 검을 뽑아 결전의 태세를 갖추었다. 사신교의 덫 안에서 혈마곡과 태극검가의 두 번째 싸움이 시작되려고 한다.

빙영은 장쾌와 함께 있었다.

통로가 그다지 좁다고 할 수는 없었지만 장쾌는 고개를 제대로 들 수가 없었다.

'우라질, 어디쯤 가야 허리를 똑바로 펼 수 있는 공간이 나오는 거야? 도무지 갑갑해서 견딜 수가 없네.'

한 시진을 넘게 돌아다녔으니 이제 뭔가는 나올 때도 되었
건만, 이 망할 놈의 미로는 도무지 끝날 기미를 보이지 않았
다.

"제수씨, 좀 쉬었다 갑시다."

장쾌가 통로에 그대로 주저앉으며 말하였다. 허리가 꽤나
아팠던 모양이다.

빙영도 어쩔 수 없다는 듯 그 자리에 서서 잠시 휴식을 취
하였다. 그때 주변 여기저기에서 기관이 작동하는 진동음이
울려 나오더니 부근에 있던 벽 한쪽이 넓게 갈라지며 꽤 널찍
한 공간이 나타났다.

안쪽을 살펴보니 여러 개의 통로가 만나는 지점인 듯 여섯
개나 되는 통로가 뚫려 있었고, 천장도 제법 높아 보였다. 저
곳이라면 허리를 구부리지 않아도 되겠다는 생각에 장쾌는
앞뒤 가리지 않고 그 공간으로 들어갔다. 빙영은 왠지 느낌이
좋지 않았지만 장쾌가 먼저 들어가 버려서 어쩔 수 없이 뒤를
따랐다.

넓은 공간에 들어선 장쾌는 온몸을 쭉 펴고 긴장된 근육들
을 풀었다. 온몸을 검은 천으로 휘감은 자들이 소리없이 나타
난 것은 바로 그때였다. 움직임이 너무나 은밀하고 인간이 태
생적으로 지니고 있는 존재감이 거의 드러나지 않는 자들이
어서 빙영이 마침 그쪽을 쳐다보지 않았다면 발견하지 못했
을지도 모를 일이었다.

빙영이 검을 뽑아 들자 장쾌도 곧 눈치를 채고 그쪽으로 시선을 돌렸다. 그 순간,

쐐애액!!

흑포인들이 동시에 암기를 쏘아냈다. 그러나 목표는 빙영과 장쾌가 아니었다. 그들이 노린 것은 곳곳에 놓여 있던 등잔불이었다.

파파팟!!

등잔불이 모두 꺼짐과 동시에 여섯 개의 통로가 석문으로 모두 차단되었다. 공간은 순식간에 어둠에 휩싸였다. 놈들은 이 어둠을 이용하려는 것이 분명했다.

"조심해요. 은잠술을 전문적으로 익힌 자들 같아요."

빙영이 말하자 장쾌가 그녀의 등 뒤로 바짝 붙어서며 대꾸하였다.

"내가 삼면을 맡을 테니 제수씨는 정면만 신경 쓰시오."

"알았어요."

빙영과 장쾌는 등을 마주한 채 청각에 온 신경을 집중하였다. 저들이 소리없이 접근하는 데 성공하느냐, 이쪽이 먼저 알아차리느냐에 따라 이 싸움의 승패는 갈리게 될 것이다.

第四章

지하 동부에서의 결전

下午門鶇

1

'너무 조용하다.'

아무리 청력을 끌어올려도 상대의 움직임을 전혀 감지할 수 없자, 빙영은 불안한 생각이 들었다.

존재감을 저 정도로 감출 수 있는 자들이라면 목에 칼이 들어올 때까지 전혀 눈치 챌 수 없을 것 같았다.

'놈들의 접근을 알아챌 방법을 찾아야 해.'

검을 천천히 휘둘러 보는 것도 하나의 방법이 될 수 있을 것이다. 하지만 그 정도로는 놈들의 접근을 완벽하게 감지할 수가 없다. 가장 확실한 방법은 역시 눈으로 보는 것이다.

'그래!'

빙영은 문득 한 가지 방법이 떠올랐다. 그것은 검으로 바닥을 그어 불꽃을 일으키는 방법이었다.

스파―앗!!

생각이 듦과 동시에 빙영은 검을 휘둘렀고, 바닥에서 긴 불꽃이 일어나며 주변을 밝혔다.

"헉!!"

불꽃이 일어나는 순간 빙영은 분명히 보았다. 바로 앞에 버티고 선 채 검을 치켜 들고 있는 흑포인 하나를 말이다. 찰나에 불과한 영상이었지만 그다음에 이어질 동작이 빙영의 뇌리를 스쳤고, 그녀는 본능적으로 반응해 나갔다.

쓰아앗!!

그녀는 놈의 검을 막아냄과 동시에 반격을 펼칠 수 있는 초식을 전개해 냈다. 그런데 당연히 부딪쳐야 할 놈의 검이 걸려들지 않았다. 이럴 때는 판단이란 것을 할 겨를이 없다. 오직 본능과 직감에 따라 움직일 뿐이다.

그녀는 순간적으로 몸을 비틂과 동시에 나머지 초식을 이어나갔다.

서격!!

살이 깊숙이 베이는 소름 끼치는 느낌. 그리고,

파아앗!!

목이 베이며 분수 같은 피가 솟구치는 소리.

앞선 것은 빙영이 당한 것이고, 뒤의 것은 흑포인이 당하는 소리였다.

"흐윽!!"

마지막 순간에 몸을 피한 덕에 그녀는 치명상을 피할 수가 있었다. 하지만 왼쪽 허벅지를 깊숙이 베여 제대로 서 있는 것조차 힘들었다.

한편, 장쾌는 불꽃이 번쩍이는 순간, 전방 좌우로 다가와 있는 두 명의 흑포인을 볼 수 있었다. 그들은 이미 검을 찔러 들어오고 있는 중이었고, 장쾌는 피할 여유가 없었다. 아니, 장쾌는 피할 이유가 없었다. 놈들이 사신교에서 제법 고수에 속하는 실력자라 해도 구성에 이른 은산철벽공을 깰 수는 없을 테니 말이다.

그는 피하는 대신 두 팔을 활짝 벌려 놈들을 맞아들였고, 칼날이 통하지 않는 상황에 놀란 놈들이 주춤하는 사이에 양주먹을 망치처럼 휘둘러 머리통을 납작하게 만들어 버렸다. 아는 사람은 알겠지만, 머리통이 납작해진 인간은 대개 죽게 마련이다.

"제수씨, 괜찮소?"

장쾌가 물었다.

"죽을 정도는 아니지만 괜찮지도 않아요."

그그긍…….

그때 닫혔던 통로 중 세 곳의 문이 열리며 불빛이 스며 들어왔다. 그제야 빙영의 상처를 살펴본 장쾌는 인상을 잔뜩 찌푸리며 중얼거렸다.

"그놈의 자식이 날 잡아먹겠다고 덤비게 생겼군."

그놈은 아마 금오일 것이다.

"당신 잘못이 아니에요."

빙영이 고통스러운 와중에도 엷은 미소를 머금으며 말했다.

"어쨌든 업히시오. 그 다리로 걸어가는 건 무리요."

"그럴 필요까지는……."

사내의 등에 업힌다는 것이 내키지 않는 듯 빙영이 난색을 표하자 장쾌가 퉁명스레 대꾸하였다.

"쑥스러워할 것 없소. 난 제수씨처럼 비쩍 마른 사람은 여자로 보이지 않는 성격이니까."

나름대로 빙영을 생각해서 해주는 말이었지만, 듣는 입장에서는 절대로 기분이 언짢은(?) 표현이었다. 그러나 장쾌가원래 말이 서툴다는 것을 알기에 빙영은 크게 신경 쓰지 않았다.

"어서 업히시오."

"잠시만요. 지혈부터 시키고요."

"아, 그렇군."

빙영이 혈도를 눌러 지혈시키고 있는 사이 장쾌는 죽은 자들 중 한 명의 흑포를 벗겨 깨끗한 곳을 골라 길게 찢어왔다. 상처를 감싸는데 하필이면 시체의 옷이라니… 하지만 장쾌는 아무렇지 않다는 표정으로 빙영의 부상 부위를 묶어주었다.

곧이어 장쾌가 등을 내밀자 빙영은 아무 말 없이 업혔다. 그냥 걷겠다고 해봐야 고집불통 장쾌가 용납하지 않을 것이 뻔했기에 순순히 따르기로 한 것이다. 사실 부상이 깊어 한쪽 다리를 전혀 움직일 수도 없었고 말이다.

＊　　　＊　　　＊

유수천은 사력을 다해 달리고, 또 달렸다.

괴물… 놈은 괴물이었다.

유수천은 사부와 대사형을 제외하고 그토록 무서운 상대를 만나본 적이 없다.

'현무검수대 열 명을 눈 깜짝할 사이에 쓸어버리다니…….'

맨몸으로 뛰어들어 열 명의 수하를 순식간에 쓰러뜨리던 전마의 모습을 생각하면 지금도 등골이 오싹했다. 혈마곡의 마인들이 대단하다는 것은 알고 있었지만 이 정도일 줄은 상상도 못했었다.

하긴 전마는 혈마곡 안에서도 열 손가락 안에 들어가는 고수이니 아직 공부가 부족한 유수천의 눈에는 마신처럼 보이는 것도 무리는 아닐 것이다.

'알려야 한다. 혈마곡이 사신교와 결탁하여 우리 태극검가를 몰살시키려 한다는 사실을 알려야 한다.'

유수천은 대사형 이연을 찾기 위해 죽을힘을 다하여 달려
나갔다.

*　　　　*　　　　*

지하. 끝이 보이지 않을 만큼 거대한 공간.

그곳에 커다란 호수가 존재했다. 더없이 맑고 차가운 물이
가득한 드넓은 호수다.

저 반대편은 어둠에 묻혀 있어 끝이 어딘지 보이지 않는다.
다만 일행이 빠져나온 동굴 일대만 횃불이 몇 개 밝혀져 있을
뿐이다.

이제 막 동굴을 빠져나온 금오는 주변을 한차례 둘러본 뒤
나직하게 중얼거렸다.

"우리를 이곳으로 유인해서 뭘 어쩌자는 것일까?"

금오는 자신들이 이곳에 오게 된 것이 결코 우연이 아님을
확신하였다. 무엇인지는 몰라도 어떤 흉계가 숨어 있는 것이
분명했다. 하지만 주변을 아무리 둘러보아도 흉계라 할 만한
것은 눈에 띄지 않았다.

"걱정스러우냐?"

석두 선사가 나직하게 물었다.

"걱정스럽기보다는 좀 답답하오. 사신교 놈들이 뭔가 일을
꾸미는 것은 분명한데, 현재로써는 전혀 알 수가 없으

니……."

"여긴 씨앗 같은 곳이다."

곤륜쌍화의 천노가 주변을 둘러보며 말하였다.

"그게 무슨 말이오?"

"씨앗은 생명의 정화다. 그래서 때가 되면 단단한 껍질을 뚫고, 새싹이 솟아나오는 것이며, 살짝만 건드려도 부러지고 마는 새싹이 단단한 대지를 뚫고 나올 수 있는 것은 그 안에 약동하는 삶의 기운이 충만한 까닭이다. 그처럼 이곳은 생명의 기운이 약동하는 지중(地中)의 혈(穴)이라는 얘기다."

"이처럼 깊은 지하는 보통 음의 기운을 띠는 것 아니오? 더구나 처토록 차가운 호수까지 있는데……."

"흔히들 음양을 별개의 것으로 생각하지만, 음양은 본디 하나다. 또한 서로 전환되는 기운이지. 양이 극에 달하면 힘을 다하여 음이 되고, 음이 극에 달하며 그것이 전환하여 양이 되는 것이 만물의 이치다."

"그러니까 이곳은 극에 달한 음의 지기가 양의 기운으로 전환하여 지상으로 솟아 올라가는 지세라는 뜻이요?"

"대가리에 잔재주만 가득한 줄 알았더니 이치를 꿰뚫는 눈도 약간은 지닌 모양이구나?"

천노가 은근히 무시하는 투로 말하자 금오가 흘깃 쳐다보며 대꾸했다.

"꼬부랑 할아버지 돼서 조금 아는 거 가지고 잘난 척은…

잘난 척하고 싶으면 영감탱이 내 나이 때 뭘 얼마나 알고 있었는지 그것부터 생각해 봐."

'이 우라질 녀석이…….'

천노의 눈썹이 확 치켜 올라갔다. 여기서 한두 마디만 더 오가면 사생결단을 내자고 달려들 분위기였는데, 때마침 동굴이 어수선해지며 일단의 인물들이 쏟아져 나오기 시작했다. 이곳으로 나오는 동굴은 모두 다섯 개였는데, 그들은 금오 일행이 나온 곳과 다른 동굴에서 나오고 있었다.

'우리 외에 누군가 또 들어온 것 같다 했더니, 저 인간들이었나?'

동굴을 빠져나오는 인물을 발견한 금오가 속으로 중얼거렸다. 그들은 다름 아닌 이연이 이끌고 있는 태극검가의 검수들이었던 것이다.

먼저 도착해 있는 금오 일행을 발견한 이연은 석두 선사와 곤륜쌍화에게 먼저 예를 취한 뒤, 금오를 바라보았다.

"어떻게 된 거냐?"

참으로 여러 가지 의미가 함축된 질문이다.

"보시다시피 사신교 놈들을 박살 내러 왔다가 외려 여기에 끌려와 있는 상태야. 사신교 놈들이 무슨 꿍꿍이를 가지고 있는지는 나도 모르니까, 혹시 더 궁금한 게 있으면 다른 사람에게 물어보라고."

금오는 자신이 알고 있는 건 다 말했다는 듯 두 손을 펼쳐 보였다.

"너도 사신교에 의해 우리가 유인당했다고 생각했던 거냐?"

"기관을 움직인 건 놈들이었고, 그 유도에 따라 도착한 곳이 여기니까. 중간에 간혹 튀어나왔던 허약한 놈들은 우리를 혼란시키기 위한 미끼였을 테고."

금오의 대답에 동의한다는 듯 이연은 고개를 끄덕였다. 그때 동굴이 다시 어수선해지며 일단의 인물이 나타났다. 이번에는 담초은이 십여 명의 수하를 대동한 채 모습을 나타냈다. 금오를 대하는 담초은의 표정은 여전히 냉랭했고, 금오도 별 관심 없다는 듯 눈길을 주지 않았다.

그 후로 태극검가의 인물 백여 명이 더 도착하였다. 그들 중에는 흑포를 두른 사신교의 인물들에게 동료를 잃었다고 말하는 자들이 꽤 있었다. 그리고 얼마 후에는 빙영을 업은 장쾌가 도착하였다.

"어떻게 된 거야?"

빙영의 상태가 심상치 않음을 발견한 금오가 달려가며 물었다.

"별거 아니니까 호들갑 떨 필요없어."

빙영이 장쾌의 등에서 내려오며 대답했다. 곧이어 그녀는 이연과 담초은에게 예를 올렸다.

별거 아니라고 말은 했지만 한쪽 다리를 쓰지 못해 중심을 제대로 잡지도 못하는 모습이었다.

"혹시 두 사람도 흑포을 걸친 놈들에게 당한 거야?"

"모두 세 놈이었는데, 대가리를 박살 내버렸다."

장쾌가 두 주먹을 들어 보이며 대답하였다.

"겨우 세 놈에게 빙영이 저 지경이 됐다면 꽤나 셌다는 얘기네?"

"내 살갗에 흠집도 못내는 허약한 놈들이었다. 어두운 공간에 갇히는 바람에 당한 것뿐이지."

장쾌가 별것 아니었다는 듯 대답했지만, 빙영의 생각은 다른 듯했다.

"무공은 강하다고 할 수 없지만 은잠술을 전문적으로 익힌 자들이었어. 어둠 속에서 코앞까지 다가왔는데도 전혀 알아채지 못했으니까. 그리고 그들은 빛이 없는 상황에서도 상대를 분간할 수 있는 특별한 훈련을 받았을 가능성이 커."

"만약 그런 놈들이 더 있고, 저 횃불이 모두 꺼진다면 여기 있는 사람들도 매우 위험해질 수 있다는 얘기로군."

금오는 흑포인들의 존재가 마음에 걸렸다. 빙영이 전혀 눈치 채지 못할 정도라면 여기 있는 대부분의 사람들도 크게 다르지 않을 것이기 때문이다.

＊　　　＊　　　＊

곤륜파 장문인 무학 진인(無學眞人)은 급히 소집한 정예 문도(門徒) 오백여 명을 이끌고 사신교 총단에 도착하였다. 곤륜파는 오랜 역사를 지닌 대방파이니 시간이 조금 더 주어졌다면 정예만 추린다 하여도 천여 명은 충분히 소집이 가능했으나, 워낙 급히 움직이려다 보니 오백 명밖에 모을 수 없었다.

하지만 무학 진인은 크게 걱정하지 않았다. 수미신공의 전인인 금오를 비롯하여 쟁쟁한 고수들이 선제 기습을 가할 것이라는 소식을 석두 선사로부터 전해 들었기 때문이다. 게다가 태극검가의 대제자 이연도 두 명의 사제와 더불어 삼백 명의 검수들을 이끌고 사신교를 치러 간다는 전언을 보내온 바 있었다. 그러니 지금 이끌고 온 오백여 제자만으로도 충분하다는 것이 그의 판단이다.

그런데 이미 결전이 벌어지고 있을 줄 알았던 사신교 총단이 너무 조용하였다. 석두 선사 일행은 숫자가 적으니 그렇다 쳐도 이연의 태극검가 검수들은 삼백이나 되는 숫자이니 싸움이 벌어졌다면 뭔가 흔적이 남아 있어야 했다. 하지만 사신교 총단은 너무나 깨끗하고 조용하였다.

"대체 어떻게 된 것이지?"

무학 진인은 문도를 이끌고 조심스럽게 협곡으로 진입해 들어갔다. 그렇게 얼마간 들어가자 비릿한 피 냄새가 은은하게 풍겨 나왔다. 싸운 흔적은 없는데 피 냄새라니……

‘뭔가 이상하다.’

불안한 생각이 든 무학 진인은 주변을 예리하게 살펴 나갔다. 그러던 중 바닥의 흙이 이제 막 깔아놓은 듯 너무 깨끗하다는 사실을 발견하였다.

무학 진인은 흙을 헤쳐 보았다. 그러자 바닥에 스며 있는 핏자국이 발견되었다. 아직 채 마르지도 않은 핏자국 위에 누군가 흙을 깔아놓았던 것이다.

"모두 협곡을 빠져나가라!!"

함정에 걸려들었음을 직감한 무학 진인이 소리쳤다. 바로 그때 수백 개나 되는 단애의 동굴에서 사신교 무리들이 모습을 나타내며 단창과 화살과 암기 등을 일제히 쏘아내기 시작했다.

쐐쐐쐐쐐!!!

빗줄기처럼 쏟아져 내리는 무기들.

"크아아악!!!"

협곡은 순식간에 지옥으로 화하였다.

2

"혈마곡이 사신교와 결탁하여 우리를 몰살하려는 음모를 꾸미고 있습니다!"

방금 동굴에서 뛰어나오며 소리친 유수천의 말로 인해 주변 분위기는 삽시간에 어수선하게 변하였다. 금오는 절대 그럴 리 없다고 강변했지만, 전마에게 하후복 일행이 당했으며 자신의 수하도 열 명이나 죽는 걸 똑똑히 보았다는 유수천의 말에는 더 이상 대꾸할 방법이 없었다.

'철없는 영감탱… 왜 태극검가 인간들은 죽이고 지랄이냐고…….'

금오는 속이 탔다. 전마라면 상대가 태극검가라는 이유만으로도 충분히 죽일 수 있는 위인이다. 그러니 사신교와 혈마곡이 결탁한 것은 아니라고 말해봐야 아무런 소용도 없을 것이다.

'전마 영감탱과 묘묘가 이 자리에 나타나지 않기를 바라는 수밖에 없겠군.'

금오는 속으로 이렇게 빌었다. 그러나 도움이 안 되는 인간들은 이럴 때 꼭 시간을 맞춰 나타나기 마련이다.

"전부 여기들 모여 있었던 거냐?!"

전마가 묘묘와 함께 한쪽 동굴을 빠져나오며 소리쳤다.

'젠장.'

금오는 골치가 아프다는 표정으로 전마를 쳐다보았다. 뭘 잘했다고 자기가 오히려 기세등등한 눈길로 태극검가 사람들을 쏘아보기까지 하고 있다.

"영감탱……."

금오가 그에게 뭐라고 말하려는 순간이었다.

"노선배가 본 가의 제자들을 죽였다고 하던데, 그 말이 사실이오?"

이연이 앞으로 나서며 물었다. 유수천은 겁에 잔뜩 질린 표정으로 그의 뒤에 붙어 있었고, 태극검가의 검수들은 어느새 좌로 포진하며 반원형 진세를 구축하였다.

"그래, 너희 태극검가 놈들이 더러운 짓을 하기에 모조리 골통을 부숴놓았다."

전마가 무서운 안광을 쏟아내며 소리쳤다. 상대의 숫자가 아무리 많아도 상관없다는 태도다.

"그렇다면 이 후배는 태극검가를 대표하여 선배에게 죄를 묻겠소."

이연은 검을 천천히 뽑아 들며 수하들에게 물러가라는 손짓을 하였다. 전마와 단둘이 붙겠다는 얘기다.

"그거 아주 잘됐군. 태극검가의 대제자라는 놈의 실력이 어느 정도인지 보고 싶었던 참이니까."

전마도 진기를 끌어올리며 자세를 잡았다. 두 사람이 붙으면 용호상박의 싸움이 될 것이며 쉽게 결판이 나지 않을 가능성이 컸다. 어떻게든 이 싸움을 말려야 했다. 금오가 우려하는 것은 전마나 이연이 아니었다. 혈마곡과 태극검가의 전쟁도 아니었다.

만약 두 사람이 싸움을 벌일 경우 여기 있는 사람들의 신경은 그 싸움에 집중될 수밖에 없고, 그때 사신교가 급습을 가

해온다면 제대로 된 저항 한 번 해보지 못하고 몰살될 가능성
이 컸다. 금오는 그런 사태를 방지하려는 것이다.

"두 사람 다 정신 좀 차리지?"

금오가 두 사람 가운데로 끼어들며 말하자 이연이 소리쳤
다.

"네가 낄 자리가 아니다, 금오!!"

"당신 수하가 죽었다니 성질이 나는 건 이해하겠는데, 그
렇다고 지금 이러면 어쩌자는 거야? 사신교 놈들을 도와주려
고 작정이라도 한 거야?"

"사신교를 돕고 있는 것은 혈마곡이다. 열여섯이나 되는
수하를 죽인 저자를 놔두고 사신교와 싸움이 될 거라고 생각
하는 거냐?"

"무슨 일이 있었는지 몰라도 전마 영감탱이 사신교를 돕기
위해 당신 수하들을 죽인 건 아닐 거야. 그건 내가 보장하
지."

"네 말이 맞다 하더라도 결과적으로 사신교를 돕게 된 것
은 사실이다. 그리고 무엇보다도 나는 혈마곡 마인을 믿을 수
가 없다."

"어쨌든 지금은 때가 아니니 싸우더라도 사신교 놈들을 끝
장내고 밖에 나가서 붙으라고."

"물러나라! 만약 계속 방해하겠다면 네놈도 혈마곡과 한패
로 간주하겠다."

이연은 금오가 계속 막을 경우 그부터 베겠다는 태도를 취했다. 그러자 이번엔 묘묘가 나섰다.

"태극검가 사람들은 원래 그렇게 앞뒤가 꽉꽉 막혔나요, 아니면 당신만 그런 건가요?"

"너는 또 뭐냐?"

이연이 불길이 이는 눈빛으로 쏘아보았다.

"이쪽의 잘못을 물으려면 전후 사정이 어떻게 된 것인지 먼저 알아보는 게 순서라고 생각하는데, 당신 혹시 그곳에서 어떤 일이 있었는지 알고 이러는 건가요?"

너무나도 당당한 묘묘의 태도에 이연은 잠시 주춤하였고, 금오는 반드시 어떤 사연이 있으리라 직감하였다.

"말 돌리지 말고 그곳에서 있었던 상황을 어서 말해봐!"

금오가 갑갑하다는 듯 소리치자 묘묘는 하후복이 암습했던 사실을 말해주었다. 곧이어 유수천이 나타났으며, 사정을 들어보지도 않고 공격을 하는 바람에 싸움이 또 벌어졌다는 말도 해주었다.

"싸울 의사가 없다고 등을 보인 상대를 암습하는 짓은 명문정파의 인물이 할 짓은 확실히 아닌 듯하군."

금오는 명문정파라는 대목에 유독 힘을 주어 말했고, 그 순간 이연의 인상이 보기 싫게 일그러졌다. 자신의 직속 수하인 하후복이 그런 파렴치한 짓을 저질렀다니, 화가 나서 견딜 수가 없는 것이다. 그때 유수천이 말하였다.

"그걸 어떻게 믿습니까, 대사형? 우리가 발견했을 때 그들은 이미 죽어 있었으니 저들이 말을 지어냈을지도 모르는 일 아닙니까? 아니, 반드시 지어낸 말일 겁니다."

"닥쳐라, 쥐새끼 같은 자식!! 수하들을 버리고 도망이나 치는 놈이 무슨 낯짝으로 주둥이를 놀리는 거냐?!!"

전마가 발을 쾅! 구르며 소리치자 유수천은 흠칫 놀라 이연의 등 뒤로 숨었다. 하지만 당시의 상황을 보지 않은 사람들이 듣기에 그의 말은 충분히 타당성이 있었다.

"내가 생각하기에도 그럴 가능성이 큰 것 같군. 그래서 수천과 현무검수대원들을 죽여 입막음을 하려 했던 것일 테고… 만약 수천마저 그 자리에서 죽었다면 노선배의 짓인 줄 아무도 모르지 않았겠소?"

이연이 도전적 눈빛을 던지며 말하자 전마의 양안에 불꽃이 확 일었다.

"내가 이래서 태극검가 놈들은 다 쥐새끼라고 하는 거다!! 저희 마음속에 그런 꿍꿍이가 숨어 있으니 나도 그럴 것이라 생각하는 것 아니냔 말이다!! 좋다, 네놈의 도전을 받아주마. 하지만 이거 하나는 분명히 알아둬라. 나, 전마는 그따위 잔꾀를 부리는 성격이 아닐뿐더러, 그래야 할 이유도 없다. 너희 따위라면 천 명이 몰려와도 얼마든지 꺾어줄 자신이 있으니까!!"

이렇게 되면 도로 원점이었다.

‘씨바, 이쪽이나 저쪽이나 꽉 막히기는 마찬가지니, 싸우지 않고 해결되긴 그른 것 같군.’

금오도 이젠 포기하려고 하는데, 때마침 동굴이 어수선해지며 태극검가의 검수 십여 명이 나타났다. 그들은 전마의 손에 모두 죽은 줄 알았던 유수천의 수하들이었다. 그런데 하나같이 팔이나 다리 하나씩을 제대로 쓰지 못하는 상태였다.

그들이 절룩거리며 나타나자 가장 놀란 사람은 유수천이었다. 그들 모두가 전마의 손에 모두 죽은 줄만 알았던 그들이 살아서 나타났으니 어찌 놀랍지 않겠는가?

“왜 아무 말이 없으신가요, 태극검가의 셋째 제자님?”

묘묘가 생글생글 웃는 얼굴로 말을 이었다.

“당신들 말대로 우리가 살인멸구를 할 생각이었다면 저들이 왜 살아서 나타난 거죠? 혹시 귀신일까요?”

유수천이 아무 말도 못하자 묘묘가 다시 말했다.

“먼저 나타났던 자들은 암습을 가했기 때문에 죽은 거예요. 아무리 사신교를 무너뜨리기 위해 힘을 합쳐야 하는 상황이라도 암습을 가하는 자들을 그대로 둘 수는 없는 일 아니겠어요? 하지만 저 사람들은 달랐어요. 수하를 버리고 달아나는 상관을 위해 어쩔 수 없이 검을 뽑아 든 자들이니 적당히 훈계만 한 거죠. 전마 할아버지가 성격이 괴팍하기는 해도 아무 죄 없는 사람을 죽이는 살인마는 아니에요. 이제 일이 어떻게 된 건지 알았나요, 태극검가의 대제자님?”

이렇게 되면 묘묘와 전마의 완승이었다. 누가 보더라도 이젠 유수천의 말을 신용할 수 없는 까닭이다.

"수천……."

이연이 부르르 떨리는 음성으로 유수천을 부르며 돌아섰다.

"대, 대사형… 저, 저는……."

이연의 무서운 눈길을 대한 유수천은 말을 더듬으며 주춤주춤 물러났다.

쫘아악!!

엄청난 소리가 동부에 울려 퍼졌고, 뺨을 얻어맞은 유수천은 몸이 휙 돌아가며 바닥에 나동그라졌다. 얼마나 세게 얻어맞았는지 유수천의 입에서는 피가 줄줄 흘렀고, 어금니로 보이는 이빨까지 서너 개나 쏟아져 나왔다.

"네놈이 한심한 줄은 알았지만 자신이 살자고 수하를 내팽개치는 놈일 줄은 몰랐다. 너 같은 놈은 태극검가의 제자가 될 자격이 없어!!"

노한 음성을 쩌렁하게 외쳐 댄 이연은 전마를 향하여 포권의 예를 취하였다.

"본 가의 제자들이 노선배께 결례를 저지른 점, 제가 대신 사과드리겠소!"

사과는 정중했다. 하지만 전마를 쳐다보는 이연의 눈빛은 결코 호의적이지 않았다. 잘못은 인정하되, 적대적인 감정까지 사라진 것은 아니라는 얘기다.

'요즘은 저 인간 하는 짓이 슬슬 마음에 들기 시작한단 말이야…….'

자신의 잘못을 솔직히 인정하는 이연의 태도에 금오는 몹시 흡족한 표정을 지었다. 잘못은 누구나 할 수 있다. 하지만 그것을 솔직히 인정하는 것은 누구나 할 수 있는 일이 아니다. 그런 면에서 이연은 태극검가의 대제자가 될 자격이 충분히 있었다.

"크크큭……."

어디선가 음산한 웃음소리가 들려온 것은 바로 그때였다. 도무지 방향을 종잡을 수 없는 웃음소리였다.

'드디어 시작인가?'

금오는 급히 주변을 둘러보았다.

새하얀 장포를 걸치고 면사로 얼굴을 가린 그는 호수 위에 띄워놓은 작은 소선에 몸을 싣고 있었다.

'사신교주…….'

모두의 신경은 자연히 그에게 쏠릴 수밖에 없었는데, 바로 그때,

파팍!!

다섯 개의 동굴 주변에 켜져 있던 횃불이 동시에 꺼졌고,

그그극!!!

기관이 작동되어 동굴을 막아버리는 듯한 소리가 들려왔다.

'역시 이런 거였나?

금오의 예상대로 사신교주는 어둠을 이용하여 은잠술에 능한 자들로 하여금 공격하게 할 속셈임에 분명했다.

"크아악!!"

벌써 놈들의 공격이 시작된 듯 외곽에서 처절한 비명이 터져 나오기 시작했다.

'나름대로 머리는 썼지만 멍청하게 당해줄 내가 아니라고.'

뭔가 계획이 서 있는 듯 속으로 중얼거리며 금오는 품에서 손바닥만 한 병 하나를 꺼내 들었다. 그리고 주변 사람들에게 급히 말하였다.

"이유는 묻지 말고 상의를 하나씩 벗어서 내게 던져 주시오."

그에게 뭔가 계획이 있음을 눈치 챈 석두 선사가 가장 먼저 가사를 벗어 던져 주었고, 곧이어 이연과 장쾌 등도 장삼을 벗어주었다.

금오는 받은 옷을 똘똘 뭉치더니 병에 담겨 있던 액체를 조금씩 부었다. 아마도 옷 뭉치를 기름으로 적시고 있는 것이 분명했다.

"크어어억!!"

금오가 준비를 하는 동안에도 비명은 연이어 터져 나왔다. 그 짧은 시간에 최소한 삼사십 명은 당한 듯했다.

금오는 기름 적신 옷 뭉치에 급히 부싯돌을 두드렸다. 그러자 십여 개의 옷 뭉치에 불이 당겨지며 주변이 환히 밝혀졌고, 금오는 그것을 사방으로 재빨리 던지며 소리쳤다.

"놈들을 쓸어버려!!"

사방이 갑자기 환해지자 깊숙이 들어와 암습을 가하고 있던 흑포인들은 당황한 기색이 역력하였고, 일행과 태극검가의 검수들은 그 틈을 놓치지 않고 역공을 가하기 시작했다.

카가가강!!

"크아아악!!"

사령구십구위의 무위는 태극검가의 검수들보다 약간 우세한 듯하였다. 하지만 금오 일행과 이연의 상대는 되지 못했다.

어둠 속이었다면 금오와 장쾌를 제외한 모두에게 위협이 되었겠지만, 빛에 노출된 지금은 오히려 사냥감일 뿐이었다.

"불이 다 꺼지기 전에 모조리 쓸어버려야 돼!!"

크게 외치며 금오도 근방에 있던 흑포인 둘을 처치하였다. 그런데 그때,

추아아앗!!

호수에서 물줄기가 쏘아져 나와 옷 뭉치의 불을 꺼나가기 시작하였다. 십여 개의 불은 순식간에 다섯으로 줄어들고 말았다.

‘불을 지켜야 한다!’

금오는 수미금강저를 뽑아 들며 호수가에 버티고 섰다.

추아앗!!

사신교주가 뿜어내는 물줄기가 다시 날아오자 금오는 수미금강저로 그것에 부딪쳐 갔다.

우우웅!!!

수미금강저가 울음을 토해냈고,

촤아아앗!!

그것에 부딪친 물줄기는 산산이 흩어져 버리고 말았다. 금오가 내력에서 다소 밀리기는 하였지만 내상을 입을 정도는 아니었다.

사신교주는 또다시 물줄기를 뿜어냈지만, 이번에도 금오는 잘 막아냈다. 그러는 동안 묘묘가 동굴 주변의 횃불을 다시 밝혀 일대는 조금 전보다 더 밝아졌고, 사령구십구위의 숫자는 급격하게 줄어들어 이제 절반도 남지 않은 것 같았다. 물론 태극검가의 검수들도 많은 희생을 당하기는 했지만, 중요 인물은 아직 한 명도 다치지 않았으니 사신교주의 계획은 완전히 빗나간 것이나 마찬가지였다.

“네놈이 그렇게 나오겠다면…….”

사신교주 위헌령은 물줄기 공격을 그만두며 품속에서 직경 한 자가량의 팔각소고를 꺼내 들었다. 드디어 천라생비를 사용하려는 것이다.

그가 천라생비를 꺼내자 금오도 긴장하며 수미금강저에 진기를 한껏 주입하였다. 하지만 위헌령은 곧바로 공격을 하지 않은 채 천라생비를 손바닥 위에 올려놓고 진기를 주입하였다. 그러자 천라생비가 한 자가량 떠오르며 낮은 진동음을 울려내기 시작했다.

둥둥둥…….

낮은 소리이기는 하였지만, 거대한 지하 동부 안에서 메아리가 거듭되자 사방에서 북소리가 울리는 듯하여 정신이 어지러웠다. 놀라운 일은 그때 벌어졌다. 호수의 표면의 물이 좁쌀처럼 튀어 오르며 안개를 뿜어내기 시작한 것이다.

추운 겨울날 가마솥 뚜껑을 열었을 때처럼 맹렬한 기세로 피어오른 안개. 그것은 곧 드넓은 지하 석실 전체를 완전히 뒤덮어 버리고 말았다. 코앞조차 분간할 수 없는 안개는 또 다른 장막이 되어 일행의 눈을 가리었고, 살아남은 사십여 명의 사령(蛇靈)들은 재빨리 안개 속으로 모습을 감추었다.

안개 속으로 사라진 사령들은 더 이상 흑포를 입고 있지 않았다. 그들은 그것을 이미 벗고 속에 있던 백의가 드러나게 함으로써 안개와 완전히 동화된 상태였다.

"크아아악!!"

안개 속에서 또다시 처절한 비명이 들려오기 시작했다. 하지만 이번에는 금오도 방법이 없었다. 어둠은 불로 물리칠 수 있었지만, 안개는 어찌해 볼 방법이 없는 까닭이다.

'젠장, 이대로 당해야 하는 건가?'

안개 속에선 비명이 계속 들려오는데 그들을 도울 방법이 없으니 금오는 속이 탔다. 그리고 무엇보다도 다리가 부자유스러운 빙영이 걱정되었다. 멀쩡한 상태에서도 당했던 그녀이니 지금은 더 위험할 수밖에 없다.

금오는 빙영을 지켜주기 위하여 그녀가 있던 곳으로 신형을 움직여 나갔다. 그런데 그때,

둥!!

그동안과는 다른 북소리가 호수 쪽에서 울려왔다. 동시에 뭔가 알 수 없는 힘이 자신을 향해 쏘아져 오는 것을 금오는 감지할 수 있었다.

'음공인가?'

금오는 수미금강저를 곧추세운 채 다가오는 기운에 대비하였다. 이윽고,

후우웅!!

아지랑이와도 같은 안개의 물결이 무시무시한 기세로 몰아쳐 왔다.

"지국쇄금수!!"

금오는 수미신공의 첫 번째 초식을 운영하여 그 기운을 정면으로 분쇄해 나갔다.

우르르…….

위헌령이 쏘아낸 기운과 수미금강저가 격돌하는 순간, 동

굴 전체가 은은하게 진동하며 돌가루가 쏟아져 내렸다.

결과는 이번에도 마찬가지여서 내력에서 밀린 금오가 세 발짝 정도 물러나 있는 상태였다. 그렇다고 내상을 입은 상태는 아니었지만, 이런 격돌이 두세 차례 계속된다면 결국 내상을 입고 말 터였다.

'일단 저자를 땅 위로 끌어내야 한다.'

천라생비는 원거리 공격이 전문인 기병이니 그를 땅위로 끌어내 접근전으로 승부를 보겠다는 생각이다. 하지만 그를 무슨 재주를 끌어낸단 말인가? 이 점이 금오의 고민이다.

第五章

사신고의 궤멸, 그러나…….

下午
門鵐

1

카카카카캉!!!

"크아아악!!"

"입구를 사수하라!!"

협곡에서는 지옥도를 방불케 하는 전투가 진행 중이었다. 하지만 그 지옥은 곤륜파가 아닌 사신교의 지옥이었다.

함정에 빠진 곤륜파가 속수무책으로 당하고 있을 때, 세 명의 노인이 이끌고 온 백의(白衣) 중년 검사들이 사신교를 쓸어버리기 시작했던 것이다.

그들은 태극검가의 삼대장로와 칠십칠태극수호세였다. 삼대장로는 대제자 이연을 능가하는 절정고수였고, 칠십칠태극수호세 또한 개개인의 능력이 무학 진인과 견줄 만한 고수였기에 사신교의 화살이나 암기 공격은 무용지물이었다.

그들이 단애를 뛰어올라 동굴 속으로 난입해 들어가자 사신교는 급격히 무너지기 시작했고, 화살과 암기의 공격이 주춤해지자 태극검가의 기관 해체 전문조가 투입되어 폐쇄된 하층부 동굴의 석문을 하나하나 열어나갔다. 그리고 뒤를 이어 나타난 일천여 명의 검수가 동굴 속으로 일사불란하게 진입해 들어갔다.

그렇게 바깥으로부터 무너져 들어가는 사신교를 멀리서 바라보고 있는 노인이 있었다. 의복과 신발은 물론 검집까지 새하얀 색으로 감싸고 있는 인물. 그는 다름 아닌 태극검성이었다.

"이로써 천라삼비 중 하나를 처리하게 되는 것인가?"

나직이 중얼거리는 그의 음성은 그가 이미 오래전부터 천라삼비를 추적해 왔음을 의미하고 있는 듯했다.

햇불이 꺼지는 순간 지하 동부로 들어섰던 교윤은 금오가 불을 다시 밝혔을 때 재빨리 담초은 곁으로 이동했었다. 그리고 안개가 자욱하게 피어나자 담초은을 지켜주기 위하여 최선을 다하고 있는 중이다.

그는 온 신경을 청각에 집중하여 담초은과 그녀 주변의 움직임을 탐지해 나갈 뿐, 자기에게 누가 다가오는지는 관심도 두지 않았다.

"커억!!"

몇 걸음 떨어지지 않은 곳에서 누군가의 비명이 들려왔다. 태극검가의 검수일 것이다. 교윤은 바짝 긴장했다. 다른 곳에서도 비명 소리가 간간이 들려왔지만 그런 것에는 신경을 분산시키지 않았다. 가까운 곳에서 들려온 비명 소리에만 온 신경을 집중하여 그 일을 저지른 자의 움직임을 감지하려 노력하였다.

그렇게 온 신경을 집중하자 아주 미세하지만 누군가 다가오고 있는 것이 느껴졌다. 발자국 소리는 아니다. 그렇다고 공기의 파동을 감지한 것도 아니다. 그것은 직감이고, 육감이었다. 신경이 극도로 예민할 때는 공기 중으로 전해오는 상대의 체온으로 누군가의 접근을 눈치 챌 수 있듯이, 교윤은 지금 무엇으로 기인하는지는 꼬집어 말할 수 없지만 누군가 다가오고 있다는 걸 분명히 느낄 수 있었다. 그것도 담초은을 향하여.

'누구도 담 소저는 해칠 수 없다. 그것이 설사 귀신이라 할지라도.'

교윤은 우수에 진기를 잔뜩 끌어올렸다. 놈이 사정권 내에 들어오면 일격으로 승부를 가를 작정이다.

세 발짝, 두 발짝…….

'지금이다!'

교윤은 팽팽하게 당겨졌던 시위에서 화살이 쏘아나가듯, 온몸을 던져 사신교의 암살자에게 돌진하며 우권을 뻗어냈다.

그 순간 검이 허공을 가르는 소리가 두 번 연이어 들려 나왔다.

"크어억!!"

교윤의 공격은 성공이었다. 하지만 그도 결코 무사하지는 못했다. 두 번 들려온 검의 파공음. 그중 하나는 사신교의 암살자가 휘두른 검의 파공음이었다. 하지만 그것은 교윤을 상하게 하지 못하였다. 엉뚱하게도 교윤의 등을 벤 것은 담초은이 놀라서 휘두른 검이었다.

"크으……."

오른쪽 등에 적지 않은 부상을 당한 교윤은 고통스러운 신음을 흘렸다. 그러자 뭔가 이상함을 깨달은 담초은이 나직하게 물어왔다.

"거기 누구예요? 당신이 혹시 나를 구해준 건가요?"

"저, 교윤입니다, 소저."

교윤이라는 말에 담초은은 몸을 굳혔다. 그가 왜 여기에 있단 말인가?

"당신이 어떻게……."

"소저가 이곳으로 들어오고 난 후에 밖에 있던 태극검가 검수들이 당하고, 기관이 작동하여 입구가 폐쇄되는 것을 보고는 무작정 따라 들어왔습니다."

"왜 따라 들어왔죠?"

"소저에게 위험을 알리고 함께 빠져나가려고… 크으……."

자신을 위해 죽음을 무릅썼다는 말에는 담초은도 가슴이 뭉클할 수밖에 없다.

"많이 다쳤나요?"

"죄송합니다. 제가 갑자기 앞으로 뛰어들어서……."

자신을 구하려다 자신의 검에 당했는데도 오히려 미안하단다. 이런 사내를 어떻게 미워할 수 있겠는가? 비록 얼굴은 좀 추하다 해도 자신을 위해 모든 것을 바칠 수 있는 사내라면 여자의 마음도 조금은 움직이게 마련이다.

"미안해요. 내가 너무 겁을 먹어서 그만……."

"염려 마십시오. 저는 괜찮습니다."

"어디 상처 좀 한번 봐요."

"정말 괜찮으니 걱정 마십시오. 그보다 접근해 오는 자가 있는지 살펴야 합니다. 놈들의 접근을 감지하는 건 정말 힘듭니다. 제 걱정 말고 온 신경을 놈들에게 집중하십시오."

담초은은 입술을 깨물며 교윤에게 다가갔다. 그의 말대로 부상은 살피지 않았다. 대신 그의 곁에 바짝 선 채 주변을 살펴 나갔다. 반드시 살아나갈 것이다. 그리고 자신을 위해 모든 것을 바친 이 사내에게 자신도 뭔가를 줄 수 있는 방법을 찾을 것이다.

담초은은 이제 두렵지 않다. 자신을 지켜줄 사내가 곁에 있으니까.

전마와 석두 선사는 어깨를 나란히 한 채 산책이라도 하듯 주변을 거닐고 있었다. 하지만 그들은 결코 한가하게 산책이나 하고 있는 것이 아니다. 전마는 타고난 싸움꾼의 감각으로, 석두 선사는 오랜 수행에서 얻은 직감으로 제삼의 눈을 가동시켜 주변을 탐색해 나가고 있는 것이다.

이쪽 인물들은 그 자리에 멈추어 있었고, 간혹 움직이는 자들은 나름대로 조심한다고 해도 그 동작이 상당히 거친 편이었다. 그리고 코앞조차 분간할 수 없다는 두려움으로 인해 심장의 박동이 급한 편이었다.

하지만 소리없이 움직이는 사신교의 무리는 두 사람도 혀를 내두를 만큼 조용하고 은밀하였다. 또한 그들은 심장 박동까지 최대한 억제하여 바로 곁에 이르기 전에는 들을 수 없을 정도였다. 그러나 그것이 오히려 이쪽과 저쪽을 구분하는 단서가 되었다.

우웅!!

여유있게 걷고 있던 전마의 좌장이 순간적으로 뻗어나갔다.

퍼엉!!

"크아악!!"

사신교 무리 하나가 비명을 지르며 날아가자 전마가 나직한 음성으로 말했다.

"나는 이걸로 세 명이오."

"나도 한 놈을 더 처리해야 동수가 되겠군."

석두 선사도 나직하게 대꾸하며 주변을 탐색해 나갔다.

장쾌는 빙영을 바닥에 앉혀둔 채 그 주변을 계속 맴돌고 있었다. 자신이 그렇게 움직여서 소리를 냄으로써 사신교 놈들이 빙영의 존재를 알아차리지 못하게 하려는 것이다.

"장쾌 형, 빙영을 부탁하오."

금오가 전음으로 보내온 부탁이 아니었더라도 장쾌는 반드시 빙영을 지켜줄 각오였다. 그녀는 동생의 아내 될 사람이니까.

쓰아앗!!

콰각!!

불쌍한 하루살이가 또 한 마리 걸려들었다. 장쾌는 옆구리를 찔러온 놈의 몸통을 한 손으로 재빨리 움켜쥐었다. 손이워낙 크다 보니 몸통이든 머리든 걸려들기만 하면 그걸로 끝장이다.

우드득!!

장쾌가 힘껏 움켜쥐자 늑골이 부러지는 소리가 들려왔고, 그 늑골에 폐장을 찔린 놈은 비명조차 질러보지 못하고 숨을 거두었다.

'금오 녀석이 동생으로서 처음 한 부탁이다. 무슨 일이 있

어도 빙영은 내가 지킨다!'

장쾌는 각오를 단단히 다지며 빙영 주위를 다시 맴돌기 시작했다.

모두가 각자의 자리에서 최선을 다하고 있는 동안 금오는 사신교주 위헌령을 맞이하여 사투를 벌이고 있었다.

두웅!!

북소리가 한 번 울릴 때마다 어마어마한 음파가 안개와 함께 휘몰아쳐 왔고, 금오는 수미금강저로 음파에 정면으로 맞섰다. 피할 수도 있는 일이었지만, 그럴 경우 뒤에 있는 일행이 위험에 처할 것이 분명했기에 기를 쓰고 막고 있는 중이다.

그것이 벌써 다섯 번째. 이제 금오도 한계 상황에 거의 이른 상태였다. 내력에서 계속 밀리다 보니 진탕된 기혈이 들끓기 시작한 것이다.

'공격을 막기만 해서는 승산이 없다.'

이렇게 판단을 내린 금오는 쏘아오는 음파를 향해 돌진해 들어갔다.

우우웅!!!

진기가 주입된 수미금강저는 찬란한 황금빛을 뿜어냈다. 이윽고 음파가 몰고 온 안개 폭풍이 코앞으로 다가들자 금오는 수미신공의 최후 초식을 전개하여 정면으로 맞닥뜨렸다.

콰우우웅!!

이번에는 위헌령도 전력을 다한 듯 그동안보다 더욱 강력한 격돌의 여파가 일대를 휩쓸었고, 지하 동부 또한 금방이라도 무너질 듯이 진동하였다.

"크으……."

금오는 결국 내상을 입고 만 듯 입가에 가는 핏줄기가 비쳤다. 하지만 그는 거기서 멈추지 않고 신형을 높이 뽑아 올렸다가 호수를 향하여 수미금강저를 내려쳤다.

"광목파천권!!"

순간, 수미금강저의 입체 칼날에서 그것과 똑같이 생긴 황금빛 강기가 쏘아져 나와 수면을 강타하였다.

쿠아아—앗!!

강기가 쓸고 지나간 길을 따라 호수 바닥이 드러날 정도로 수면이 깊숙이 갈라지며 엄청난 물결을 일으켰다. 이렇게 되자 위헌령도 더 이상 배 위에 있지 못하고 허공으로 신형을 띄웠다. 제아무리 무공이 강해도 흔들리는 물결을 멈출 방법을 없는 법이기 때문이다.

금오가 노린 것은 바로 이것이었다. 그때 그는 지상에 내려와 있는 상태였고, 위헌령은 호수가로 신형을 날려오고 있는 중이었다.

"제석파멸신!!!"

금오는 위헌령이 땅에 막 내려서려는 순간 최강의 초식을 운용하여 쇄도해 들어갔다.

“아직 멀었다!”

위헌령도 천라생비를 쏘아냈다. 그러자 팔각소고가 맹렬하게 회전함과 동시에 여덟 개의 측면에서 초승달 형태의 날카로운 칼날이 튀어나와 금오를 공격해 들어갔다.

파가가각!!!

수미금강저와 천라생비가 격돌하자 새파란 불꽃이 일어났고, 두 기병의 격돌에서 일어난 음파로 인해 주변의 땅이 퍽퍽! 터져 올랐다.

그야말로 무시무시한 격돌이었다. 천라생비는 수미금강저에 의해 튀어나왔다가 다시 공격해 들어가기를 몇 번이고 반복하였고, 그때마다 금오는 뒤로 두세 걸음씩 물러나고 있었다.

수미금강저는 천라생비를 맞이하여 잘 버텨주고 있었다. 아니, 견고함으로만 따지면 수미금강저가 오히려 우수한 듯했다. 다만 내력이 문제였다.

‘크으, 정말이지 지독한 내공이로군.’

대체 무슨 방법으로 저토록 강한 내공을 쌓았단 말인가? 태극검성이나 제갈혁세와 직접 손을 섞어본 적은 없지만, 저 정도의 내공이라면 그들과 어깨를 나란히 할 수 있을 것 같았다. 게다가 천라생비까지 지니고 있으니 일대일의 격돌을 벌인다면 사신교주가 이길 가능성이 커 보였다.

콰가가각!!

위헌령은 잠시도 틈을 주지 않고 몰아붙였다. 그러던 어느 순간,

스각!!

천라생비의 칼날이 금오의 등을 스치고 지나갔다.

"크으……."

도검불침도 천라생비에게는 통하지 않는 듯 그의 등에는 길게 베어진 상처가 생겨났다. 그나마 도검불침이었기에 상처는 그리 깊지 않았다. 만약 그렇지 않았다면 폐장이 드러날 만큼 깊은 상처를 입고 그 자리에서 즉사하고 말았을 것이다.

치명상을 면했다고는 해서 문제가 해결된 것은 아니다. 아니, 문제는 오히려 지금부터였다. 그동안도 가까스로 버텼는데 등에 부상까지 입었으니 얼마나 버틸 수 있을지 모를 일이다.

금오를 밀어붙이고 있는 위헌령도 크게 놀란 표정을 짓고 있었다. 정상적인 경우라면 죽고도 남았을 공격이었건만, 천라생비의 칼날이 마치 무엇엔가 막힌 듯 금오의 몸을 제대로 베지 못하는 것을 본 까닭이다.

'놈이 그사이에 도검불침이라도 되었다는 것인가?'

그렇지 않고서는 천라생비의 칼날이 저렇게 먹혀들지 않을 리가 없었다.

'어마어마한 성장 속도로군. 이번에 제거하지 못한다면 다음에는 기회가 없을지도 모르겠어.'

위헌령은 금오만큼은 반드시 제거하겠다는 각오로 더욱 강하게 밀어붙였다.

파가가각!!

공격이 한층 강해지자 금오는 연신 뒷걸음질을 쳤고, 곳곳에 허점을 드러냈다.

쓰아아앙!!

천라생비는 금오의 허점을 파고들어 왼쪽 허벅지에 또 하나의 상처를 입히고 지나갔다.

'젠장, 이러다간 언제 목을 베일지 모르겠군.'

지금까지는 등과 허벅지여서 생명에 지장이 없었지만, 만약 목을 베이게 된다면 죽을 수밖에 없을 것이다.

역전의 기회를 얻으려면 놈에게 바짝 다가가야 했지만, 쉴 새없이 몰아붙이니 도무지 틈을 찾을 수가 없었다.

그러나 아직 가능성은 있었다.

금오와 싸우느라 위헌령이 안개를 더 이상 만들어내지 못한 탓에 사령구십구위가 전마를 비롯한 일행의 공격에 거의 전멸해 가고 있었기 때문이다.

전마와 석두 선사 등이 도와준다면 금오에게 역전의 기회가 생길 가능성이 매우 컸다.

'조금만 더 버티면 된다.'

금오를 이를 악물고 천라생비의 공격에 대항하였다. 그런데 그때 생각지 않은 일이 벌어졌다.

그그그궁…….

 다섯 개의 동굴 문이 열리며 사신교 무리가 몰려나오기 시작한 것이다. 이제 겨우 사령구십구위를 처리했다 싶었는데, 수를 알 수 없는 사신교의 무리가 몰려드니 저들을 무슨 재주로 막아낸단 말인가?

 금오 일행의 얼굴에 절망의 그늘이 드리운다.

2

 '대체 저게 어떻게 된 일이지?

 위헌령은 다섯 개의 동굴에서 꾸역꾸역 몰려나오는 수하들을 보며 무척이나 당황하였다. 이건 계획에 없었던 일이기 때문이다. 자신의 명령도 없이 저렇게 몰려 들어온다는 것은 뭔가 변고가 생겼음을 의미했다.

 카가가강!!

 "크아아악!!"

 위헌령의 우려가 무엇이든 간에 금오의 일행과 태극검가 인물들은 갑자기 몰아닥친 사신교 무리를 대적하느라 애를 먹고 있었다. 끝도 없이 몰려드는 사신교 무리는 족히 이삼천을 넘을 듯했다.

 그나마 다행인 것은 그들이 누군가에게 쫓기고 있는 듯 대오가 흐트러진 상태여서 통일된 힘을 발휘하지 못하고 있다는 점이다. 만약 저들이 대오를 갖춰 공격해 들어왔다면 이쪽은 순식간에 몰살당하고 말았을 것이다.

상황이 왜 이 지경이 된 것인지 머리가 복잡해진 위헌령은 금오를 몰아치는 것이 다소 느슨해지고 말았다. 만약 그가 조금만 더 몰아쳤다면 금오는 무릎을 꿇고 말았을 것이다.

위헌령을 혼란스럽게 만든 수하들의 난입 이유는 얼마 지나지 않아서 알게 되었다. 태극검가의 검수들이 수하들의 꼬리를 물고 쇄도해 들어왔기 때문이다. 앞서 들어온 검수들의 무위는 실로 어마어마했다. 그리고 뒤이어 밀려드는 검수들 또한 매우 훈련이 잘된 듯 일사불란한 움직임을 보여주었다.

대오를 잃은 채 동굴 안으로 밀려 들어온 사신교 무리는 앞뒤로 협공을 받는 형국이 되어 극심한 혼란에 휩싸였다. 그들 중에는 상당히 강한 무공을 보유한 자들도 적지 않았지만, 혼란에 빠져 우왕좌왕하는 말단 무사들로 인해 제 위력을 발휘하지 못하였다.

이연의 태극검가 검수들은 숫자가 얼마 되지 않았음에도 불구하고 원형 진세를 유지한 채 잘 싸워주고 있었고, 전마, 석두 선사, 묘묘 등은 사신교 진영을 종횡하며 유린하였다. 또한 장쾌는 호수를 등지고 빙영을 보호한 채 근처로 다가오는 자들을 쇠몽둥이로 두들겨 부수거나 손에 잡히는 대로 사지를 꺾어 내던졌다.

카캉!!!

금오는 위헌령의 신경이 분산된 틈을 타 천라생비를 멀찍이 튕겨낸 뒤 힘겨운 호흡을 추슬렀다.

"이봐, 수하들이 다 죽기 전에 이쯤에서 항복하는 게 어때?!"

금오가 소리치자 위헌령이 무서운 눈길로 쏘아보았다.

"걱정 말아라. 네놈만큼은 반드시 끝장내 줄 테니까."

우우우웅!!

그의 손에서 천라생비가 다시 떠올랐다. 전력을 집중한 그의 공격이 다시 시작될 경우 그것을 과연 막아낼 수 있을지 금오는 장담을 할 수가 없다.

쓰아아앙!!

드디어 천라생비가 쏘아져 왔다. 내상으로 인해 진기의 유통이 원활치 못했지만, 그래도 금오는 막아내야만 했다. 수미금강저를 획득하는 순간부터 천라삼비와의 싸움은 피할 수 없는 숙명이 되어버렸으니까.

금오는 있는 힘껏 진기를 끌어올려 수미금강저를 휘둘렀다.

"지국쇄금수!!"

황금빛으로 물든 수미금강저와 맹렬히 회전하며 날아온 천라생비가 허공에서 맞부딪는 순간,

까가가가강!!!

그동안보다 훨씬 강렬한 충돌음이 일어났고, 내상을 당한

금오는 연신 뒷걸음질쳐야 했다. 그렇게 서너 차례의 격돌이 거듭되자 금오는 결국 피를 토하고야 말았다. 내상이 깊어져 더 이상 견디기 힘들어졌던 것이다.

"이제 그만 쓰러져라!!"

위헌령은 금오의 숨통을 끊기 위한 최후의 일격을 가해왔다.

쓰아아앙!!

금오는 수미금강저를 곧추세운 채 무섭게 날아오는 천라생비를 노려보았다. 막을 수는 있다. 하지만 그 후에 전해올 충격을 감당할 자신은 없다. 그래도 막아야만 한다. 금오를 이를 악물었다.

이윽고 천라생비가 눈앞으로 닥쳐온 순간 금오는 사력을 다해 수미금강저를 밀어냈다.

카아—앙!!

어마어마한 격돌음과 함께 천라생비가 튕겨 나갔다. 하지만 그것은 금오의 능력에 의한 것이 아니었다.

금오는 자기를 대신해서 천라생비를 막아낸 인물에게 시선을 돌렸다.

"잘 버텨주었구나."

태극검성이 빙긋이 웃으며 말하였다. 마음을 편안하게 해주는 그런 미소였다. 그의 뒤에는 백발이 성성한 노인 셋이 서 있었다. 태극삼노(太極三老)라 불리는 태극검가의 삼대장

로임에 분명했다.

"영감탱까지 왔으니 사신교는 정말로 끝장이군."

금오가 힘겨운 미소를 지으며 대꾸하였다.

태극검성과 태극삼노까지 나타난 것을 본 위헌령의 인상은 있는 대로 일그러졌다. 그들이 나타난 이상 금오를 죽인다는 것은 불가능했기 때문이다.

방금 천라생비를 막아낸 태극검성만 하더라도 검날이 약간 상하기는 했지만, 내력 면에서는 자신과 동등하거나 약간 우위인 듯 느껴졌다. 그렇다면 태극검가를 받치는 세 기둥이라 불리는 태극삼노 또한 천라생비로 간단히 물리치기는 힘든 적수일 것이다.

일대일로 겨룬다면 누구든 수십 초 안에 꺾을 자신이 있었지만 저들 전부를 상대하는 것은 아무래도 무리였다.

'조금만 더 시간이 있었더라면 이런 수모는 당하지 않았을 것을……'

위헌령은 일을 이렇게 꼬이게 만든 금오에게 너무나 화가 났다. 놈이 무산괴사를 너무 일찍 파헤치는 바람에 아직 완성되지 않은 사왕신장이 움직여야 했고, 놈을 저지하려다 사왕신장은 결국 죽고 말았다.

하지만 위헌령은 아직 최후의 한 수가 남아 있었다. 동정운무괴사에서 얻은 삼백오십 명 중 자질이 뛰어난 자 이백 명을 추려서 독인으로 제련하고 있기 때문이다. 그들만 완성된 상태였다면 태극검가 전체가 몰려온다 해도 두려울 것이 없었다.

그런데 한 달 남짓만 기다리면 그들이 완성될 시점에서 사신교가 붕괴되게 생겼으니 어찌 원통하지 않겠는가?

금오가 다른 괴사에 더 많은 관심을 가졌다면, 그래서 사신교가 조금만 더 늦게 노출되었더라면 무림 천하는 자신의 손아귀에 들어왔을 것이다.

'금오… 네놈이 모든 것을 망쳤다.'

위헌령의 두 눈에 원한의 불길이 타올랐다. 그런데 여기에다 대고 금오가 약을 올리듯 말하였다.

"이제 항복하고 싶은 생각이 슬슬 들지 않아? 바보가 아니라면 이미 끝난 싸움이라는 걸 알 텐데 말이야."

"항복 따위는 없다. 바로 이곳이 너희 모두의 무덤이 될 테니까."

무섭게 소리친 위헌령은 신형을 훌쩍 날려 호수 위에 떠 있는 소선으로 자리를 옮겼다. 그리고는 천라생비에 진기를 주입하여 북소리를 울리기 시작하였다.

둥둥둥…….

천라생비가 울기 시작하자 수면에서 짙은 안개가 다시 피어나기 시작했다.

"안개 속에 숨는다고 해결될 일이 아니야!!"

금오가 소리쳤지만 위헌령은 대꾸하지 않은 채 계속 안개를 피워냈다. 그러자 동부는 곧 한 치 앞도 내다볼 수 없는 안개로 가득해졌고, 뒤엉켜 싸우던 양측의 무사들은 더욱 처절한 혼전에 빠져들었다. 그러던 어느 순간,

두우웅, 두우웅…….

작은북에서 나는 소리라고 믿기 힘들 만큼 낮으면서도 강력한 북소리가 울려 나오기 시작했다.

자신이 지닌바 내공을 몽땅 쏟아 넣고 있는 듯 동굴이 우르르 진동하였고, 내력이 약한 자들이 여기저기서 비명을 지르며 쓰러지기 시작했다. 낮고 강력한 음파로 인해 내장이 진탕되어 죽어가고 있는 것이다.

"저런 식으로 음공을 시전하면 자기 수하들까지 당한다는 걸 모르는 건가?"

금오가 진기를 끌어올려 음파에 대항하며 중얼거리자 태극검성이 우려 어린 음성으로 대꾸했다.

"아무래도 여기 있는 모두를 죽이고, 자신도 죽을 각오인 것 같구나."

"그게 무슨 말이오?"

금오가 묻자 태극검성은 아무 말 없이 천장을 올려다보았다. 그제야 금오는 말뜻을 알아차릴 수 있었다.

우릉, 우릉, 진동하고 있는 동굴 천장. 위헌령은 음공으로 사람들을 해치려는 것이 아니라 동굴에 공명을 유도하여 무너뜨리려 하고 있는 것이다.

"저 인간이 미쳐도 제대로 미쳤군."

금오는 그런 사태를 막아야 한다고 생각했다. 하지만 도무지 방법이 없다. 안개가 너무 짙어서 놈이 어디 있는지 알 길이 없는 까닭이다. 그때 태극검성이 나직이 말했다.

"태극삼노, 나를 좀 도와주게!"

태극검성은 호수를 향해 검을 겨눈 채 굳건하게 서 있는 상태였다. 검강을 쏘아내 위헌령을 공격하려는 것이 분명했다.

명을 받은 태극삼노는 그의 등 뒤에 일렬로 도열한 채 앞사람의 명문혈에 장심을 갖다 붙이고 진기를 전해주기 시작했다. 그렇게 전해진 진기가 태극검성에게 전해지기 시작하자 그는 그 힘을 모두 검에 쏟아 붓기 시작했다. 그러자,

우우우웅…….

검이 나직하게 울며, 붉고 푸른 기운을 동시에 발산하기 시작했다.

'저것이 태극강기(太極罡氣)인가?'

금오는 자기도 모르게 침을 꿀꺽 삼키며 태극검성의 검에 어리고 있는 강기를 바라보았다. 붉고 푸른 기운이 뒤엉킨 태극의 기운. 지금까지 저것을 막아낸 자는 아무도 없다고 알려져 있다.

"하아아아—압!!!"

드디어 태극검성이 검을 떨쳐 내자 붉고 푸른 기운이 앞으로 쏟아져 나갔다. 두 가닥의 붉고 푸른 기운이 실타래처럼

꼬이며 앞으로 쏘아져 나가는 광경은 그야말로 장관이었다.

콰아아아—앗!!

태극강기가 쏘아져 나간 곳은 위헌령이 소선을 타고 있던 그 자리였다. 만약 위헌령이 그 자리를 지키고 있다면 태극강기에 온몸이 으스러져 죽고 말 것이다. 하지만 그의 비명은 터져 나오지 않았다. 이럴 경우를 대비하여 이미 자리를 옮긴 것이 분명했다.

그때 방향을 종잡을 수 없는 곳에서 위헌령의 음성이 들려왔다.

"크크큭!! 검성의 태극강기는 철벽도 꿰뚫는다고 하더니, 헛된 소문이 아니었군. 하지만 당신은 나를 어쩔 수 없을 것이다. 이런 안개 속에선 내가 어디 있는지 도저히 찾아낼 수 없을 테니까. 헛수고 그만 하고 모두 죽을 준비나 해두도록. 오늘 이곳이 사신교와 태극검가의 무덤이 될 테니까."

두둥, 두둥!!

낮고 강력한 북소리가 계속되자 태극검성은 자신의 수하와 사신교 무리가 뒤엉켜 있는 전장을 향해 소리쳤다.

"사신교주는 지금 동굴을 무너뜨려 모두를 죽이려 하고 있다! 모두 싸움을 멈추고 바깥으로 피신하도록 하라!! 퇴각하는 동안 태극검가의 무사들은 사신교도가 먼저 공격하지 않는 한 그들을 해치지 말라! 또한 사신교도는 무모한 항쟁을 포기하고 본 검가의 무사들을 안내하여 바깥으로 모두 대피하도록 하라!!"

진기를 실어 외친 그의 명이 지하 동부 전체로 퍼져 나가자 태극검가의 검수들과 사신교 무리는 싸움을 중지한 채 바깥으로 대피하기 시작했다. 교주인 위헌령이 모두를 죽이려 한다는 사실에 실망해서인지 사신교 무리도 태극검성의 명에 따라 더 이상 항쟁하지 않았고, 태극검가 검수들도 그들을 공격하지 않았다.

방금 전까지 서로의 목숨을 노리고 싸웠던 양측은 그렇게 하나가 되어 동부를 빠져나갔다. 그러나 인원은 수천이고 빠져나가는 통로는 다섯 개뿐이어서 탈출 속도는 그다지 빠르지 못했다.

"크하하하!!! 단 한 놈도 도망치지 못한다. 이곳이 너희들의 무덤이 될 것이다!!"

안개 깔린 지하 호수에서 위헌령의 외침이 들려왔다. 그와 함께 더욱 강해진 북소리가 연신 울려 나왔다.

쿠르르, 쿠웅!!

어디선가 거대한 바위가 떨어지는 듯한 소리가 들려왔다. 드디어 붕괴가 시작된 것이다.

"우리도 피하도록 하자!"

태극검성이 금오에게 소리쳤다. 하지만 금오는 호수를 뚫어지게 노려보고 있을 뿐, 움직일 생각을 하지 않았다. 지금 그는 호수 어딘가에 있을 위헌령을 찾고 있는 중이었다. 위헌령이 천장을 무너뜨리기 위해 애쓰는 동안 안개가 더 발생하지 않아 주변이 서서히 드러나는 상황이었으므로, 조금만 더 기다리면 그를 찾을 수 있을 것 같았다.

쿠르르르릉…….

동부의 붕괴 속도가 점점 더해지고 있는 상황.

"금오!! 더 있다간 위험해진다. 그만 돌아가도록 하자!"

태극검성이 다시 소리쳤다.

'조금만 더 기다리면 놈을 찾을 수 있을 것 같은데…….'

아쉽기는 하였지만 금오도 발길을 돌릴 수밖에 없었다. 그런데 그가 막 발길을 돌리려는 순간, 호수 저쪽으로 희끗한 인영이 드러났다. 소선에 몸을 싣고 있는 위헌령이었다.

"사신교주의 모습이 드러났소!"

금오는 전음을 이용해 태극검성에게 사실을 알렸다. 그러자 태극검성도 전음으로 태극삼노에게 도움을 청한 뒤 호수를 향해 돌아섰다.

조금 전과 마찬가지로 태극삼노는 태극검성에게 진기를 주입해 주었고, 태극검성은 혼신의 힘을 다해 태극강기를 일으켰다. 그리고 드디어 쏘아내려는 순간,

씨익!!

안개 저편에 서 있는 사신교주의 입가에 미소가 맺히는 듯했다. 아니, 그는 분명히 웃고 있었다. 금오는 그것을 똑똑히 볼 수 있었다.

‘위험하다.’

이런 생각을 떠올리는 순간,

두두둥!!!

사신교주 위헌령은 중지로 천라생비를 강하게 튕겼고, 그곳에서 발생한 어마어마한 음파가 안개를 물살처럼 가르며 천장을 향해 쇄도해 나갔다.

“젠장!!”

“하아아아―압!!!”

쿠르르르르…….

금오의 외침과 태극검성의 기합성과 천장의 붕괴음이 동시에 터져 나왔다. 누가 죽고, 누가 살 것인가?

태극강기는 안개를 가르며 호수로 쏘아져 나가고, 천장에서는 어마어마한 암반들이 일거에 쏟아져 내리고 있다.

第六章　무한의 공간

下午
門
鶏

1

콰르르르릉!!!

천장에서 거대한 암반이 떨어져 내리는 것을 기화로 하여 지하 동부는 연쇄적인 붕괴를 일으켰다. 사람들은 아직 절반도 빠져나가지 못한 상황에서 크고 작은 바위가 연신 떨어져 내리자 동부는 아비규환의 지옥으로 화하였다.

"크아아악!!"

"다, 다리가 깔렸어. 나 좀 살려줘… 크아악!!"

여기저기서 바위에 깔려 죽는 자가 속출하였고, 개중에는 거대한 암반에 깔려 비명조차 지르지 못하고 으깨지는 사람도 부지기수였다.

쿠구구구…….

계속되는 붕괴음. 안개와 뒤섞여 사위를 감싸 버리는 흙먼지. 횃불마저 꺼진 어둠. 비명, 비명, 비명…….

아비규환은 그렇게 한동안 지속되었다. 그리고 찾아온 정적.

데구르르…….

간혹 돌 구르는 소리와 함께 미약한 신음 소리가 간간이 흘러나온다.

화르릉!!

누군가 동굴 안에서 횃불을 들고 나왔다.

하나, 둘…….

횃불이 늘어나면서 지하 동부의 참상도 서서히 그 모습을 드러냈다. 곳곳에 수북수북 쌓여 있는 암반과 바위와 돌무더기들… 그 사이로 붉고 끈적한 핏물이 흘러나온다. 얼마나 죽은 것일까? 저 안에 들어 있는 주검은 누구의 것일까?

동굴로 피신했던 사람들이 되돌아 나오기 시작했고, 누군가 지시를 내리지도 않았건만 묵묵히 바위를 치우며 생존자를 찾기 시작했다. 여기엔 더 이상 사신교도 태극검가도 존재하지 않았다. 오직 산 자와 죽은 자가 있을 뿐이다.

가장 먼저 지하 동부로 들어왔던 금오의 일행과 이연의 검수들은 붕괴의 중심에 서 있을 수밖에 없었다. 따라서 피해는 실로 막대했다. 천장이 통째로 떨어져 내린 것이 아니어서 피할 수 있는 여지는 있었지만, 무공이 상대적으로 약했던 사람들은 화를 면할 방법이 없었다. 검수들은 대부분 돌무더기에 깔려 죽었으며, 고강한 무공을 지니고 있던 일행 중 일부의 모습도 보이지 않았다.

"장쾌, 어디 있는 거냐?"

전마는 장쾌를 찾아 주변을 돌아다니고 있었다. 얼굴만 마주 대면 으르렁거리더니, 어느새 정이 들었던 모양이다.

"이봐요, 어디 있어요?"

담초은도 누군가를 찾아다니고 있었다. 이연은 멀지 않은 곳에서 수하들을 구조하고 있으니 그녀가 찾고 있는 것은 다른 사람일 것이다.

"이봐요, 제발 대답 좀 해봐요……."

대체 누굴 찾고 있기에 목소리가 저토록 울먹이는 것일까? 담초은은 두 눈에 눈물이 그렁한 채 누군가를 애타게 찾아 헤맸다.

그의 이름은 교윤. 천장에서 거대한 암반이 떨어져 내리는 것을 직감한 순간 자신을 강하게 밀쳐 냈던 그 사람을 찾고 있는 것이다.

"교윤… 제발 대답 좀 해요."

그녀는 울먹이는 목소리로 그를 계속 부르고 있었는데, 이상한 것은 그녀가 집채만 한 암반 주변을 계속 맴돌고 있다는 사실이다.

그 암반 밑에는 한 사람이 깔려 죽은 채 두 다리만 바깥으로 드러나 있는 상태였다. 담초은은 그곳을 벌써 몇 차례나 맴돌았으니 누군가 죽어 있다는 것을 이미 알고 있을 터였다. 하지만 그녀는 그곳으로 절대 눈길을 돌리지 않았다. 못 보아서가 아니다. 그 주검이 누구의 것인지 너무나 잘 알고 있기 때문이다. 저런 누더기 옷을 걸치고 있던 사람은 이 안에 단 한 명뿐이었으니까.

교윤…….

그녀의 머릿속에선 조금 전의 그 상황이 벌써 몇십 차례나 반복하여 되보여지고 있는 중이다.

저 거대한 암반이 머리 위로 떨어지는 순간, 교윤이 몸을 던져 자신을 밀쳐 내던 장면이. 곧이어 암반이 덮치며 그의 몸을 으지직, 으깨버리던 그 장면이…….

그래서 차마 쳐다 볼 수가 없는 것이다. 그가 죽었다는 사실을 인정하고 싶지 않은 것이다. 자신이 그토록 경멸했음에도 불구하고 두 번이나 몸을 던져 자신을 살려낸 교윤… 그의 죽음을 담초은은 도저히 확인할 수가 없다.

미안해서… 너무나 미안해서…….

전마는 석두 선사와 함께 커다란 돌무더기를 들춰내고 있었다.

'여기예요…….'

죽어가고 있는 것인지, 울먹이는 것인지 모를 빙영의 목소리가 그 안에서 들려온 것은 조금 전이었다.

"괜찮은 게냐?"

석두 선사가 먼저 물었고, 곧이어 전마도 한마디 던졌다.

"장쾌도 그 안에 있는 거냐?"

"저는 괜찮아요……."

빙영의 음성이 흘러나왔다.

"장쾌는?"

전마가 다시 물었지만, 빙영은 아무런 대답이 없다. 왠지 불안한 생각이 든다. 장쾌는 빙영을 보호하고 있었는데…….

전마와 석두 선사는 가일층 속도를 올려 돌무더기를 치워냈다. 그렇게 큼직한 바위들을 얼마간 치워내자 커다란 바위 두 개가 서로 맞대어 있는 공간에 빙영이 앉아 있는 모습이 나타났다. 두 볼에 얼룩이 생겨 있는 것으로 보아 울고 있었던 것이 분명하다.

두 사람은 주변의 바위들을 좀 더 걷어냈다. 그러자 이번엔 빙영 맞은편에 서 있는 장쾌의 모습이 얼핏 나타났다.

"못된 자식!! 그곳에 있었으면서 왜 대답을 하지 않았던 거냐?"

전마가 소리를 치며 옆에 있던 바위 하나를 더 걷어냈다. 그러자 우뚝 서 있는 장쾌의 모습이 모두 드러났다.

화가 난 듯 잔뜩 부릅뜨고 있는 눈, 힘줄이 툭툭 불거져 있는 팔뚝.

장쾌의 모습이 왠지 이상했다. 그러고 보니 다른 때 같으면 전마의 말에 바로 대꾸를 했으련만 지금은 한마디 대꾸도 없다.

"설마 이 무지막지한 바윗더미를 네놈 혼자 떠받치고 있었던 거냐? 그래서 대꾸도 못하고 있었던 거야?"

전마는 완전히 질렸다는 표정으로 중얼거렸다. 그때 장쾌의 턱 끝에서 땀이 한 방울 떨어져 내렸다. 아니, 그것은 땀이 아니었다.

"피?? 은산철벽공을 구성이나 연마한 놈도 무지막지한 바윗더미는 이길 수 없는 모양이로군?"

전마가 다시 중얼거리는데 석두 선사가 침중한 음성으로 말하였다.

"빙영을 어서 끌어내는 게 좋겠소."

그제야 전마는 뭔가 이상하다는 느낌을 받았다. 화가 난 듯 잔뜩 부릅뜬 눈과 툭툭 불거진 핏줄은 이상한 일이 아니었다. 이상한 것은 그의 호흡이 느껴지지 않으며, 심장의 고동 소리도 들리지 않는다는 사실이다.

"야, 이놈, 장쾌야!!"

전마는 놀란 음성으로 소리치며 장쾌의 얼굴을 들여다보았다. 풀어진 동공, 거기엔 이미 생명이 들어 있지 않았다. 그리고 두 눈에서 시작하여 양 볼을 지나 턱 끝에서 하나로 모아지는 붉은 선, 그것은 눈물이 아닌 피였다.

피의 눈물…….

사람들이 피눈물을 흘리는 것은 두 가지 경우이다. 너무나 억울한 일을 당해서 신체가 정신적 충격을 이기지 못했을 때, 혹은 자신의 능력을 훨씬 벗어난 일을 감당하기 위해 순간적으로 무리한 힘을 끌어올렸을 때 안구의 실핏줄이 터지며 피눈물이 흘러내리는 것이다. 장쾌는 아마도 후자의 경우일 것이다. 지금 그가 떠받치고 있는 돌무더기는 적게 잡아도 수십만 근, 혹은 수백만 근이 넘을 테니까.

전마가 장쾌의 주검을 들여다보며 몸을 가늘게 떨고 있는 사이에 석두 선사는 빈 공간에 앉아 있던 빙영을 안전한 곳으로 끌어냈다.

"그는… 저를 살리기 위해서… 온몸으로 버텼어요. 나를 놔두고 피했으면 얼마든지 살 수 있었는데…….”

빙영이 울먹이는 음성으로 중얼거렸다.

"그래, 안다.”

"금오가 부탁을 했다고… 저를 부탁했다고… 그래서 절대로 나를 놔두고 갈 수 없다고…….”

"그래, 저 우직한 녀석이라면 그러고도 남았겠지.”

석두 선사는 빙영의 등을 토닥여 주었다.

"금오에게… 금오에게 전하라고 했어요. 네 녀석과의 약속을 지켰다고… 그러니 나도 이제 떳떳한 형이라고… 흐으윽!!”

빙영은 말을 마치지 못한 채 억눌렸던 울음을 터뜨리고야 말았다. 그녀의 가슴에도 이토록 많은 눈물이 들어 있었던가? 후두둑, 후두둑 떨어지는 눈물 방울로 그녀의 앞섶은 금방 흥건하게 젖어들었다.

석두 선사는 그녀를 가만히 감싸 안으며 장쾌에게로 시선을 돌렸다. 거대한 암반을 두 손으로 받친 채 등으로 어마어마한 돌 더미를 감당하고 있는 모습. 과도한 무게를 견디지 못하고 온몸의 피가 역류하여 숨을 거두는 순간에도 오직 동생과의 약속을 지키겠다는 일념으로 버텨냈을 것이며, 그 일념이 숨을 거둔 뒤에도 온몸을 경직시켜 돌무더기의 붕괴를 막아냈을 것이다.

사람이란 얼마나 똑똑하며 어떠한 능력을 지녔느냐가 아니라, 그 능력을 어떻게 사용했느냐에 따라 대인과 소인으로 나뉘는 법이다. 그리고 그런 관점에서 본다면 장쾌는 대인이었다. 그것도 존경받아 마땅한 대인이었다.

장쾌에게 진심 어린 애도를 보낸다. 부디 극락왕생하기를……

운약선녀보 덕에 화를 피할 수 있었던 묘묘는 붕괴가 주춤해지자마자 금오가 있었던 호숫가로 달려왔다.

그도 운약선녀보를 익혔으니 큰일을 당하지는 않았으리라 묘묘는 믿었다. 하지만 그의 모습은 어디에도 보이지 않았다. 화를 당하지 않았다면 누구보다 먼저 부상자들의 구출에 뛰어들었을 텐데 말이다.

"금오!!"

그녀는 호숫가를 이리저리 뛰어다니며 그의 이름을 불렀다. 그러나 어디에서도 대답은 들려오지 않았다.

그렇게 한참을 뛰어다니던 그녀에게 누군가 다가왔다. 흰색으로 전신을 감싸고 있는 선풍도골의 인물. 그는 바로 태극검성 담운청이었다.

"네가 혈마곡의 묘묘라는 아이로구나?"

태극검성의 입에서 혈마곡이라는 말이 나오자 묘묘의 눈빛이 날카롭게 변했다.

"왜요? 내가 혈마곡 출신이라는 게 문제가 되나요?"

"오늘은 그런 걸 따질 겨를이 없는 것 같으니 과민 반응할 필요없다. 지금은 금오를 찾고 부상자를 구출해 내는 것이 무엇보다 우선이니까."

빙긋이 웃으며 말하는 태극검성의 대답을 듣고서야 묘묘는 안색을 다소 풀었다.

"아까 금오와 함께 있는 것 같았는데, 그가 혹시 어디에 있는지 모르나요?"

"노부도 지금 녀석을 찾고 있는 중이다."

태극검성은 느릿하게 대답을 하며 끝없이 펼쳐진 지하 호수로 눈길을 돌렸다.

동굴 천장이 대규모 붕괴를 일으키는 순간, 사신교주 위헌령은 호수로 몸을 던졌고, 태극검성이 쏘아낸 태극강기는 그가 타고 있던 소선만 산산이 부수었다. 그러나 태극검성에겐 다시 공격할 기회가 주어지지 않았다. 천장에서 떨어지는 집채만 한 암반을 피해야 했기 때문이다.

그때 금오가 호수로 뛰어들었다. 물속에서의 싸움이라면 천라생비보다 수미금강저가 유리하다고 판단한 것이 분명했다. 그러나 그것은 오판이었다. 그가 물에 뛰어들자 위헌령이 또다시 천라생비를 울려 호수 위쪽의 천장을 무너뜨리기 시작했기 때문이다.

지상이라면 얼마든지 피할 수 있는 일이었지만, 물속으로 뛰어든 금오는 움직임에 제약을 받을 수밖에 없었고, 결국 산더미처럼 쏟아지는 암반과 함께 물속으로 가라앉고 말았다.

아마도 금오는 죽었을 것이다. 하지만 태극검성은 묘묘에게 그 말을 해줄 수가 없다. 호수에 우뚝 솟아 있는 돌무더기. 저 밑에 금오가 깔려 있을 것이라고 어떻게 말을 한단 말인가?

태극검성 담운청은 묘묘를 놓아둔 채 천천히 돌아섰다.

"금오!!"

묘묘의 애타는 음성만이 수면을 타고 울려 퍼진다.

2

금오는 어둠의 공간 한가운데 홀로 서 있었다. 사방을 아무리 둘러봐도 보이는 것이라곤 아무것도 없다. 불빛 한 점 없는 어둠 속이지만 한없이 넓고 광대한 공간이라는 것을 알 수 있다. 아니, 알 수 없다. 어쩌면 그냥 그렇게 느끼는 것뿐일지도…….

여기는 대체 어디일까?

이런 생각을 떠올리는 순간 눈앞으로 갑자기 수많은 영상이 지나가기 시작했다. 태어나서 지금까지 겪은 일들이 모조리 떠오르는 듯 셀 수 없는 영상이 거의 빛에 가까운 속도로 스쳐 지나갔다.

놀라운 것은 그토록 많은 떠오르고 있음에도 불구하고 그것들 하나하나를 똑똑히 볼 수 있다는 점이다.

그렇게 찰나, 혹은 영겁의 시간이 흐른 듯 느껴질 무렵, 가장 최근에 겪었던 일들이 눈앞을 스쳐 지나갔다. 사신교 총단의 지하 동부에서 일어났던 장면들이 말이다.

태극강기를 피해 호수로 몸을 던지기 직전에 사신교주의 입가에 묘한 미소가 매달려 있는 것을 금오는 분명히 볼 수 있었다. 이겼다는 듯한 의미가 담겨져 있는 그 미소를 말이다.

그렇다면 사신교주는 함께 죽자는 의도로 동굴을 무너뜨린 것이 아니라는 얘기다. 놈은 동굴을 빠져나갈 비책을 지니고 있음이 분명했다.

수많은 사람을 죽게 만들어놓고 저 혼자 살아나가려는 사신교주를 금오는 그대로 두고 볼 수가 없었다. 그래서 호수로 뛰어들었던 것이다. 그러자 위헌령은 기다렸다는 듯 음파를 쏘아내 자신이 있는 부근의 천장을 집중적으로 무너뜨렸고, 물속에서 자유롭게 운신할 수 없었던 금오는 결국 바윗더미에 깔리는 신세가 되고 말았다.

독의 마충광이 환독대법으로 도검불침의 몸을 만들어준 덕에 바위에 깔리고도 큰 부상을 입지는 않았지만, 계속해서 바위가 무너져 내린다면 그 압력 때문에 결국은 죽게 될 터였다. 설사 살아남는다 할지라도 결국은 숨이 막혀 죽게 될 테고 말이다.

그때 어마어마한 암반이 떨어져 내리는 듯 엄청난 충격이 전해왔다. 내장이 다 토해지는 듯한 충격으로 인해 금오는 이제 죽는가 보다 생각했다. 그 순간 생각지 못한 일이 일어났다. 뭔지 모를 강력한 힘이 주변의 물과 함께 자신을 빨아들였던 것이다.

그가 가라앉아 있던 부근에 겉으로 드러나지 않은 수맥이 존재했으며, 붕괴의 충격으로 인해 호수 바닥에 구멍이 뚫리며 그곳으로 물이 빠져나가기 시작한 것이 분명했다.

그렇게 지하 수맥으로 빨려든 금오는 몸을 얼릴 듯 차가운 물길을 따라 얼마나 흘러갔는지 모른다. 귀식대법을 펼쳐 심장의 박동을 한계 수준으로 떨어뜨리고, 몸의 신진대사를 가

사 상태로 유지하여 최대한 버티기는 하였지만, 그것도 한계
가 있어서 시간이 얼마간 흐르자 가슴이 답답하고 정신이 아
득해지기 시작했다.

그러나 수맥은 끝날 기미를 보이지 않았고, 약간의 시간이
더 흐르자 금오는 결국 정신을 잃고 말았다. 그리고 이제야
정신을 다시 차린 것이다.

시간이 얼마나 흘렀는지 알 수가 없다. 자신이 지금 살아
있는 것이지, 몸을 가지고 있는 것인지도 알 수가 없다. 다만
존재감을 느낄 뿐이다. 보고, 듣고, 냄새를 맡고, 말하고, 몸
으로 접촉하는 모든 것을 느낄 수 없으며, 오직 의식 하나만
이 남아 있을 뿐이다. 과연 이런 것도 살아 있다고 말할 수 있
는 것일까?

자신이 어쩌면 죽은 것일지도 모른다는 생각이 문득 들었
지만, 겁이 나지는 않았다. 이런 것이 죽음이라면 나쁠 것도
없다는 생각이 들었기 때문이다.

더없는 고요. 아무런 걱정도 없는 휴식.

내 작은 이득을 위해 타인의 불편이나 손해쯤은 아무렇지
도 않게 생각하는 사람들로 넘쳐 나는 혼탁한 세상에 비하면
이런 것이 천국이 아니고 무엇이겠는가?

혹자는 '그럼 무슨 재미로 사는가?' 반문할지도 모른다.
하지만 재미란 것은 재미없음의 반대어일 뿐, 특정한 어떤 상
태를 가리키는 말이 아니다. 따라서 '재미있음' 이란 '재미없

음’이 존재함으로써 있게 되는 것이며, ‘재미있음’이 있다는 것은 ‘재미없음’이 공존함을 가리키는 것이다.

그러니 ‘재미있는 세상’에서 살고 싶다면 어쩔 수 없이 ‘재미없음’도 겪을 수밖에 없는 것이다.

어쨌든 금오는 더할 수 없는 적정의 안온함에 몸을 맡긴 채, ‘존재함’도 ‘존재하지 않음’도 아닌 상태 그대로를 만끽하였다. 시간의 흐름 따위는 느껴지지 않는다. 이런 상태를 굳이 시간으로 나타내야 한다면 찰나 혹은 영원이라 말할 수밖에 없을 것이다.

그렇게 찰나인지 영원인지 모를 시간 속에 안주하고 있던 어느 순간이었다.

화아악!!

사위를 감싸고 있던 어둠이 일순간에 물러가며 형용할 수 없는 빛이 사방을 가득 채웠다. 그동안 느끼고 있던 어둠도, 지금 나타난 광채도 육안이 감지할 수 있는 그런 것이 아니었다. 만약 육안으로 감지할 수 있는 어둠이고 빛이었다면 금오는 눈이 멀어버리고 말았을 것이다.

너무나 깊은 어둠에서 너무나 밝은 빛에 순식간에 노출되었으니 말이다. 하지만 어둠도 빛도 그런 것이 아니었기에 사소한 눈부심 따위도 느낄 수 없었다. 아니, 금오는 지금 육안(肉眼)의 감각 자체를 느낄 수 없는 상황이니 눈이 먼다는 표현은 애초부터 성립되지가 않는다.

그렇다면 이 빛은 무엇이란 말인가?

이런 의문을 떠올리는 순간이었다.

—깨어나거라, 연자여!

알 수 없는 음성이 의식으로 직접 투사해 들어왔다. 이것 또한 귀로 들을 수 있는 음성과는 거리가 먼 그런 것이었다.

금오는 눈을 번쩍 떴다. 육체의 눈이 아닌 의식의 눈을 말이다. 그러자 더할 수 없는 광채 속에서 더욱 밝은 빛무리에 둘러싸여 있는 한 인물이 눈에 들어왔다.

세상은 온통 밝은 빛으로 둘러싸여 있을 뿐, 하늘과 땅의 구분은 물론 좌우상하의 구분조차 존재하지 않았으며, 빛무리에 둘러싸여 있는 인물 또한 멀리 있는 듯 가까이 있는 듯 원근의 구분이 느껴지지 않았다.

—여기가 어디요? 그리고 당신은 누구요?

금오는 생각했다. 그것만으로도 의사는 충분히 전달되는 것 같았다.

—이곳은 무한의 공간… 네가 알고 있는 세상에 존재하는 것이 아니며, 그렇다고 그 세상을 떠나 별도의 다른 세상에 존재하는 것도 아닌 그런 곳이다. 또한 시간이나 공간의 개념이 성립하지 않는 곳이기도 하지.

금오는 그의 말을 알아들을 수가 없다. 세상에 존재하는 것도 아니면서 그 세상을 떠나 다른 곳에 존재하는 곳도 아니라면 그것은 곧 존재하지 않음을 의미하는 말이기 때문이다. 그때 그의 음성이 다시 들려왔다.

—머리로 헤아리려 들지 말거라. 네가 가진 세상의 지식을 모두 던져 버렸을 때 비로소 어렴풋이 드러나는 것이 이 경계이니, 이것은 절대 사량으로 헤아려지는 것이 아니니라.

이것도 아니고, 저것도 아니면서 존재하는 것이 분명하다면 그것은 확실히 이 세상의 지식으로 헤아릴 수 없는 어떤 것임에 분명했다. 그리고 그런 것이라면 자신이 알 수 있는 범주를 넘어서는 것이었기에 금오는 더 이상 이쪽 세계에 대해 알려고 애쓰지 않았다. 그때 그의 음성이 다시 들려왔다.

—노납은 천축에서 온 마하수타카… 이 땅에서는 공공(竺竺)이란 법명으로 불리던 납자이다.

납자(衲子)란 누더기를 기워 만든 납의(衲衣)를 입는 부처의 제자라는 뜻이니 승려를 가리키는 말이다. 공공의 말이 이어졌다.

—노납이 이 땅에 도래한 것은 천 년 전… 보리달마와 함께였다. 달마는 이 땅에 선법(禪法)을 전하여 우매한 중생을 구제하고자 하였으니 어디선가 그 뜻을 펼쳐 지금쯤 그의 선법이 천하를 뒤덮고 있으리라. 노납도 선법의 전파에 뜻이 없었던 것은 아니다. 그러나 노납은 따로 가야 할 길이 있었다. 이 땅을 피로 물들일 대혈겁… 그것을 막는 것 또한 선법을 펼치는 것만큼 중요하다 생각했기에 이 길을 택한 것이고, 천 년의 시공을 뛰어넘어 지금 그대 앞에 서게 된 것이다.

　이어지는 공공의 설명에 금오는 그저 어안이 벙벙할 따름이다. 그러나 이 상황을 전혀 이해 못하는 것은 아니다. 화령곡에서도 이미 칠백 년의 시공을 뛰어넘어 무광 선사와의 만남을 가졌었으니까.

　하지만 그때는 녹옥불상에 봉인되어 있던 어떤 힘에 의하여 그의 얘기를 전해 들은 것뿐이다. 반면에 지금은 천 년 전의 인물인 공공 선사와 직접 대면하고 있으며, 의사소통도 가능하다는 점에서 달랐다.

　―노납이 이 육신을 벗어던진 후 삼백 년 안에 혈겁의 징조가 한 번 나타날 것이나, 그때는 스스로 지옥에 뛰어들 각오를 지닌 한 납자가 있어 미연에 방지하게 될 것이다. 그러나 그로부터 칠백 년 후에 세 가지 기물이 다시 나타날 것이니 그때는 악의 힘이 더욱 강성하리라. 다행히 선의 힘이 그에 맞설 만큼 강성하여 세상이 악의 세력에게 쉽게 무릎 꿇지는 않을 것이나, 그들을 막아내기 위해선 선의 세력도 멸절의 피해를 감수해야 할 터인즉, 천하의 파멸을 막기 위해 노납이 이곳에 한 가지 안배를 남겨두노라.

　과연 공공 선사는 천 년의 시공을 뛰어넘어 어떤 안배를 준비해 놓은 것일까? 금오는 자못 궁금해진다.

＊　　　＊　　　＊

지하 동부에서의 혈전이 있은 지 꼬박 하루가 지났다.

부상자와 매몰 생존자를 먼저 구해낸 태극검성은 일백여 명의 수하를 동원하여 금오가 묻혀 있을 것으로 판단되는 호수 안의 바윗더미를 모두 치워내게 하였다. 백 명이나 들러붙고도 그 산더미 같은 바윗더미를 치워내는 데는 꼬박 반나절이 걸렸다. 하지만 그 어디에도 금오의 시신은 없었다.

주변에 횃불을 대낮처럼 밝혔고, 호수 물이 맑아 수심 깊은 곳까지 빛이 훤히 닿았으니 수색 작업을 하는 자들이 그의 시신을 발견하지 못하고 지나쳤을 가능성은 전혀 없었다. 그렇다면 금오는 대체 어디로 사라진 것일까?

모두가 궁금해하고 있을 때 묘묘와 전마가 호수 속으로 뛰어들어 바닥을 샅샅이 뒤지기 시작했다. 그러던 중 묘묘가 한 가지 이상한 점을 발견하였다. 호수 바닥 한쪽에 단단히 박혀 있는 둥근 바위를 발견한 것이다. 호수 바닥도 암반으로 이루어졌으니 바위가 돌출되어 나올 수도 있는 문제이기는 하였지만, 그것은 돌출된 것이 아니라 구멍을 틀어막고 있는 듯한 모습이었다.

저 바위 아래로 수맥이 연결되어 있는 것이라면? 그래서 금오가 그곳으로 빨려 나간 뒤 바위에 의해 막힌 것이라면?

묘묘는 이런 생각을 하였고, 그 생각을 모두에게 말하였다. 하지만 사람들은 너무나도 희박한 가능성에 모두 고개를 내둘렀다. 그래도 묘묘는 확인을 해봐야 했다. 금오가 수맥을 따라 어딘가로 빨려 나간 것이라면 그곳이 어딘지 알아야 했고, 만약 그 안에서 죽었다면 시체라도 확인해 봐야 했다. 설혹 자신이 수맥 안에서 죽는 일이 생긴다 하여도.

결심을 한 묘묘는 바위를 치워보려 하였지만, 그녀의 힘으로는 역부족이었다. 그녀는 사람들에게 도움을 청하였고, 사람들은 반대하였다. 만약 수맥이 존재해서 금오가 어딘가에 살아 있다면 반드시 돌아올 것이니 위험을 무릅쓸 필요가 없다는 논리였다.

그러나 묘묘느 그렇게 기다리고 있을 수만은 없었다. 그래서 빙영에게 물었다.

"언니 같으면 어떻게 했겠어요?"

빙영은 아무런 말도 하지 않았다. 그녀 또한 묘묘와 같은 생각이었으니까. 다리만 움직일 수 있다면 그녀야말로 수맥 안으로 당장이라도 뛰어들고 싶은 심정이었으니까. 하지만 그렇게 대답하는 것은 묘묘를 사지로 내모는 것과 다를 바 없었기에 아무런 대답도 할 수 없었던 것이다.

그렇지만 그 침묵은 곧 긍정과도 같았고, 묘묘는 바보가 아니었다. 그녀는 사람들이 돕지 않겠다면 자기 혼자라도 해보겠다며 물속으로 다시 뛰어들었다. 그렇게 물속을 몇 번 드나들고 나자 그녀의 고집을 꺾을 수 없음을 알게 된 태극검성은 어쩔 수 없이 그녀의 청을 들어주기로 하였다.

밧줄로 바위를 단단히 묶고 여럿이 힘을 합해 들어 올리기로 한 것이다. 수심이 깊은 곳은 아니었지만 상당한 수압이 작용하고 있었기에 꽤 많은 사람들이 동원되고 나서야 바위를 뽑아낼 수 있었다.

바위가 뽑혀 나오자 주변으로 엄청난 소용돌이가 일어나며 호수의 물이 빨려 나가기 시작했다. 보는 것만으로도 두려움이 들 정도로 소용돌이는 무시무시하였다. 저런 소용돌이에 빨려든다면 온몸이 산산조각 날 것만 같았다. 하지만 묘묘는 조금도 주저하지 않고 그 안으로 뛰어들었다. 오직 한 사람 금오를 위하여, 그의 생사를 확인하기 위하여.

그 모습을 보고 태극검가 사람들은 모두 숙연해지고 말았다. 괴물들만 모여 사는 줄 알았던 혈마곡. 그곳에서 온 소녀에게 저런 의기가 있다면 그들이 태극검가보다 못할 것이 무엇이란 말인가?

자신들만이 정의를 수호한다고 생각했던 태극검가 사람들의 편견이 한 소녀에 의해 산산이 부서져 나가는 순간이다.

*　　　*　　　*

금오는 머릿속으로 직접 전해오는 공공 선사의 음성에 심취해 있는 상태였다.

—연자여, 그대가 눈뜨는 순간 무한의 공간은 사라지고 그대가 속해 있는 물질의 세계로 돌아가게 될 것이다. 노납은

할 말을 다 하였으니, 이루고 못 이루는 것은 그대의 뜻에 달려 있음을 명심해야 한다. 이루면 수십, 수백만의 인명을 살릴 것이요, 이루지 못하면 그들이 죽어가는 것을 보고 있어야만 할 것이다. 노납의 천 년 기다림이 헛되지 않기를 기원하노라.

그 말을 끝으로 사위를 감싸고 있던 빛이 순식간에 사라졌다. 그러자 곧 칠흑 같은 어둠이 찾아왔다. 하지만 그 어둠도 곧 사라지고 다시 희미한 빛이 느껴졌다. 동시에 온몸이 부서져 나가는 듯한 고통이 일어났다.

몸…….

보고, 듣고, 냄새를 맡고, 맛보고, 고통을 느끼는 육신의 오감이 되돌아온 것이다.

"크으……."

기경팔맥이 모두 뒤틀리고 내장이 온통 자리를 이탈한 듯 끔찍하기 그지없는 고통이 계속되었다. 그동안은 어떻게 그토록 안온한 느낌을 유지할 수 있었던 것인지 의구심이 들 정도로 극심한 고통이다.

─그대가 노납을 만날 수 있었다는 것은 그대의 육신이 죽음 직전에 이를 만큼 커다란 충격을 받았음을 의미한다. 그러니 그대의 세계로 돌아가는 순간 극심한 고통을 느끼게 될 것이며, 자칫 잘못하면 그대의 영가(靈駕)는 육신으로부터 이탈

되어 다른 몸을 찾아가게 될 것이다. 고통이 일거든 지체 말고 이곳에서 익힌 대로 운기를 하도록 하라. 그러면 오래지 않아 몸이 편안해질 것이다.

금오는 공공 선사에게 들었던 말을 떠올리며 곧바로 운기에 들어갔다. 그 운기법은 자세에 상관없이 할 수 있는 것이어서 누워 있는 상태로도 가능하였다.

그렇게 잠시 운기를 하자 공공 선사의 말대로 전신 경맥과 뼈마디가 제자리를 되찾으며 서서히 고통이 수그러들었다.

지금 금오가 행하고 있는 운기법은 기존에 배웠던 것들과는 완전히 궤를 달리하는 것이며 아직 이름조차 없는 상태다. 그것은 무한의 공간에 머무는 동안 그 스스로 창안하고 익힌 것이기 때문이다.

공공 선사의 말에 의하면, 무한의 공간은 시간이 존재하지 않아서 그곳에 아무리 오래 머물더라도 이쪽 세계의 시간은 찰나도 흐르지 않는다고 하였다. 이쪽 세계 입장에서 본다면 시간이 멈추어져 있는 것이나 마찬가지라는 얘기였다.

그렇게 멈춰진 시간의 틈 안에 존재하며 그는 공공 선사의 지도에 따라 스스로 신공을 창안해 낸 것이다.

—육신과 정신을 가진 인간의 능력은 그가 아무리 대단한 인재라 하더라도 한계가 있을 수밖에 없으며 시공간의 제약

을 받을 수밖에 없다. 그러나 그대가 그대이기 이전의 본성으로 돌아간다면 무한대의 능력을 자유자재로 구사할 수 있게 되며, 시공간에도 구애받지 않을 수 있다.

본성이란 무엇인가? 그것이 비록 개미처럼 작은 미물이라 할지라도 중생이라면 누구나 지니고 있는 것을 이르는 말이니, 불가에서는 이를 불성(佛性)이라 한다. 미혹한 중생은 무명에 휩싸인 윤회의 주체를 가리켜 영혼이라 이름하지만 그들이 말하는 영혼이란 것도 껍데기에 불과할 뿐이며, 실제 주인공은 따로 있으니 그것을 아는 순간 우주가 바로 내가 되고 내가 우주가 되는 도리를 깨닫게 된다.

하지만 불성 혹은 자성(自性)이라 이름하는 그것을 깨닫기 위해서는 스스로 정진하는 수밖에 없기에 노납이 부득이 그대를 이곳으로 오게 한 것이다. 이곳 무한의 공간이 열반을 이룬 성자가 안주하는 상태와 같다고 할 수는 없으나 시공간이 존재하지 않는다는 점에서는 동일하다고 볼 수 있다.

노납은 신통을 엄격히 금지하신 석가세존의 말씀을 어기고 지옥에 떨어질 각오로 그대를 이곳으로 부른 것이다. 그대가 언제고 무한의 공간을 이용할 수 있는 능력을 갖게 된다면 이는 우주를 얻음과 다름이 없음이니, 이 느낌을 잘 간직하라.

공공 선사가 말해준 대로 무한의 공간에서는 시간이란 개

넘이 존재하지 않는 것 같았다. 만약 자신이 신공을 창안하는 데 쏟아 부은 시간을 이쪽 세계의 개념으로 환산했다면 족히 십 년을 흘렀을 테니 말이다.

　—사람들은 많이 움켜쥘수록 자신이 커지고 강해진다는 착각을 하며 살아간다. 그러나 사람이 아무리 많은 것을 갖는다 해도 우주를 모두 얻을 수는 없다. 기껏해야 자기 주변의 일부를 가질 뿐이며, 본래 타고난 능력의 극히 작은 부분만 발휘하고 살 뿐이다.

　따라서 움켜쥠은 작은 것이요, 놓아버림은 모두를 갖는 것이 된다. 모두를 놓은 자는 작은 것에 휘둘리지 않고 언제 어디서든 필요에 따라 세간의 그 무엇이든 가져다 쓸 수 있으니 모두 놓는 자야말로 모두 갖게 된다는 것이다.

　그대도 이미 가지고 있는 것이 있거든 모두 놓아버려라. 실오라기 하나도 남기지 말고 모두 던져 버려라. 그러면 그것이 자유롭게 살아 움직이며 더 큰 것을 그대에게 안겨주리라.

　공공 선사의 지도는 이런 식이었다. 구체적인 심법이나 초식에 대해서는 일언반구(一言半句)도 없었다. 하지만 이것이야말로 궁극의 가르침이라 할 수 있다. 세세하게 가르쳐 준다는 것은 이미 확정된 것이니 법이 아닌 기술일 따름이며, 기술이란 각각의 상황마다 달리 적용되어야 하는 것이니 궁극이라 할 수가 없다.

궁극의 가르침은 항상 방향을 가리키는 손가락 역할만 할 뿐, 그것을 얻고 말고는 하는 자의 근기와 노력에 달린 일이라는 것이 불가의 일관된 입장이다.

금오는 공공 선사의 말씀에 따라 자신이 이미 익히고 있던 모든 무공을 마음으로부터 던져 버렸다. 그러나 그것은 결코 쉬운 일이 아니었다.

모든 것을 놓아버린다는 것은 생각을 하지 않는다는 것이 아니다. 무의식 깊은 곳으로부터 나도 모르는 사이에 떠오르는 그 생각들을 아무런 감정의 동요 없이 고요히 바라볼 수 있는 것이며, 거기서 한발 더 나아가 그것들이 저절로 사라져 없어지는 것을 지켜보는 것이다.

그것이 가능해졌을 때 비로소 놓는 것이 시작된다. 아직 완성은 아니다. 하지만 공공 선사가 금오에게 요구한 것은 거기까지였다. 그것만으로도 금오에게는 충분했기 때문이다.

자신이 지니고 있던 것에 대한 집착이 사라지는 순간, 그것들의 살아 움직임이 드디어 시작되었다. 무광 선사에게 전수받은 수미신공과 귀곡신수에게 배운 각종 기예와 하오문의 다섯 아빠들에게 배운 모든 무공이 스스로 살아 움직이며 이합집산을 시작한 것이다.

열은 백이 되고, 백은 천이 되고, 천은 만이 되고… 그렇게 이합집산은 무한대로 이어져 나갔다. 만약 그것을 머리로 계산하려 했다면 금오의 머리는 일찌감치 터져 버리고 말았을 것이다.

이미 모든 것을 놓아버렸기에 금오는 결코 머리로 그것을 헤아리지 않았다. 그저 멀찍이 물러앉아 그것들이 움직이는 것을 바라보고 있었을 뿐이다.

얼마나 많은 시간이 흘렀는지 알 수가 없다. 어쩌면 무한대의 시간이었는지도…….

그러던 어느 순간, 이합집산이 역순으로 일어나기 시작했고, 무한대의 것들이 빠르게 줄어들며 만, 천, 백, 십, 그리고 드디어 하나, 단 하나의 모습으로 그에게 다가왔다. 그것은 심법이었으며, 권, 장, 각법이었고, 검, 도, 창법이기도 하였다. 그야말로 하나이되 모든 것이 되기도 하는 그런 무공이었다.

수미신공도 이와 유사한 면이 있기는 하였지만 그래도 그것은 크기와 규모를 가지고 있는 무공이었다. 반면에 새롭게 창안된 신공은 어떤 정해진 초식이 없는, 그래서 가없이 큰 무한대라고 할 만한 무공이었다.

다만 걱정스러운 것은 그것을 사용할 금오가 한계를 지닌 사람이라는 점이었다. 만약 그 자신까지도 한계를 지니지 않는 각자(覺者)가 되었다면 그가 발휘할 수 있는 능력은 아마도 무한대가 되었을 것이다. 물론 그가 각자의 반열에 올라갔다면 피비린내 나는 싸움에 직접 뛰어드는 일은 생기지 않겠지만.

어쨌든 이제 금오는 준비가 되었다. 수미신공조차 훌쩍 뛰어넘는 이 무공—금오는 그것을 무한신공이라 이름지을 생각이다—을 지니고 나가, 세상을 위협하는 무리들을 쓸어버릴 준비가 된 것이다.

번쩍!!!

금오가 눈을 떴다. 그때,

촤아아!!!

어디선가 물줄기가 급격히 쏟아져 나오는 소리가 들려왔다.

第七章

사랑… 그래, 사랑…….

下午
門鵁

"대체 네가 여긴 왜 나타난 거냐?"

금오는 심각한 표정으로 중얼거렸다. 지금 그가 머물고 있는 공간은—그도 지금에서야 처음 보았다—꽤 널찍한 동굴 속이었다. 동굴임에는 분명했지만, 천장에 어지간한 구멍을 통해 빛이 쏟아져 들어와 그리 어둡지는 않았다.

물줄기는 한쪽 벽에서 뿜어져 나오고 있었으며, 그가 앉아 있는 암반을 양옆으로 지나 동굴 밖으로 흘러나가고 있었다. 그런데 지금 그가 앉아 있는 암반 위에는 물에 푹 젖은 묘묘가 눕혀져 있었다.

몸은 얼음처럼 차갑고, 호흡은 이미 사라진 상태다. 당연히 맥도 뛰지 않는다.

죽음… 지금 그녀의 상태는 확실히 시체였다.

금오는 화가 난다. 그녀가 왜 이런 모험을 감수했는지 듣지 않아도 알 수 있는 까닭이다.

'내가 뭐라고…….'

그녀를 여기까지 오게 만든 것은 아마도 사랑이라는 감정일 것이다. 풋사랑, 하지만 도저히 떨쳐 버릴 수 없는 사랑. 그것이 그녀를 죽게 만든 것이며, 그 주체는 바로 자신이다.

'바보같이…….'

금오는 그녀를 가만히 안아주었다. 이럴 줄 알았으면 살아 있을 때 한 번이라도 안아줄 것을… 후회가 밀려든다. 그러나 후회란 항상 때늦은 감정이다. 돌이킬 수 없기에 후회하는 것이니까.

'바보처럼… 바보처럼…….'

그녀에게 사랑이란 감정을 느껴본 적은 없다. 하지만 자신을 위해 자신을 던진 그녀에게 어찌 계속 야박하게 굴 수 있단 말인가?

"미안하다……."

면목없는 말 한마디. 그리고 눈물 한 줄기.

이것이 금오가 해줄 수 있는 전부이다.

두근…….

잘못 느낀 것일까?

두근…….

그녀의 심장이 뛰는 듯한 느낌이 전해왔다. 아주 미세하지만 그것은 분명 심장의 고동이었다.

금오는 급히 그녀의 가슴에 귀를 가져다 댔다.

두근…….

'살아 있었어. 아직 죽은 게 아니야.'

금오는 급히 그녀의 젖은 의복을 벗겼다. 그리고 자신의 겉옷을 벗어 몸의 물기를 닦아준 뒤, 진기를 실어 등을 가볍게 두드렸다. 그러자 멈추었던 그녀의 호흡이 돌아왔다. 하지만 몸이 너무 차가워 사지의 맥은 아직 살아나지 않은 상태였다.

금오는 자신의 겉옷으로 그녀의 전신을 문질러 주었다. 혈맥이 굳어 있는 상태에서는 진기를 주입하는 것보다 마찰을 통해 피부의 온도를 올려주는 것이 더 낫다고 판단했기 때문이다.

그렇게 약간의 시간이 흐르자 사지가 약간 부드러워지며 심장 가까운 곳부터 맥이 살아나기 시작했다.

'됐다!'

금오는 그녀를 바르게 앉힌 뒤 명문혈에 진기를 주입하기 시작했다. 경혈이 굳어 있어서 아주 조심스럽기는 했지만, 진기를 조금씩 흘려 넣자 그녀의 체온은 서서히 정상을 되찾아갔다. 그렇게 밥 한 끼 먹을 시간이 흘렀을 즈음.

"으음……."

그녀가 드디어 낮은 신음과 함께 어렴풋이 눈을 떴다.

'여기는… 어디지?'

그녀의 눈에 가장 먼저 들어온 것은 동굴 벽에서 뻗어 나오는 물줄기였다.

'그래! 난 수맥을 따라 흘러왔지.'

그제야 기억을 되살린 그녀는 등 뒤에 누군가 있다는 사실을 느끼고는 급히 고개를 돌렸다. 그리고 보았다. 한 사내를, 그녀가 그렇게 찾고자 했던 한 사내를, 주검이 아닌 살아 있는 사람으로서의 그 사내를…….

"금… 오……."

아직 기운을 차리지 못했기 때문일까? 아니면 너무 반가웠기 때문일까? 그녀는 목소리는 아주 작았고, 알아듣기 힘들 정도로 심하게 떨려 나왔다.

"가만히 있어도 내가 알아서 돌아갈 텐데, 어쩌자고 저 험한 길을 따라와, 이 웬수야. 죽을 뻔했잖아."

살짝 나무라는 투로 말을 하기는 했지만, 금오의 표정은 웃고 있었다. 그 미소를 본 묘묘는 그의 품을 와락 파고들었다.

"나쁜 놈아!! 나야말로 당신이 정말 죽은 줄 알았단 말이야!!"

가슴을 토닥이며 눈물을 쏟고 있는 그녀를 금오는 가만히 안아주었다. 자신을 위해 기꺼이 목숨을 던지려 했던 여인이다. 빙영에겐 미안한 일이지만, 묘묘를 더 이상 모른 척할 수는 없다. 아마 빙영도 이해를 해줄 것이다.

가슴을 때리던 그녀의 손길이 잦아들었다. 그리고 비에 젖은 어린 새처럼 날개를 오므린 채 그의 품에 온몸을 맡기었다.

사랑…….

그녀는 그것을 원하는 것이고,

그래, 사랑…….

금오는 그것을 주기로 하였다.

그녀가 살며시 고개를 들어 올린다. 아직은 확신이 없는 눈빛이다. 버림받을지 모른다는 두려움이 남아 있는 눈빛이다.

금오는 그녀의 두려움을 해소시키고 확신을 심어줘야 할 의무가 있다.

금오가 고개를 숙인다. 서로의 눈 안에 상대의 모습이 각인된다.

입술, 마음, 설레임, 그리고 하나됨…….

그것은 입맞춤… 첫 입맞춤.

사랑, 사랑, 사랑…….

*   *   *

장안(長安)에서 대규모 상회를 운영하고 있는 상인 섭능(葉能)은 수십 대의 수레에 소금을 싣고 돌아가는 중이다.

소금은 매우 귀중한 생필품이어서 마적들의 주요 공격 목표가 될 가능성이 있었기에 그는 이십여 명에 이르는 호위무사를 대동하였고, 오십여 명에 이르는 일꾼들도 도검으로 무장을 시킨 상태였다. 이 정도 무장이면 어지간한 마적단 정도는 언제든 상대가 가능했기에 섭능은 마음이 든든했다.

하지만 든든했던 마음은 오래지 않아 불안감으로 바뀌었다. 멀지 않은 산둥성이 너머에서 일단의 인물들이 나타나 자신들을 향해 달려오는 모습을 발견했기 때문이다.

그들은 모두 무기를 지니고 있었고, 달려오는 속도 또한 일반인으로선 상상도 하기 힘들 만큼 빨랐다. 한눈에 보기에도 자신들이 상대할 수 있는 자들이 아닌 듯했다. 하지만 섭능은 도망갈 생각조차 할 수 없었다. 달려오는 그들의 속도가 말보다도 빨랐으며, 숫자 또한 수백 명에 이르러 분산하여 도주한다 해도 소용없다는 생각이 들었기 때문이다.

'대체 어디서 저런 괴물들이……'

산발한 머리에 손발이 드러날 만큼 해진 의복, 야수처럼 빛나는 눈빛, 평생 목욕 한 번 하지 않은 듯 시커먼 피부.

무덤을 뚫고 나오기라도 한 것일까 하는 생각이 들 정도로 그들의 모습은 기괴했다.

스스스슷!!

수백 명이 움직이고 있음에도 불구하고 발자국 소리조차 거의 들리지 않았다.

‘저토록 어마어마한 능력자들이 왜 하필 우리 소금을……’

섭능은 이해할 수가 없다. 소금이 비교적 값나가는 상품이기는 하지만, 아무리 그렇더라도 저런 고수들을 수백 명이나 동원하여 탈취할 만큼 대단한 물품은 아니다. 게다가 섭능은 무림과 아무런 원한도 진 일이 없다. 그런데 어째서 저들이 자신을 노린단 말인가?

섭능과 수송대원들이 그 자리에 바짝 얼어붙어 있는 사이에 괴인들은 지척으로 쇄도해 왔다.

‘이대로 죽는 건가?’

모두 이런 생각을 하고 있을 때였다.

휘휘휙!!!

괴인들이 그들의 곁을 그대로 스쳐 지나가지 않겠는가? 역시 괴인들은 소금을 탈취하러 나타난 것이 아닌 모양이었다.

그들이 모두 지나가고 나자 섭능과 수송대원들은 안도의 한숨을 몰아쉬었다.

‘다행이다. 괜히 우리가 지레 겁을 먹었던 모양이야.’

섭능은 벌써 까마득히 멀어져 간 괴인들을 바라보며 속으로 중얼거렸다. 뭔지 모를 비릿한 냄새가 느껴진 것은 그때였다. 그 냄새는 아마도 괴인들의 체향인 듯했는데, 그동안은 너무 겁을 먹어 아무런 냄새도 감지하지 못했던 것 같았다.

“그런데 이게 무슨 냄새지?”

섭능이 고개를 갸웃거리며 말하자 주변에 있던 수송대원

들도 저마다 코를 찡그리기 시작했다.

"냄새 한번 고약하네요. 상한 생선 냄새도 아니고……."

"그런데 자네 얼굴색이 왜 그런가?"

"제 얼굴이 어때서요?"

"갑자기 검어진 것 같은데?"

"그러고 보니 어르신 안색도 왠지……."

이상한 생각이 든 두 사람은 주변을 둘러보았다. 그런데 이게 어떻게 된 일일까? 모두의 낯빛이 눈에 띄게 검어져 있는 상태였다.

"대체 무슨… 커억!!"

심각한 표정으로 중얼거리던 섭능은 갑자기 목을 움켜쥐며 고통스러운 신음을 내뱉었다. 그러자 그것이 신호라도 된 듯 수송대원들도 저마다 목을 움켜쥐며 괴로워하기 시작했다.

"도… 독인… 끄륵!!"

목을 움켜쥐고 있던 섭능은 말을 끝맺지 못한 채 숨을 거두었고, 나머지 수송대원들도 연이어 죽어나갔다. 그렇게 사람들이 모두 죽고 나자 이번에는 말과 노새들이 연이어 쓰러지며 고통스럽게 버둥대기 시작했다.

말과 노새들도 얼마 버티지 못하고 모두들 축 늘어지고 말았는데, 그 짧은 시간 사이에 죽은 자들의 시신은 보기 흉할 정도로 검푸르게 변해 있었으며, 개중 몇몇은 피부가 흐물흐

물 녹아내리기까지 하였다. 단지 스쳐 지나갔을 뿐인데 이 정
도라니, 그 독인들의 정체는 대체 무엇이란 말인가?

*　　　　*　　　　*

백염객점.
금오와 묘묘를 제외한 일행은 그곳에 모두 모여 있었다.
전마와 석두 선사, 그리고 개지박사는 술로 자살할 결심이
라도 한 듯 한쪽 탁자에 앉아 무섭게 퍼마시고 있는 중이고,
나머지 일행은 창가에 앉아 밖을 내다보고 있었다.
이렇게 기다린 것이 벌써 한 달이다.
'어딘가 살아 있다면 아직까지 나타나지 않을 리가 없는
데…….'
빙영은 자꾸만 불안한 마음이 들어 견딜 수가 없다. 아니,
그녀의 마음 깊은 곳에선 이미 금오가 죽었다는 것을 기정사
실로 받아들인 상태인지도 모른다. 다만 그것을 인정하고 싶
지 않을 뿐.
'겨우 이 정도였던 거냐, 금오…….'
주은하도 가슴 한쪽이 허전한 것은 마찬가지다. 물론 금오
에 대한 감정이 남녀의 그것은 아니다. 그보다는 오래된 친구
를 잃은 듯한 느낌이라는 것이 맞을 것이다.
"금오님……."

사랑… 그래, 사랑……. 179

주선하는 나직하게 읊조리며 오늘도 눈물을 떨군다. 한 달 동안 흘린 눈물을 모았다면 작은 연못 하나는 채우고도 남았을 것이다.

그나마 가장 침착한 사람은 하화였다. 그녀는 금오를 기다리고 있는 동안에도 천일신교 사람들을 동원하여 금오가 부탁했던 일들을 처리하는 등, 겉보기에는 금오가 있을 때와 조금도 다르지 않게 행동했다. 하지만 그녀도 여자다. 그리고 누구 못지않게 금오에 대한 감정이 깊다. 그러니 그녀라고 마음이 편할 리 없다.

'나는 믿어요, 당신이 반드시 살아 돌아올 것이란 사실을. 그래서 난 조금도 슬프지 않아요.'

그동안 그녀는 백염객점에 나타났던 활시들의 신원을 확실하게 파악해 두고 있는 상태였다. 금오가 돌아오면 그들의 십대 조상까지 줄줄 외워줄 수 있을 만큼 완벽하게 말이다.

멀리 백염객점이 내려다보이는 나직한 언덕.

금오는 벌써 오래전에 그곳에 도착해 있는 상태였다. 그가 객점으로 달려가지 못하고 있는 이유는 두 가지 때문이다. 하나는 창가에 모여 앉아 있는 여자들—그녀들의 마음이 어떻든 금오 입장에서는 골치가 지끈거릴 뿐이다—때문이고, 다른 하나는 묘묘와의 일을 빙영에게 설명해야 하는 부담감 때문이다.

그가 돌아오는 데 한 달이나 걸린 것은 묘묘 때문이었다.

운약선녀보라는 천하제일의 보법을 익히고 있는 그녀이기는 하였지만, 내력이 상대적으로 약하다 보니 일정 수준 이상의 고수와 조우하면 위험에 처할 가능성이 매우 컸다. 게다가 한 갑자 이상의 내력을 지녀야만 상대가 가능한 활시와 마주치기라도 하는 날엔 도망 이외의 방법이 없었다.

그래서 금오는 그녀의 내력을 높여주기로 마음먹었고, 한 달이란 시간을 투자해서 그녀를 일 갑자 이상의 내가고수로 탈바꿈시켜 놓았다. 물론 그동안 내력 상승에만 모든 시간을 투자한 것은 아니다. 가끔… 아주 가끔은 묘묘와 은밀한 사랑을 나누기도 하였다.

서로 마음이 통한 젊은 남녀가 깊은 산속에 단둘이 있는데 어찌 아무 일도 없을 수 있겠는가?

하지만 그건 어디까지나 두 사람 사정이고, 빙영 입장에서는 배신감을 느낄 수도 있는 일이다. 그래서 금오는 머리가 더 지끈거리는 것이고, 객점으로 선뜻 달려갈 수 없는 것이다.

"혹시 빙영 언니 때문에 이러고 있는 거야?"

금오가 좀처럼 움직일 생각을 않자 묘묘가 서운한 표정으로 물었다.

"마음에 좀 걸리기는 하네."

금오는 내심을 숨기지 않고 털어놓았다.

"걱정 마. 빙영 언니 앞에서는 모른 척해줄 테니까."

묘묘가 살짝 토라진 음성으로 쏘아붙였다.

'젠장, 여기 있으나 저기로 가나 머리 아픈 건 마찬가지겠군.'

금오는 어깨를 늘어뜨리며 터덜터덜 걸어 내려가기 시작했다.

2

"금오!!"

"금오님!!"

금오를 발견한 여자들이 소리를 지르며 달려왔다. 그리고 곧이어 개지박사와 석두 선사도 달려나왔다. 그리고 전마는,

콰자작!!!

지붕을 뚫고 솟구쳐 나왔다. 역시 그다운 방법이다.

'저 영감탱 지랄 맞은 성격은 여전하네. 활짝 열려 있는 문 놔두고 왜 지붕은 부수고 지랄이냐고…….'

금오가 끄느름한 표정으로 쳐다보고 있는 사이에 여자들이 먼저 달려와 그를 에워쌌다. 주선하는 눈물을 줄줄 흘리다 못해 바가지로 퍼내야 할 지경이고, 하화는 가슴이 벅참에도 불구하고 감정을 잘 절제하는 모습이다.

"왜……."

빙영은 뭔가 물을 듯하다가 말을 멈추었다. 왜 이렇게 늦었

냐고 묻고 싶었지만, 울음이 터져 나올 것 같아 말을 이을 수 없었던 것이다.

생각 같아선 그녀를 안아주고 싶은 금오였지만, 보는 눈 때문에 손만 꼭 잡아주었다.

"미안해. 어쩌다 보니 늦었네."

그때 세 명의 노인이 주변으로 떨어져 내리며 소리쳤다.

"이 못된 녀석!! 그렇게 멀쩡하면서 왜 이제 나타난 거냐?!!"

금오는 여러 말 하기 입 아프다는 표정으로 주변을 둘러보더니, 십여 장 거리에 놓여 있는 큼직한 바위를 가리켰다. 그리고 사람들의 시선이 그리로 옮겨지자 가볍게 손을 뻗었다. 그러자 놀랍게도 그 먼 거리에 있는 바위가 허공으로 둥실 떠올랐다.

"저, 저……."

사람들은 입을 쩍 벌린 채 말을 잇지 못하였다. 그때 금오가 손을 한차례 뒤집더니 앞으로 쭉 밀어냈다. 그러자 그 큰 바위가 산산이 부서져 날아가지 않겠는가?

일행은 이제 놀랄 기운조차 없다는 듯 멍한 표정을 짓고 있을 뿐이다.

'더 이상 설명해 줄 필요없지?'

금오는 이런 표정으로 일행을 바라보았다. 사실은 묘묘 때문에 늦은 것이지만.

"대체 무슨 일이 있었던 게냐?"

석두 선사가 은은히 떨리는 음성으로 물었다.

"보신 대로 무공을 약간 향상시키느라 늦은 거요. 더 자세한 얘기는 해줘도 믿기 어려울 테니 여기까지만 합시다."

대답을 하던 금오는 뭔가 이상하다는 듯 주변을 몇 번이고 둘러보더니 빙영에게 물었다.

"그런데 장쾌 형은 어디 가서 안 보이는 거야?"

"그게……."

빙영은 차마 대답을 하지 못한 채 고개를 떨구었다. 나 때문에 죽었어… 그 말을 할 수가 없어서.

"그날 지하 동부가 붕괴될 때 죽었어."

대신 대답을 한 것은 묘묘였다.

"몇 번이고 말하려고 했는데, 차마 할 수가 없었어."

금오가 화를 낼 것이라 생각한 그녀는 마음의 준비를 하며 이어 말하였다. 하지만 금오는 조금도 화를 내지 않았다. 그리고 생각보다 담담한 반응을 보였다.

"무덤은……?"

그가 묻자 빙영이 힘겨운 음성으로 대답했다.

"당신이 오면 보여주려고 아직 묻지 않았어."

"어딘지 안내해 줘."

금오가 나타남으로 인해 한껏 들떴던 분위기는 어느새 숙연히 가라앉고 말았다. 그리고 모두 함께 장쾌의 시신이 안치

된 헛간으로 향하였다.

비록 헛간이기는 하였지만 깨끗하게 정돈된 모습이었고, 장쾌의 시신은 훌륭한 관에 안치되어 있었다. 그리고 한쪽에는 간소하나마 제단도 만들어져 있었다.

"그 녀석 저승길에 배고플까 봐 아침저녁으로 상다리 휘어지게 한 상씩 올려줬으니 불만은 없을 게다."

석두 선사가 나직하게 말했다.

금오는 고맙다는 듯 일행을 한차례 둘러본 뒤 향을 피우고 절을 하였다.

"나 때문이야. 부상당한 나를 지켜준다고……."

빙영이 메이는 음성으로 말하자 금오가 나직이 대꾸했다.

"아니, 나 때문이었어. 내가 부탁을 했거든. 장쾌 형이라면 당신을 반드시 지켜줄 거라 믿었으니까."

금오는 천천히 관 앞으로 걸어가 덮여져 있던 관 뚜껑을 열었다. 그러자 마치 살아 있는 듯한 장쾌의 모습이 나타났다. 방부 처리를 잘했기 때문인지, 은산철벽공의 효과 때문인지 시신이 조금도 상하지 않은 상태였던 것이다.

'미안하오. 형의 고집이라면 자기가 죽더라도 빙영만은 지켜줄 것이라 믿었던 내 이기심이 형을 이렇게 만들고 말았소.'

금오는 묵묵히 장쾌의 얼굴을 내려다보았다. 아무런 말도 없이, 눈물도 없이……

그렇게 몇 시진이 흘러갔다. 중천에 있던 태양은 어느덧 노을과 함께 사라졌고, 동쪽 하늘 먼 곳에서 어둠이 몰려오기 시작했다.

그동안 일행들이 객점으로 그만 들어가자고 몇 번이고 말하였지만, 금오는 꼼짝 않은 채 그 자리를 지키고 서 있었다.

그렇게 시간이 좀 더 흘러 사위가 완전히 어두워졌을 무렵에야 금오는 관 뚜껑을 덮어주었다. 그때까지 주은하를 제외한 여자들도 자리를 지키고 있었는데, 금오는 모두 들어가서 쉬라고 한 뒤, 하화를 데리고 조용한 곳으로 향하였다.

"혹시 천일신객님에 대해 하실 말씀이 있는 건가요?"

객점과 어느 정도 멀어지자 하화가 물었다.

"맞아. 진무 형을 좀 만나고 싶어."

"연락은 넣어보겠어요. 하지만 그분이 오신다고 보장은 하지 못해요."

"이렇게 전해. 친구가 아닌 수미금강저의 주인으로서 만나고자 한다고. 그럼 분명히 나타날 거야."

"말씀대로 하지요. 그리고… 저도 대협께 부탁이 한 가지 있어요."

"뭔데?"

"제가 원래의 얼굴을 되찾고, 무공을 완성할 수 있도록 도와주세요."

"내가 어떻게 하면 되는 건데?"

"저를 여자로 만들어주시면 되요. 남녀가 함께 익혀야 하는 무공을 무리하게 연성하려다 이렇게 되었거든요."

"좋아. 도와주지. 하지만 조건이 있어."

"대협의 여자로 남지 않겠다는 조건이라면 이미 각오가 돼 있어요."

"그게 아니야."

"그러면 무슨……?"

"당신네 교주를 만나게 해줘. 조용한 곳에서 단둘이서만……."

"그럼, 교주님께 먼저 허락을 얻은 후에 다음 일을 의논해야겠군요."

"그래야겠지."

두 사람의 대화는 여기까지였다. 주진무라면 몰라도 금오가 왜 천일신교의 교주까지 만나려 하는지 모를 일이다.

잠시 후, 금오는 하화와 함께 객점으로 돌아왔다. 그사이에 또 술판이 벌어진 것인지 시끌벅적한 소리가 마당까지 들려왔다. 그런데 목소리의 숫자가 조금 전과 달랐다. 꽤 많은 사람이 더 합류한 듯했는데, 목소리가 모두 귀에 익었다. 그중에서도 유독 금오의 청각을 자극하는 음성은 몇 년에 한두 번 들을까 말까 한 첫째 아빠의 목소리였다.

장쾌의 죽음으로 인해 안색이 굳어 있던 금오의 얼굴에 화색이 돌았다. 그가 가장 좋아하는 첫째 아빠가 등장한 까닭이다.

"첫째 아빠!!"

금오는 어린아이처럼 소리치며 객점 안으로 뛰어들어 갔다. 그곳엔 다섯 아빠가 모두 앉아 있었고, 한쪽에는 곤륜쌍화도 있었다.

"아빠!!"

금오는 다른 모든 사람을 무시한 채 첫째 아빠 여립(呂笠)에게 달려들었다.

"어이쿠, 이 녀석아! 넌 크고 아빠는 늙는다는 생각을 해야지. 다짜고짜 달려들면 어쩌란 말이냐?"

여립은 의자와 함께 넘어질 듯 엄살을 부리면서도 금오의 어리광이 싫지 않은 듯 그의 등을 토닥여 주었다.

환갑이 다된 나이임에도 불구하고 아직도 헌칠한 풍채와 용모를 유지하고 있는 그는 인자하면서도 고아한 풍취를 지니고 있는 인물이었다. 도관에 도포를 걸치고 있는 그는 그 분야에서는 꽤나 이름이 알려진 도사였다. 어느 문파에도 소속되어 있지는 않았지만, 천하 곳곳을 유람하며 연구한 그의 풍수학은 일절로 알려져 있다.

마을 입구의 바위 위치를 바꾸거나 정자나무를 심어 외부에서 유입되는 불길한 기운을 차단하는 등의 방법으로 마을의 액을 막아주거나, 흉가에서 밤을 지새며 악귀를 쫓아주는 것을 업으로 삼고 있기 때문에 그는 노잣돈 한 푼 없이도 언제나 여유로운 생활을 영위하였다.

다섯 아빠들 중에 자기 몫을 하고 사는 유일한 사람이 바로 첫째 아빠였다. 그래서 금오가 유독 따른 것이고 말이다.

"그동안 많은 일이 있었다고 들었다. 이젠 태극검성도 부럽지 않은 절세의 고수가 되었다고?"

여립이 금오를 가만히 밀어내 옆 자리에 앉히며 말하였다.

"어쩌다 보니 그렇게 됐어. 원래 내 꿈은 이런 게 아니었는데."

"아직도 하오문을 천하제일방파로 만들겠다는 헛꿈을 꾸고 있는 게냐?"

"헛꿈이라니!!"

"이 녀석아 그게 헛꿈이 아니면 뭐가 헛꿈이란 말이냐?"

"헛꿈 아니야. 반드시 그렇게 만들고 말 거야."

"그건 네 녀석 생각일 뿐이지. 그런 일이 어디 한 사람의 의지대로 되는 일인 줄 아느냐? 나도 하오문에 몸담고 있으면서 이런 얘기 하기는 뭐하지만 사람들이 하오문을 멸시하는 데는 다 그만한 이유가 있는 게다. 칭송받아 마땅한데 멸시하는 게 아니란 말이다. 당장 네 아빠들을 봐라. 백 년이 지난들 저 인간들이 달라질 것 같으냐? 훌륭한 능력을 놔두고 술에 절어 사는 둘째, 인생의 목표를 여자 후리는 데 두고 있는 셋째, 무공 연마를 핑계로 꼼짝도 않고 앉아서 먹는 일에만 열중인 넷째, 잘못이라는 것을 알면서도 도박에서 헤어나지 못하고 있는 막내. 저들이 능력이 없어서 저러고 산다고 생각하느냐?"

여립의 음성은 매우 잔잔하여 누군가를 비난하는 것 같이 느껴지지 않았다. 하지만 그 안에는 동생들을 향한 준엄한 질책이 담겨 있었다.

"사람은 누구나 한두 가지의 천부적 능력을 받고 태어나기 마련이다. 아주 특수한 경우를 제외하고는 자기가 노력만 하면 얼마든지 계발 가능한 능력을 지니고 있단 말이다. 그건 하오문 사람도 마찬가지다. 그런데 왜 그들이 하류 인생을 살아간다고 생각하느냐? 그건 마음이다. 해야 할 것을 놓아둔 채 당장 편하고 쉬운 길만 찾는 그 마음이 문제라는 거다. 그러니 하오문을 천하제일방파로 만들려면 백만 하오문도의 마음을 바꾸어야 한다는 얘기다. 억만금의 돈을 들인다 해도, 천하 최고 반열의 무공 비급을 수레로 갖다 쌓아놓는다 해도 그들 근본 마음이 바뀌지 않으면 하오문은 여전히 하오문일 뿐이다."

너무도 신랄한 그의 비판에 네 명의 동생은 고개를 푹 숙이고 있을 뿐이다. 하지만 금오는 그 말에 동의할 수가 없다.

"그 사람들이 그렇게 된 데는 다 그럴 만한 사연이 있을 거야. 사연없이 그렇게 되는 사람들은 없어."

"물론 그렇겠지. 하지만 아무리 그렇다 해도 바뀌는 것은 없다. 세상에 아픔없이 살아가는 사람은 없는 법이니까. 어떤 상처를 받았든, 어떤 아픔이 있든 현재의 자신에게 문제가 있다고 느끼면 그때부터 치유는 자기의 몫이다. 몇 년 혹은 몇십 년이나 지난 상처를 붙잡고 앉아서 징징거리기만 해서는 어떤 문제도 해결할 수가 없어. 상처를 알고 있다면 스스로 치유 방법을 찾아야지. 그것을 치유하고 다시 일어나 뛰어갈 수 있어야지. 그래야 발전하는 사람이며, 어른이라 할 수 있는 게다. 언제까지나 상처를 쳐다보며 주변에 신경질만 부리고 있어서는 그 상처에서 벗어날 수도 없으며, 어른도 될 수 없는 거다. 육신이 나이를 먹어도 마음은 그때 그 상처 주변을 맴돌고 있는 어린아이일 뿐이지.”

“아빠 말이 다 맞아. 하지만 나는 그래도 하오문을 천하제일방파로 만들고 말 거야.”

“어떤 방법으로?”

“그건 동기야. 아빠 말대로 돈을 아무리 퍼부어도, 무공 비급을 산처럼 쌓아놓아도 사람이 바뀌지 않으면 소용없지. 그러니 나는 그들이 바뀔 수 있는 동기를 부여해 줄 거야. 모두가 공유할 수 있는 동기. 그것은 나라도 바꿀 수 있는 것이니 하오문을 바꾸는 건 일도 아니겠지.”

금오의 말을 들은 여립의 입가에 잔잔한 미소가 어렸다.

“네가 그런 생각을 하고 있었다면 헛꿈이라고 단정 지을 수는 없겠구나. 어렵기는 하겠지만 가능성은 충분히 있는 얘기니까.”

"그렇지? 하오문도 바뀔 수 있다고 생각하지?"

"그래, 네가 나선다면 가능할지도 모른다는 생각이 드는구
나."

첫째 아빠 여립이 인정하자 금오는 자신의 꿈이 이미 이루
어지기라도 한 듯 활짝 웃었다. 그렇게 분위기가 살아나자 나
머지 아빠들은 무슨 일이 있었냐는 듯 술을 마시며 큰 소리로
떠들기 시작했다.

어찌 보면 한심스러운 일이다. 하지만 금오는 믿는다, 대
하오문을 건설할 때 저 아빠들이 가장 큰 힘이 되어줄 것임
을.

다음날 이른 아침.

밤새 술을 마셨음에도 불구하고 금오 일행은 일찌감치 객
점을 나섰다.

하화의 말에 의하면 일전에 백염객점에 나타났던 활시들
은 최근에 실종된 마적과 주민들 중 일부라고 하였다. 그건
금오도 예상했던 일이어서 그다지 놀라지 않았다. 문제는 다
음에 이어진 하화의 말이었다.

최근 들어 사라진 실종자들의 수효가 최소한 삼천을 넘는
다는 것이다. 만약 그들 모두가 어디선가 강시로 제련되고 있
는 것이라면, 이건 그야말로 경악을 금치 못할 일이다. 그런
데 이어지는 곤륜쌍화의 말은 일행의 우려를 한층 더 증폭시

켰다.

먼저 나타났던 활시는 능력이 가장 떨어지는 인령시(人靈屍) 급이며, 그 위로 지령시(地靈屍)와 천령시(天靈屍)가 더 있는데, 지령시 하나는 인령시 열에 해당하고, 천령시 하나는 지령시 열에 해당하는 어마어마한 능력을 지닌다는 것이다.

그들의 말에 의하면 청해수몰괴사로 실종된 자들이 어쩌면 천령시와 지령시로 제련되고 있을지도 모른다고 하였다. 지령시 이상을 제련하는 데는 최소한 오 년 이상의 시간이 필요한데, 청해수몰괴사가 일어난 시점을 생각해 볼 때 지금쯤이면 거의 완성이 단계라는 얘기였다.

그 당시에 사라진 인원은 모두 천이백여 명. 그중 절반만 천령시와 인령시로 제조된다 하더라도 그 파괴력은 실로 어마어마할 터였다. 태극검가, 아니, 전 무림이 나서도 막기 힘들 만큼 말이다.

만약 그것이 아직 완성되지 않았다면 최대한 빨리 찾아서 없애야 했다. 정신 나간 누군가의 야망 때문에 천하가 피로 씻기는 일은 생기지 않아야 하기 때문이다.

다행히 그 정도 규모의 강시를 제조하는 데는 매우 특수한 지형이 필요하다고 하였다. 비록 살아 있는 사람으로 제조하는 것이 활시라고는 해도 그들에게는 강시 특유의 기질이 나타나기 때문에 제대로 된 활시를 제련하기 위해서는 강력한 시기(屍氣)가 발산되는 지역이어야 한다는 것이다.

　더구나 수천 구에 이르는 활시를 제조해야 한다면 최소한 수만에서 수십만 구의 시체가 발산하는 시기가 필요하며, 그것도 일반적인 시신이 아니라 원한을 품은 채 처절하게 죽어 간 시신들이 묻힌 곳이라야 가능하다고 하였다.

　그런 곳이라면 대규모 전투가 일어나 한쪽이 몰살당한 전쟁터밖에 없었다. 그리고 그렇게 많은 인원을 사람들에게 들키지 않고 이동시키려면 청해 혹은 청해와 붙어 있는 신강 지역일 가능성이 컸다. 청해는 고원 지대고, 신강은 대부분 사막으로 이루어져 있어서 거주하는 주민이 극히 적기 때문에 누군가에게 발각될 염려는 확실히 작았다.

　장소를 유추하는 것은 여립에게 맡겨졌다. 그는 천하 곳곳을 유람해 본데다가 풍수지리에 밝았으므로 가능성있는 지역을 쉽게 유추해 냈다. 그중에서도 가장 유력한 장소는 타클라마칸 사막 북동부에 위치한 산악 지대였다.

　천여 년 전, 탑리목하(塔理木河) 중류 부근의 연주 지대(오아시스)에는 부족민이 수십만에 이르는 강력한 사막 부족이 존재했다. 그들은 사방 수백 리에 걸쳐 분포하는 연주 지대를 장악한 채 목축과 농업을 영위하였고, 비단길을 오가는 상인들에게 통행료를 징수하기도 하였다.

　그렇게 수십 년간 세력을 떨쳤지만, 그들의 운은 그리 오래가지 못하였다. 사막 북서부 지역에 그들보다 더욱 강력한 부족 연합이 탄생한 까닭이다. 두 강력한 세력은 사막의 패권을 놓고 필연적으로 격돌할 수밖에 없었고, 그 결과 그들은 신생 부족에 의해 궤멸에 가까운 참패를 당하였다.

사막의 율법은 비정하다. 전쟁에서 패한 부족의 사내는 하나도 남김없이 참수당하며, 여자와 아이들은 노비로 끌려가게 된다. 그런 수모를 겪느니 마지막 한 명까지 항전하기로 마음먹은 그들 부족민은 바위산 계곡으로 자리를 옮겨 끝까지 저항하였다.

그들의 끈질긴 저항에 분노한 신생 부족은 계곡 입구를 봉쇄하였고, 물과 식량이 떨어진 그들은 마지막 총력전을 펼쳐 봉쇄선을 돌파하려 하였다. 남녀노소를 불문하고 두 발로 걸을 수 있는 사람은 모두 무기를 들고 싸웠지만, 기세가 오를 대로 오른 신생 부족의 전사들을 이기는 것은 불가능했다.

선두에 섰던 사내들이 모두 쓰러지자 뒤에 남아 있던 노약자들은 일방적인 도륙을 당하게 되었다. 한나절에 걸쳐 계속된 도륙의 결과는 갓난아이 하나 살아남지 못한 대몰살. 계곡엔 그들의 시체가 겹겹이 쌓였고, 피가 냇물처럼 흘렀다.

그날 이후 그 계곡에선 원혼들의 울부짖음 소리가 끊이지 않았다고 하며, 원혼의 저주 때문인지 그들을 몰살시킨 신생 부족 또한 역병이 창궐하여 반년 만에 소멸되어 버렸다고 하였다.

여립은 칠 년 전쯤 그 일대를 지나다가 토착민들에게 전해 오는 이야기를 듣고 그 계곡을 찾아가 본 적이 있다고 하였다. 이미 천 년이나 지난 일이며, 찾아간 시각이 대낮이었음에도 불구하고 머리카락이 쭈뼛 설 만큼 으스스한 냉기가 도는 곳이었으며, 깊고 커다란 동굴이 있어서 수천 구의 활시를 충분히 제련할 수 있다는 것이 여럽의 말이었다.

그래서 일행은 지금 그곳을 찾아가고 있는 것이다, 부디 천령시와 지령시가 완성되지 않았기를 바라며.

第八章　혼돈의 회오리 (1)

下午
門鴟

거대한 사막, 타클라마칸.

토착민의 언어로 '들어가면 나올 수 없는 땅' 이란 뜻을 지닌 이 사막은 동서로 이천팔백 리, 남북으로 천이백 리에 걸쳐 펼쳐져 있다. 게다가 모래 폭풍이 불 때마다 높이 수백 척에 이르는 사구가 이동하면서 지형을 수시로 바꾸는 곳이다.

상황이 이렇다 보니 사막을 잘 아는 사람도 그곳에 일단 들어가면 살아 나온다는 보장이 없다.

다행히 일행이 가고자 하는 곳은 타클라마칸 사막의 북쪽 경계를 따라 흐르는 탑리목하로 올라가면 되었기에 사막을 횡단할 일은 없었다.

신강 땅에 접어든 지 이틀째.

일행은 드디어 탑리목하 줄기에 접어들게 되었다. 이제 여립이 말한 계곡까지는 사흘 거리였다.

어느덧 어두워질 무렵이었기에 일행은 강변에 형성된 한 마을로 들어가 객점을 잡았다.

그런데 객점에는 먼저 도착한 상인들까지 있어서 방이 세 개밖에 남아 있지 않았다. 일행은 어쩔 수 없이 여자들, 노인들, 금오의 아빠들로 나뉘어 세 개의 방에 투숙하기로 하였다.

이렇게 되자 금오가 죽을 맛이었다. 이쪽이나 저쪽이나 술판이 벌어져서 도무지 잘 수가 없었던 것이다. 그렇다고 여자들 방에 들어갈 수도 없는 일이고…….

양쪽 방의 술주정을 견디다 못한 금오는 차라리 밖에서 자는 게 낫겠다 싶어 밖으로 나왔다. 바깥 날씨는 몹시도 추웠지만 그래도 술주정을 받는 것보다 나았기에 금오는 주인에게 부탁해 헛간에 잠자리를 마련했다. 말 먹이로 준비해 둔 건초를 넉넉히 깔고 그 안에 폭 파묻히니 냉기가 완전히 차단되어 자는 데 아무런 문제도 없을 것 같았다.

괴롭히는 사람이 없는데다 잠자리까지 편안하니 잠이 솔솔 쏟아졌다. 그렇게 깜빡 잠이 들었다 싶었을 때였다.

"금오!"

귀에 익은 전음성이 들려와 단잠을 깨웠다. 주진무의 음성이었다.

금오는 자리를 털고 일어나 바깥으로 향하였다. 주진무는 객점에서 그리 멀지 않은 둔덕 위에 서 있었는데, 금오가 이미 눈치 채고 있다는 사실을 아는 듯 천라사비를 한 손에 들고 있는 상태였다.

금오도 수미금강저를 한 손에 들고 그에게로 향하였다.

"오랜만이오, 진무 형."

금오가 다가가며 말하자 주진무가 굳은 안색으로 인사를 받았다.

"수미금강저의 주인 자격으로 나를 만났으면 했다고?"

"그렇소."

"그 얘긴 나에게서 천라사비를 빼앗아보겠다는 의미냐?"

"경우에 따라선 그럴 수도 있소. 하지만 지금은 아니오."

"그럼, 오늘 만나자고 한 의도는 뭐냐?"

"형의 의중을 알고 싶었소. 어째서 형이 천라사비를 지니고 있는 것이며, 그것으로 무엇을 하려는 것인지 말이오."

"이유는 한 가지, 강해지고 싶었을 뿐이다. 그래서 나머지 두 개의 천라삼비도 수중에 넣으려는 것이고."

"천라삼비를 모두 얻어 천라대력무세(天羅大力武勢)를 이루려는 거요?"

금오의 말에 주진무는 흠칫 놀란 표정을 지었다.

"네가 그걸 어떻게 아는 거냐?"

천라대력무세는 천라삼비를 합체했을 때만 얻을 수 있는 무공이며, 합체된 병기의 이름이기도 하다. 하지만 그것은 천라삼비를 소유한 자들만이 알 수 있는 사실이었기에 주진무가 크게 놀라는 것이다.

사실 금오가 천라대력무세에 대해 알게 된 것은 공공 선사를 만나고 나서였다. 그가 말하길, 누군가 천라대력무세를 이룬다면 금오로서도 막아내기 어려울 것이니 한 사람의 손에 천라삼비가 모두 들어가는 일만큼은 반드시 막아야 한다고 하였다.

"중요한 건 내가 그 사실을 어떻게 알았느냐가 아니라 형이 위험하다는 사실이오."

"어째서 그렇다는 거지?"

"나머지 두 사람도 형과 똑같은 생각을 하고 있을 테니까."

"내가 그들에게 당할 거라 생각하는 거냐?"

"내 추측이 맞는다면 형이 이길 가능성은 열에 하나밖에 안 되오."

"이유는?"

"사신교주만 하더라도 간악하기 그지없는 자요. 형처럼 우직한 성격으로는 그의 간계를 상대하기 힘들 거요. 하지만 더욱 무서운 것은 환비의 주인이오. 형이나 사신교주의 정체는 이미 드러났는데, 그가 누구인지는 추측도 불가능한 상황이니 말이오. 사신교는 상대도 되지 않을 만큼 어마어마한 세력

을 지니고 있으면서도 그토록 자신을 철저히 숨길 수 있다는
사실 한 가지만으로도 무서운 자라고 할 수 있지 않겠소?"
　"틀린 말 같지는 않군."
　"아직 늦지 않았소. 이쯤에서 그만두는 것이 어떻소?"
　금오는 진심으로 말하였다. 주진무를 걱정하는 마음으로
말이다.
　주진무도 금오의 마음은 충분히 안다. 하지만 여기서 그만
둘 수는 없었다.
　"너는 내 마음을 모른다."
　그가 나직이 대꾸했다.
　"형이 왜 그러는지 알고 있소."
　"아니, 너는 모른다. 황실이란 것이 얼마나 더러운 세상인
지. 강해질 거다, 그 누구도 나와 내 가족을 위협할 수 없을
만큼 강해질 거다."
　"형의 개인적인 소망 때문에 천하가 위험해져도 상관없단
말이오?"
　"그런 일은 없을 거다. 최후의 승자는 내가 될 테니까."
　"형은 절대 승자가 될 수 없소. 천라대력무세가 탄생하지
못하도록 내가 반드시 막을 테니까."
　"그래서 당장 힘으로 빼앗기라도 하겠다는 거냐?"
　주진무의 언성이 다소 높아졌다. 금오가 그렇다고 하면 일
전을 불사하겠다는 태도다.

"아니… 지금은 싸울 생각이 없소. 하지만 형이 그 길을 포기하지 않겠다면 다음에 만날 땐 둘 중 하나가 죽게 될지도 모르오."

"그때가 되면 나는 결코 양보하지 않을 거다."

"나도 그렇소."

두 사람의 눈빛이 허공에서 얽혀들었다. 불꽃이라도 튈 듯하다. 하지만 그 내면에는 서로를 향한 안타까운 마음이 들어 있다.

제발 물러나라.

제발 물러나시오.

각자가 지닌 신념이 평행선을 그을 때 둘 사이에는 필연적으로 격돌이 일어날 수밖에 없다. 물론 오늘은 아니지만.

"그만 가보마."

주진무가 돌아섰다.

"천일신교의 교주는 언제나 만나볼 수 있는 거요?"

금오가 묻자 주진무는 고개를 돌리지 않은 채 대답했다.

"조만간 너를 찾아올 거다."

"혹시 만나거든 되도록 빨리 보자고 전해주시오."

"그러마."

"잘 가시오."

"이후론 만나는 일이 없기를 빌겠다."

차가운 안녕이다. 하지만 그 안에 자신을 위하는 마음이 들어 있다는 것을 금오는 안다.

'잘 가시오, 형. 나야말로 형을 다시 만나는 일이 없기를 빌겠소.'

금오는 그렇게 마음으로 안녕을 고하였다.

*   *   *

낙양 하오문 일층에서 식당을 운영하고 있는 마금설은 요즘 통 살맛이 없다. 예쁜 짓만 골라 하던 금오를 못 본 지가 너무 오래되었기 때문이다. 게다가 하루도 편할 날 없이 사고를 쳐대던 금오의 아빠들마저 코빼기를 보이지 않으니 심심해서 미칠 지경이다.

"그 웬수들이 사라져서 속 편하다고 했더니, 그 인간들도 오래 안 보니까 마음이 허전하네. 나도 이제 늙은 건가……."

마금설은 영업 끝난 식당에 혼자 앉아 술잔을 홀짝거리며 중얼거렸다. 금오의 아빠들이 있을 때는 이렇게 일찍 영업을 마쳐 본 적이 없었다. 그녀가 아무리 성화를 부려도 금오의 아빠들이 요지부동이다 보니 다른 사람들도 꿋꿋하게 술을 마셨기 때문이다. 하지만 바람막이인 그들이 없어지자 그녀가 소리만 한번 질러도 주정뱅이들은 꽁무니를 말고 사라져 버렸다.

덕분에 이렇게 한적한 시간을 갖게 되었음에도 불구하고 그녀는 그저 허전할 따름이다.

"금오야… 언제나 돌아올 테냐? 이 어미는 네가 백숙 먹는 모습을 보고 싶은데……."

그녀가 혼자 중얼거리고 있는데, 식당 문이 삐그덕 열리며 누군가 들어왔다.

'어떤 간뎅이 부은 놈이 이 시간에 또 나타난 거야?'

마금설은 도끼눈을 부릅뜨며 문가를 쏘아보았다. 그런데 방금 들어온 사내는 처음 보는 얼굴이었다. 낙양 하오문도 중에는 그녀가 모르는 사람이 없으니 그는 분명 외부인일 것이다. 하지만 그런 건 상관없다. 그녀는 혼자서 고독(?)을 씹고 싶을 뿐이니까.

"술 마시러 왔거든 다른 데 알아보슈. 여긴 영업 끝났소."

그녀가 퉁명스레 말했지만, 사내는 나갈 의사가 없다는 듯 그녀를 향해 걸어왔다.

"혹시 다른 볼일이 있어서 온 거요?"

그녀는 만약을 대비하여 한 손에 진기를 끌어모으며 물었다. 한눈에 보기에도 사내는 범상치 않은 내력의 소유자 같았다.

딸그랑…….

그의 팔목에 걸려 있는 세 개의 은빛 환이 서로 부딪치며 맑은 음향을 울려냈다. 마금설은 왠지 그 소리가 신경에 거슬렸다.

"금오에게 선물을 좀 줄까 하고 찾아왔소."

사내가 걸음을 멈추며 말하였다.

"선물?"

아들에게 선물을 주려고 찾아온 자라면 박대할 필요가 없었다. 그런데 그의 손에는 아무것도 들려 있지 않았다.

"뭔지 몰라도 두고 가시구려. 녀석은 지금 여기에 없수."

마금설이 다시 한마디 중얼거리며 술잔을 비웠다. 하지만 사내는 여전히 서 있기만 할 뿐, 선물을 내놓지도, 돌아가지도 않았다.

"혹시 직접 전해야 하는 선물이라면 나중에 다시 오시우. 나는 녀석이 어디 있는지 모르니까."

"그거라면 내가 알고 있소."

사내가 대답했다.

"그러면 왜 나를 찾아온 거요?"

마금설이 인상을 찌푸리며 물었다. 왠지 자기를 놀리고 있다는 생각이 든 까닭이다.

"녀석에게 줄 가장 적합한 선물이 필요해서지."

나직이 말하는 사내의 입가에 뜻 모를 미소가 매달렸다. 기분 나쁜 미소다. 아니, 위험한 미소다.

생각이 드는 순간 마금설은 자리를 박차고 일어나며 일장을 날렸다. 비록 하오문 식당에 처박혀 하류 인생들의 술주정이나 받아주고 있는 처지지만 그녀의 일신 내력은 일류고수 반열에 들고도 남음이 있다.

우웅!!

묵직한 진동음과 함께 그녀의 장심에서 강맹한 기운이 쏘아져 나왔다. 거리는 가깝고 그녀의 내력은 출중하니 놈은 곧 피떡이 되어 날아갈 것이다. 그러나 그건 어디까지나 마금설의 생각이었을 뿐이다.

스와아앗!!

언제 뽑아냈는지 모를 은빛 환 하나가 새하얀 광망을 쏟아내며 허공을 갈랐고,

파아앗!!

마금설의 굵직한 목에 새빨간 선이 횡으로 그어졌다.

'이런 말도 안 되는…….'

마금설의 입장에선 정말 말도 안 되는 일이었지만 그것이 그녀의 마지막 생각이었다.

촤아아앗!!!

분수 같은 피를 뿜어내며 수급이 몸에서 떨어져 나온 사람은 더 이상 살아 있다고 할 수 없는 법이니까.

눈을 부릅뜬 채 솟아오른 마금설의 수급이 땅에 떨어지기도 전에 사내가 손을 뻗어 그녀의 머리채를 낚아챘다.

수급을 잃은 그녀의 몸뚱이는 두어 번 푸득거리더니 쿠웅, 하는 소리를 내며 바닥에 널브러졌다.

"금오 녀석을 놀라게 하기엔 이보다 더 좋은 선물이 없지."

사내는 미리 준비해 온 가죽 자루에 그녀의 수급을 넣고는 유유히 하오문을 빠져나갔다.

　삼황자의 호위, 범중. 그는 그렇게 주군의 명을 충실하게
이행하였다.

2

　천라사비의 주인 주진무는 생각지 못한 손님의 방문을 받고
적잖이 당황한 상태였다. 방문자는 다름 아닌 삼황자 주원호.
자신이 묵고 있는 객점으로 그가 찾아온 것은 잠시 전이었다.
　"오랜만에 만난 사촌 형인데, 술 한잔 권하지 않을 셈이냐?"
　먼저 자리에 앉은 주원호가 담담한 눈길로 바라보며 말하
자 주진무도 맞은편 자리에 앉으며 응대하였다.
　"술이나 마시려고 찾아온 것 같지는 않습니다만……."
　"그동안 많이 강해진 모양이구나."
　너 따위가 언제부터 내 말에 토를 달았냐는 듯한 어감이다.
사실 과거의 주진무는 인덕왕부에 해가 미칠까 두려워 황자
들에게 말대꾸를 해본 적이 없다. 하지만 이젠 다르다. 자신
에게 힘이 생겼기 때문만은 아니다. 중요한 건 삼황자 주원호
가 이곳을 찾아왔다는 사실이다.
　그는 아마도 자신에게 천라사비가 있음을 알고 찾아왔을
것이다. 그리고 그것은 자신이 생존해 있음을 이미 오래전에
파악하고 있었다는 걸 의미한다.
　자신이 무공을 얻기 전에도 눈엣가시처럼 여기던 삼황자

였다. 그런데 이제 천라사비까지 지니게 되었으니 그는 어떻게든 자신을 제거하고, 나아가 인덕왕부 전체를 쓸어버릴 궁리를 할 것이 분명하다.

그렇다면 어차피 싸워야 한다는 말인데, 그런 상대에게 미리 알아서 기어줄 필요는 없는 것이다.

"그렇소. 나는 이제 예전의 주진무가 아니오."

두 눈을 똑바로 쳐다보며 내뱉는 말. 그 안에는 일전불사의 의지가 담겨 있다.

주원호가 빙긋이 웃었다. 가소롭다는 표정이다. 하지만 내심도 그럴지는 모를 일이다. 그가 비록 황가(皇家) 최고의 고수라고는 해도 천라사비의 주인이 된 주진무를 능가할 리는 없기 때문이다.

"나는 너와 화해할 길이 있을까 하여 찾아왔던 것인데, 너는 그런 마음이 없는 모양이구나?"

"방금 화해라고 했소?"

"그래, 그렇게 말했다."

"화해란 건 서로 싸웠을 때나 쓰는 말이오. 한쪽이 일방적으로 괴롭힌 것이라면 화해보다는 용서를 구해야 한다는 표현이 옳지 않겠소?"

"용서? 나보고 네 앞에 무릎이라도 꿇으라는 뜻이냐?"

"가능하다면 그것도 나쁜 방법은 아니겠지."

"네놈이 감히!!"

주원호가 자리를 박차고 일어나는 순간, 주진무가 한 손으로 탁자를 내려쳤다.

"앉으시오!!"

주원호는 누군가에게 겁을 먹어본 적이 없다. 그런데 지금은 자기도 모르게 움찔하여 주진무를 바라보았다.

이글이글 타오르는 눈빛, 감당하기 힘들 만큼 막대하게 폭사되어 나오는 기도. 과연 주진무는 과거의 그가 아니었다.

주원호는 자리에 다시 앉을 수밖에 없었다. 그러고 나자 주진무가 탁자에 올려져 있던 손을 거두었다. 탁자에는 그의 장인이 선명하게 찍혀 있었는데, 놀랍게도 그 장인 주변이 급속하게 부식되고 있었다.

부스스…….

급기야 장인 부위는 가루가 되어 쏟아져 내리기 시작하였고, 그 범위가 점점 확산되며 탁자 전체로 번져 나갔다. 그렇게 약간의 시간이 흐르자 탁자의 상판은 완전히 가루로 변하고 말았다.

'어찌 이런 일이… 설마 천라사비의 무공을 벌써 극성으로 깨우쳤다는 말인가?'

주원호는 얼마 남지 않은 탁자의 다리가 가루로 변하는 모습을 바라보며 속으로 중얼거렸다.

천라삼비의 무공을 극성으로 깨우치게 되면 각각의 기병이 지니는 성질을 그 기병의 주인도 공유하게 된다고 한다. 따라서 주진무가 천라사비의 특성을 장력으로 발현할 수 있다는 것은 그것이 지닌 무공의 극의를 깨우쳤음을 의미하였다.

'놈, 몇 년 못 본 사이에 무섭게 성장했구나.'

주원호는 주진무가 진짜로 두려워지기 시작했다. 천라삼비 중 무공으로만 따졌을 때 가장 강한 것은 단연 사비(死秘)였다. 물론 생비(生秘)와 환비(幻秘)의 무공도 충분히 강했지만, 그 두 기병은 특별한 다른 기능을 지니는 대신 무공에서 사비보다 다소 약했던 것이다.

그러니 똑같이 극성을 깨우친 상태에서 단독으로 겨룰 경우, 사비가 승리한다고 보는 것이 옳았다.

주진무가 주원호를 똑바로 쏘아보며 천천히 입을 열었다.

"난 이 자리에서 원호 형님의 목숨을 취할 수도 있소. 하지만 혈육 간에 피를 보는 걸 원치 않기에 참고 있는 것뿐이오. 그러니 더 이상 우리 인덕왕부를 괴롭히지 마시오. 이건 마지막 경고요. 만약 이 경고를 무시한다면 당신뿐 아니라 황실 자체의 존립이 힘들어지게 될 거요."

꿀꺽!

주원호는 마른침을 삼켜야 했다. 지금 주진무의 능력이라면 그것이 가능할지도 모른다는 생각이 들었기 때문이다. 사실 그가 주진무를 찾아온 것은 천라사비를 자기에게 넘겨주면 더 이상 괴롭히지 않겠다는 제의를 하기 위해서였다. 가능하다면 암습을 가해 그것을 탈취할 생각도 있었고 말이다.

하지만 그것이 얼마나 안이한 생각이었는지 주원호는 지금 절실하게 통감하고 있는 중이다. 암습 따위는 꿈도 꾸지 못할 만큼 주진무는 강하였고, 회유하기엔 그의 불신과 원한이 너무 깊었다.

결국 주원호는 자신이 가지고 왔던 계획을 완전히 포기한 채 자리에서 일어날 수밖에 없었다.

"네 경고, 잘 새겨두마."

"고맙소. 그 말이 지켜지기를 바라겠소."

그렇게 두 사람은 헤어졌다.

＊　　　　＊　　　　＊

탑리목하를 따라 움직인 지 이틀째 되는 날.

금오 일행은 강변에 누상 가옥으로 지어진 이국풍의 객점을 만나게 되었다. 마침 배가 출출한 정오 무렵이었기에 일행은 객점에서 잠시 쉬어 가기로 하였다.

객점 안으로 들어서자 험악하게 생긴 중년 사내가 일행을 맞아주었다. 당연히 살가운 인사 따위는 없다. 그저 무뚝뚝한 눈길로 한번 쳐다봤을 뿐이다.

일행은 강이 바라보이는 창가에 자리를 잡았다.

"뭘 드시겠수?"

주인 사내가 입구에 앉아 있는 자세 그대로 퉁명스레 물었다. 점소이도 없는 모양이다.

"자신있는 요리로 한 상 차려오게. 곡차도 있는 대로 내오고!"

큰 소리로 주문한 것은 석두 선사였다. 자기는 땡전 한 푼 없는 처지에 곡차는 한 끼도 빼지 않고 마시려 든다.

"알겠수."

석두 선사의 시원한 주문이 마음에 들었는지, 주인 사내는 다소 밝아진 표정으로 대꾸하고는 주방으로 들어갔다. 음식도 직접 하는 모양이다.

타다다다다!!

주방에서 도마질 소리가 들려오는데, 언뜻 듣기에도 장난 아닌 칼 솜씨가 느껴졌다. 그 소리가 얼마나 경쾌하던지 일행의 시선이 저절로 그쪽으로 향하였다. 주방은 칸막이가 낮아서 안이 훤히 들여다보였다.

투다다다!!

그가 사용하는 칼은 폭이 넓고 네모반듯한 식도(食刀)였는데, 파르스름한 기운이 어려 있는 것이 흔히 볼 수 있는 식도는 아닌 듯했다.

"천하에는 모래알처럼 많은 기인이사가 있다고 하더니, 이런 오지의 객점에서 식도의 고수를 보게 되는군."

전마가 나직이 중얼거렸다. 그의 눈빛이 타오르기 시작하는 것을 보니 주인 사내를 호적수로 느낀 것이 분명했다. 거

뤄볼 만한 상대가 아니면 전마는 관심조차 같지 않는 성격이 기 때문이다.

'이상한데……'

금오는 고개를 모로 꺾으며 생각에 잠겼다. 전마에 필적하 는 고수가 왜 이런 객점에서 음식이나 하고 있단 말인가? 그 러면 안 된다는 법이 있는 것은 아니지만, 이건 아무리 봐도 상식에서 벗어난 상황이다. 그렇다고 뭔가 좋지 않은 뜻을 지 니고 있는 것 같지는 않다. 만약 그랬다면 자신의 능력을 저 렇게 간단히 드러내지는 않았을 테니 말이다.

그때 하화가 금오에게 전음을 건네왔다.

"벌써 눈치 채셨나요?"

언뜻 놀라서 쳐다본 금오는 이제야 상황이 이해된다는 표 정을 지었다.

"천일신교의 인물인가?"

"맞아요. 본 교의 십대고수 중 한 분으로, 멸마숙수(滅魔熟 手)란 별호를 지니고 계시죠."

"왜 나타난 거지?"

"어쩌면 교주님을 모시고 온 것인지도 모르겠군요."

하화가 여기까지 말했을 때, 금오의 귀로 다른 전음성이 들 려왔다.

"나를 만나자고 했다고요?"

'천일신교의 교주인가?'

전음성이 들려온 방향으로 시선을 돌린 금오는 강둑에 서 있는 한 여인을 발견할 수 있었다.

"교주이시오?"

금오도 전음으로 물었다.

"그래요. 제가 교도들을 이끌고 있지요."

대답을 들은 금오는 조용히 자리에서 일어났다.

*   *   *

―수천 년 전의 전설이 깨어났다!!

이 한마디 말로 인해 중원무림은 벌집을 쑤신 듯 요동치고 있었다.

소문이 전하고 있는 내용은 옥유천총(獄幽天塚)의 등장.

옥유천(獄幽天)은 시초를 알 수 없을 만큼 오랜 옛날부터 존재해 온 마(魔)의 근원으로, 천하를 도탄에 빠뜨리는 커다란 혈겁의 배후에는 항상 그들이 있었다. 춘추전국시대에는 암중으로 맹활약을 펼쳐 수많은 나라를 상쟁케 했으며, 그중에서도 잔혹한 전투에는 그들이 개입한 흔적이 언제나 남아 있었다.

그들이 혈겁을 배후 조종하는 데는 아무런 이유도 없다. 그들은 단지 혈겁을 일으킬 만한 재목을 찾아 아무 조건 없이 도와줄 뿐이다. 천하를 정복한다거나 온 세상을 악의 천국으로 만든다거나 하는 거창한 이유 따위는 없다. 언제나 조건만 맞으면 화려한 피의 꽃을 피워낼 수 있는 악의 근원. 그들은 오직 그렇게 존재하기를 바랄 뿐이다.

선(善)과 악(惡)…….

사실 그것은 상대적인 개념일 뿐, 절대적인 가치가 이미 정해져 있는 것은 아니다. 선 중에서도 좀 더 선한 것이 있는가 하면 조금 덜한 것이 있고, 악도 그와 마찬가지다. 그래서 간혹은 선이 선을 잡아먹기도 하고, 악이 악을 무찌르기도 한다. 이처럼 우리 주변에서 흔히 볼 수 있는 선과 악은 상황에 따라 변하는 대립되는 개념일 뿐, 절대선이나 절대악으로 존재하지 않는다.

하지만 옥유천은 다르다. 그들은 인간 내면에 잠재하는 악의 씨앗에 양분을 제공하여 꽃피우게 하는 악의 근원인 까닭이다. 악의 근원, 그것을 달리 말하면 절대악이라 할 수 있지 않겠는가? 물론 그보다 더 근원적인 곳으로 들어가면 절대악이나 절대선의 구분조차 사라지고 말겠지만.

옥유천이 배후 조종한 천하의 혈겁은 때로 성공하고 때로 실패하기도 했지만, 그들이 지니고 있는 악의 역량은 단 한 번도 타격을 입은 적이 없다. 그들은 혈겁의 주도자를 뒤에서 돕기만 할 뿐, 자신들은 결코 전면에 나서지 않기 때문이다.

아니, 단 한 번 있었다. 스스로를 옥유천주라 칭하며 천하를 피로 쓸어버리려 했던 인물이. 칠백 년 전에 나타났다가 무광 선사에게 패한 인물이 바로 그이다. 하지만 그도 사실은 옥유천에 의해 도움을 받은 것일 뿐, 진정한 옥유천주라고는 할 수 없다. 옥유천이란 원래 실체가 존재하지 않는 집단이며, 천주라는 직책 또한 없기 때문이다.

지금까지 그들의 실체를 알아낸 사람은 아무도 없었다. 다만 그들이 지닌 힘의 근원이 옥유천총이라는 정도만 알려져 있을 뿐이다. 그런 옥유천총이 모습을 드러냈다고 하니 천하가 어찌 요동치지 않을 수 있겠는가?

옥유천총 안에는 그들이 수천 년에 걸쳐 비축해 놓은 마공과 마병이 잠들어 있다고 하였다. 그중 능력이 가장 떨어지는 것 하나만 얻더라도 한 지역의 패자로 군림할 수 있을 만큼 대단한 마공과 마병이 말이다.

옥유천총이 모습을 드러낸 곳은 다름 아닌 타클라마칸 사막.

얼마 전에 전례 없이 강한 폭풍이 사막을 휩쓸고 지나가면서 지하 깊숙한 곳에 묻혀 있던 그것이 모습을 드러냈다는 것이다.

사막으로, 사막으로……

중원의 모든 무림인들이 타클라마칸 사막으로 향하고 있는 중이다.

第九章 혼돈의 회오리 (2)

1

　제갈혁세는 청해 땅을 지나 신강으로 접어들고 있었다. 그도 옥유천총의 소문을 듣고 사실을 확인하러 가고 있는 중이다.

　대체 얼마나 많은 무림인들이 움직이고 있는 것인지 백 리를 가도 사람 하나 만나기 힘든 신강 땅에서 심심치 않게 이동 중인 무리를 발견할 수 있었다. 한 문파가 총동원된 듯 수십, 수백 명이 무리 지어 이동하는 모습도 간혹 보였지만, 대부분은 소규모 무리이거나 혼자서 움직이고 있었다.

　얼마간 가다 보니 길가에 천막을 치고 영업하는 노상 식당이 나타났다. 사람들이 갑자기 늘어나자 누군가 재빨리 영업을 시작한 모양이었다.

제갈혁세도 목이 말랐던 참이라 차나 한잔 마실까 하고 그곳으로 향하였다. 적지 않은 숫자의 인원이 밥을 먹거나 차를 마시고 있는 모습이었는데, 하나같이 이류도 못 되는 수준들뿐이었다. 구경이나 할 생각으로 가는 것이라 해도 살아 돌아갈 보장이 없는 길이건만 나름대로 눈빛을 번들거리는 걸로 보아서는 뭐라도 하나 건질 욕심들인 것이 분명했다.

제갈혁세는 한쪽에 자리를 잡고 앉으며 혀를 찼다.

"한심한 녀석들… 그곳이 죽을 자리인지 살 자리인지도 모르고 욕심에만 눈이 멀어 있는 꼴이라니……."

나직한 중얼거림이기는 하였지만 일부러 진기를 살짝 실은 음성이었기에 모두의 귀에 똑똑히 흘러들었다.

고수들은 누군가의 말에 쉽게 흔들리는 법이 없다. 그보다는 상대가 어떤 의도를 지니고 한 말인지부터 파악하는 것이 고수들의 습성이다. 하지만 하수들은 작은 충동에도 쉽게 흥분하며, 그로 인해 욱하는 성질을 용기로 착각하며 살아간다.

"어이, 늙은이, 방금 뭐라고 지껄였나?"

먼저 도착해 있던 자들 중 제법 날카로운 눈매를 지닌 사내 하나가 자리에서 일어나며 으르렁거렸다. 삼십 중반쯤 되는 나이에 험악한 인상을 지녔으며, 일행도 너덧 명쯤 되는 듯했다.

"네놈들 모두의 이마에 죽을 사(死) 자가 이미 새겨져 있다는 말이다.”

제갈혁세가 다시 한마디 하자 사내의 일행뿐 아니라 그곳에 있던 모두의 시선이 험악하게 변하였다. 제갈혁세가 바라던 바다.

“어디서 굴러먹던 노물인지 몰라도 네놈이야말로 이 자리에 뼈를 묻게 될 거다!”

사내가 도를 뽑아 들며 소리쳤다. 제갈혁세는 기가 막혔다. 하늘 높은 줄 모르고, 세상 무서운 줄도 모르는 저 철없는 녀석이 가엾다는 생각마저 들었다.

“인생을 절반쯤 살았으면 싸울 상대와 그렇지 않은 상대를 구분하는 눈 정도는 가져야 하는 법이다. 그런 눈도 없으면서 칼을 들고 설치는 건 언제든 죽을 준비가 되어 있다는 말과 같은 뜻이지.”

제갈혁세가 타이르듯 말했다. 상대해 줄 만한 가치가 없으니 화도 나지 않는다는 태도다.

“그렇게 잘난 늙은이의 목은 얼마나 질긴지 한번 보자!!”

사내가 도를 휘둘러 제갈혁세의 목을 베어왔다. 다른 때 같았으면 이런 녀석은 사흘 밤낮쯤 오줌을 지리다 죽게 만들어 줄 수도 있는 제갈혁세였다. 하지만 오늘은 그럴 생각이 없다.

카앙!!

날카로운 소리와 함께 허공에 불꽃이 번쩍 일었다. 그리고 드러난 상황.

'세상에⋯⋯.'

도를 휘둘렀던 사내는 그 자리에 완전히 얼어붙은 모습이고, 주변에 있던 자들도 얼이 빠진 모습이다.

제갈혁세의 손에 들려 있는 나무젓가락이 도를 간단히 막아낸 모습. 그것으로도 모자라 나무젓가락이 도신을 절반쯤 파고들어 간 모습을 보게 되면 하수들은 갑자기 오줌이 마려워지게 마련이다.

'도망쳐야 한다.'

모두의 뇌리에 이런 생각이 떠오르는 순간, 제갈혁세가 어딘가를 향해 나직하게 소리쳤다.

"와서 차나 한잔 마시도록 하자!"

대체 누구에게 하는 말인가 하고 주변을 둘러보던 사람들은 간이 철렁한 표정이 되고 말았다. 저게 사람이기는 한 것이란 말인가?

나무가 걸어다니는 듯한 인간, 바위를 뭉쳐 놓은 듯한 인간, 직경 두 자는 됨직한 철퇴를 어깨에 걸치고 있는 인간 등등⋯⋯.

도저히 인간이라고 하기 힘든 자들이 사방에서 불쑥불쑥 나타나기 시작했던 것이다. 그들의 숫자는 모두 백칠십팔 명. 혈마곡의 마인들이 모두 몰려온 것이다.

노상 식당에 먼저 도착해 있던 자들의 얼굴에선 핏기가 급속히 사라지기 시작했고, 등줄기로는 식은땀이 줄줄 흘러내렸다.

"네놈이 조금 전에 뭐라고 했더라?"

들을 준비가 되었으니 다시 한 번 말해보라는 듯 제갈혁세는 귓가에 손을 대며 말하였다.

"자자자……."

도대체 무슨 말을 하는 것인지 사내는 입술을 떨어대기만 할 뿐, 말을 쉽게 만들어내지 못했다.

"잘못했다고??"

"그그그……."

"그렇다고?"

"네, 네!!!"

이번에만 확실히 알아들을 수 있는 대답이다.

"이놈들이 곡주님께 헛소리를 지껄이던가요?"

목인괴가 사람들 속으로 슥 들어서며 굵직한 음성을 흘려내자 사람들은 화다닥 놀라 몸으로 비명을 질러댔다. 물론 겉으로는 아무런 소리도 나지 않는다.

그러나 그들의 놀라움은 이제 시작일 뿐이다. 방금 나타난 괴인들의 진정한 정체를 아직 모르고 있으니 말이다.

"우리가 누구인지 아느냐?"

제갈혁세가 묻자 사내는 재빨리 고개를 내저었다. 입으로는 '모모모……' 라는 소리밖에 나오지 않는 까닭이다.

“따라 해보거라.”
“네, 네!!”
“혈…….”
“혀, 혈…….”
“마…….”
“마, 마…….”
“곡!!”
“커억!!”

사내는 결국 거품을 물며 기절을 하고 말았다. 건방진 노인네인 줄 알고 덤벼들었던 것뿐인데, 혈마곡이라니… 사내가 거품을 물고 기절한 것도 무리는 아니다. 혈마곡은 사람을 산 채로 찢어 죽이고, 생간을 꺼내 씹어 먹는 마인들이 모여 사는 곳이라고 귀에 못이 박히도록 들어왔던 탓이다.

나머지 사람들도 기절하고 싶은 심정이기는 마찬가지였다. 개중에 심장이 약한 사람은 벌써 바지를 적시기도 하였고, 간이 작은 사람은 떨리는 몸을 주체하지 못해 의자, 탁자와 삼위일체가 되어 달그닥거리기에 바빴다.

“못난 녀석들… 겨우 혈마곡이란 이름만 듣고도 기절을 하고 오줌을 지릴 녀석들이 옥유천총에서 뭐라도 하나 건져 보겠다는 헛꿈에 사로잡혀 있었던 거냐!!”

콰앙!!

제갈혁세가 고함을 지르며 탁자를 내려치자, 탁자는 가루가 되어 부서져 내리고 말았다.

끄르륵……

그 충격으로 또 몇 명이 거품을 물고 말았다.

그나마 아직 정신을 유지하고 있는 자들은 나름대로 튼튼한 간담을 지니고 있음에 틀림없다.

"지금부터 내가 한 말을 잘 듣고 만나는 사람들마다 전해라. 우리 혈마곡이 옥유천총을 찾아간다고. 태극검가도 이미 움직였을 것이며, 구파일방과 무림 명숙들이 모두 그곳을 향하고 있을 것이다. 그러니 너희 같은 피라미들은 거기 가봐야 국물도 맛볼 수 없을뿐더러, 도착하기도 전에 태반은 죽게 될 거라는 사실을 만나는 사람마다 똑똑히 전해라. 알아들었느냐?!!"

"네―에!!"

미리 훈련을 시킨 것도 아니건만 사람들은 일심동체가 되어 목이 터져라 대답하였다. 이제 혈마곡 사람들이 떠나고 나면 그들은 미련없이 고향으로 돌아갈 것이다. 그리고 가다가 만나는 사람이 있으면 오늘의 일을 반드시 들려주게 될 것이다. 물론 오줌을 지렸다거나 기절했다는 얘기는 빼고 말이다.

이렇게 제갈혁세는 철없는 부나방들의 발길을 돌려줘 가며 옥유천총으로 향하고 있다. 무림의 종말을 막기 위하여.

*　　　*　　　*

금오는 저토록 우아한 여인을 결단코 본 적이 없다.

풍기는 기품으로 보아 중년의 나이임에 분명했는데, 이십 대인지 삼십대인지 구분이 가지 않을 만큼 젊고 아름다웠다. 하지만 우아한 기품은 결코 용모에서 나오는 것이 아니었다. 더없이 깊은 그녀의 눈빛… 아니, 그것은 딱히 뭐라 표현할 수 없는 무엇인가로부터 풍겨 나오는 것 같았다. 굳이 설명하자면, 그녀가 원래부터 지니고 있는 본성이라고밖에 달리 설명할 길이 없을 듯하다.

그녀의 이름은 교운화(僑雲華).

"이야기는 많이 전해 듣고 있었어요. 수미금강저의 주인이 되셨다고요?"

"주인이라기보다는 내가 잠시 보관 중이라는 게 맞을 거요. 아무래도 나보다는 수미금강저가 오래 살 것 같으니까."

"후훗… 듣던 대로 재미있는 분이군요. 그런데 저를 만나자고 하신 까닭이 무엇인가요?"

"적인지 아닌지 묻고 싶었소."

"교주인 나로부터 그 대답이 듣고 싶으셨던 모양이군요."

"그렇소."

"한데, 대협에게 있어서 적이란 어떤 것을 의미하나요?"

"작게는 나와 내 주변 사람을 위태롭게 하는 것, 크게는 내가 사는 터전을 위태롭게 하는 것."

"간단명료해서 좋군요. 그런 의미라면 우리 천일신교는 대협의 적이 아니에요. 우리는 상대가 누구든 우리를 먼저 건드리지 않는 한 싸울 생각이 없으니까요."

"다행이군. 그런데 어째서 천라삼비를 다 끌어모으려는 거요?"

금오의 질문에 그녀가 가만히 미소 지었다. 무슨 뜻이 담겨 있는 미소일까? 그런 걸 생각할 여유는 없다. 너무나 아름다워 정신이 없을 지경이니까.

"왜 우리가 그걸 얻으려 한다고 생각하는지 모르겠군요."

"그럼, 아니라는 얘기요?"

"그걸 필요로 하는 사람은 천일신객이지 우리가 아니에요."

"그렇다면 진무 형과 천일신교는 어떤 관계요?"

"서로 돕고 있는 처지죠. 그분은 사신교로부터 우리를 지켜주고, 우리는 그분께 정보를 제공하는……."

"단지 그것뿐이오?"

"그분께 문제가 있다고 생각하는 건가요?"

"천라삼비를 한 사람이 소유하게 되면 어떤 일이 생길지 알고 있소?"

"대략은 들어서 알고 있어요."

"진무 형이 그 힘을 통제할 수 있을 거라 생각하시오?"

"그분이 천라대력무세의 힘을 얻게 되면 황위를 찬탈하려

들까 봐 염려하시는 건가요?"

"그렇소."

"대협이 황실의 안위까지 염려하는 분인 줄 몰랐군요."

"난 황실의 안위 따위엔 관심없소. 다만 황실에 분란이 일어나면 천하가 어지러워지고, 천하가 어지러워지면 가장 고통받는 것은 바로 우리 민초들이기에 염려하는 것뿐이오. 쉽게 말해서 내가 편히 살고 싶다는 얘기지."

"어려운 말을 아주 쉽게 하시는군요. 어쨌든 그건 염려하지 않으셔도 될 거예요. 내가 알고 있는 한 천일신객께서는 황위 찬탈의 음모를 꾸미고 있지 않아요. 다만 누구도 건드릴 수 없는 힘을 스스로 보유하길 원하실 뿐이에요. 그런데 상대가 황실이다 보니 천라사비 정도로는 부족하다고 판단하셨을 거예요."

"지금은 그럴지 몰라도 그 힘을 얻고 나면 생각이 달라질지도 모르오. 나는 그게 두렵소. 진무 형이 변할지도 모른다는 사실이."

지금의 주진무라면 금오의 능력으로 죽이지 않고도 제압이 가능하다. 하지만 천라대력무세를 얻은 주진무라면 얘기가 달라진다. 그때 문제가 생긴다면 둘 중 하나가 죽어야만 일이 해결될 것이다.

교운화도 주진무가 변할지 모른다는 부분에 대해선 할 말이 없는 듯 침묵을 지켰다. 그렇게 약간의 침묵이 흘러간 뒤

교운화가 가만히 입을 열었다.

"대협의 질문에 내가 할 수 있는 대답은 모두 한 것 같군요. 그럼 이제 내가 한 가지만 묻겠어요."

"말씀하시오."

"하화를 어떻게 하실 생각인가요?"

"……??"

"얼른 대답을 못하는 걸 보니 그 아이에게 관심이 없는 모양이군요."

"여자로서의 하화를 묻는 것이라면 확실히 아니오. 나는 여러 여자를 거느리고 싶은 생각이 없으니까. 하지만 그녀의 주화입마를 치유하는 문제라면 언제든 도울 용의가 있소. 그건 이미 그녀에게 약속을 한 부분이기도 하고……."

"말이 참 묘하군요. 그 아이를 취해야 고칠 수 있는 병을 고쳐 주겠다면서 여자로서 받아들이진 않겠다니… 모순된다고 생각하지 않나요?"

"그건 생각하기 나름 아니겠소?"

금오는 아무렇지 않게 대꾸했다. 그깟 순결쯤 뭐가 대수냐는 태도다.

그동안 온화함을 잠시도 잃지 않았던 교운화의 표정에 서늘한 기운이 감돌았다.

"당신은 여자에 대해 너무 모르는 것 같군요."

"나야말로 교주가 왜 그렇게 민감하게 반응하는지 모르

겠소."

금오는 여전히 당당했다. 그는 여자의 순결을 정말로 아무렇지도 않게 생각하는 것일까? 아니면 다른 이유가 있어서 이러는 것일까? 금오의 내심이 궁금하다.

2

금오가 객점으로 다시 돌아왔을 때 멸마숙수는 어디론가 사라진 상태였고, 처음 보는 노부부가 입구에 앉아 있었다. 그들이 객점의 진짜 주인인 모양이었다. 그래도 멸마숙수가 음식은 다 만들어놓고 간 듯 일행은 제법 근사한 요리를 놓고 술을 마시고 있는 중이었다.

하화가 뭐라고 둘러댔는지 몰라도 금오에게 어딜 다녀왔냐고 묻는 일행은 아무도 없었다. 다만 빙영이 알 수 없는 눈길을 잠시 주었을 뿐이다.

금오는 여자들이 앉아 있는 탁자로 걸어가더니 하화에게 말하였다.

"당신의 부탁을 들어줄 테니, 따라와."

너무나 자연스러운 금오의 말투에 하화가 언뜻 놀라 쳐다보았다. 그에겐 그 일이 그렇게도 간단하단 말인가? 하화는 왠지 모를 수치심까지 생겨났다.

눈빛이 달라진 사람이 하나 더 있었다. 빙영이었다. 아마도 하화에게 미리 언질을 받은 듯 그녀는 차가운 눈빛으로 금오를 쏘아보았다.

그녀들의 변화를 모를 리 없건만, 금오는 조금도 신경 쓰지 않았다.

"뭐 하고 있어? 어서 따라오라니까."

하화는 아랫입술을 질끈 깨물며 일어났다. 싸구려 취급을 받았을 때의 모멸감. 그녀는 지금 그런 수치심을 느끼고 있는 것이다.

탁!

빙영이 그녀의 손목을 잡았다. 그리고 금오에게 나직이 소리쳤다.

"좀 더 정중히 부탁해 봐."

얼음 가루가 풀풀 날리는 음성이다.

"뭘 정중히 부탁해?"

"나도 다 들었어."

"그래서?"

"너무 함부로 군다고 생각하지 않아?"

"내가 왜 정중히 부탁해야 하는데?"

"여자에게 있어서 그건 일생일대의……."

"그만 하세요, 언니. 어차피 부탁하는 것은 저이니까요."

하화가 그녀의 손을 가만히 움켜쥐며 말하였다.

"아무리 부탁하는 처지라고 해도 너무하잖아. 여자는 남자의 노리개가 아니라고."

빙영의 단호한 음성에 같은 자리에 앉아 있던 다른 여인들은 물론 다른 좌석에서 술을 마시고 있던 일행들까지 모두 놀란 표정을 지었다. 그녀의 말이 의미하는 것이 무엇인지 모두 아는 까닭이다.

이렇게 되자 하화는 더욱 비참한 심정이 되고 말았다. 단지 그를 흠모했을 뿐인데, 그래서 그가 자신을 여자로 만들어주기를 원했던 것뿐인데…….

빙영도 뒤늦게 자신의 실수를 눈치 챘지만 이미 엎질러진 물이었다.

"그새 며느리를 한 명 더 만들려는 거냐?"

"저 우라질 녀석. 나보고는 여자 좀 그만 만나라고 떠들어대더니, 저는 하루가 멀다 하고 새 여자를 들이네……."

아빠들이 술 취한 음성으로 떠들어대자 금오가 도끼눈을 부릅뜨며 소리쳤다.

"알지도 못하면서 떠들지 말고, 술이나 마셔!!"

"모르긴 뭘 몰라, 이 녀석아?! 지금 둘이서 그렇고 그런 거 하려는 거잖아."

"그런 거 아냐!!"

"그게 아니면 내 손에 장을 지진다."

"셋째 아빠, 그 말 책임질 수 있어?"

금오가 눈빛을 바꾸며 쏘아붙이자, 셋째 아빠 궁소는 찔끔

하여 물러섰다. 금오가 저런 눈빛을 할 때는 더 이상 도발하지 않는 게 좋다는 걸 경험으로 체득하고 있는 까닭이다.

주변이 조용해지자 금오가 하화에게 다시 말했다.

"안 갈 거야?"

"가요."

하화가 기어들어 가는 목소리로 대꾸하며 그의 뒤를 따르자, 빙영은 너무 화가 나서 참을 수 없다는 듯한 눈길로 금오의 뒤통수를 쏘아보았다.

"눈에 힘 빼. 도검불침인데 겨우 눈빛으로 구멍낼 수 있겠어?"

금오는 뒤를 돌아보지 않은 채 한마디 던지며 하화와 함께 방으로 향하였다.

그리고 잠시 후, 금오와 하화는 의복을 모두 벗어 던진 채 침상에서 뜨거운 사랑을 나누기 시작했다, 라고 식당에 모여 있는 모두는 생각했다. 하지만 금오와 하화가 들어간 방 안에서는 그들이 상상하는 것과 비슷한 일조차 일어나지 않았다.

남녀 교합이라는 방법 대신 금오가 하화의 명문을 통해 양기를 흘려 넣어주는 것으로 그녀의 증상을 치료해 주고 있는 까닭이다. 일반적인 경우였다면 그녀의 상태는 이런 식으로 치유될 수가 없다. 하지만 금오의 내력은 이미 인간의 경지를 넘어선 상태였기에 이런 방식이 가능한 것이다.

'이게 뭐 어떻다고 그 난리들이야?'

　이런 방식으로 치유할 테니 걱정 말라고 미리 말해주었으면 좋았을걸, 자기가 오해를 자초해 놓고 괜히 일행을 탓하는 금오였다.

＊　　　＊　　　＊

　깊은 밤. 인적이 드문 숲 속.
　삼황자 주원호는 그곳에서 누군가를 기다리고 있었다. 그의 손에는 검은 천으로 싼 나무 상자가 하나 들려 있었는데, 그것은 훈련시킨 독수리를 통해 범중이 보내온 마금설의 수급이었다.
　딸랑.
　어디선가 방울 소리가 울려왔다.
　‘왔군.’
　방울 소리의 방향을 가늠할 수 없었기에 주원호는 주변을 둘러보았다. 그러자 숲 한쪽에서 어둠에 가려진 인물이 천천히 걸어나오는 모습이 보였다.
　“오셨소?”
　“오래 기다리셨습니까?”
　“아니오. 나도 조금 전에 왔소.”
　“그 상자에 든 것이…….”
　“그렇소. 그대가 요구한 대로 금오 녀석에게 줄 최고의 선물을 준비했소."

"쉽지 않은 일이었을 텐데, 적기에 맞춰 잘 가져오셨군요."

"그런데 이게 천라삼비를 얻는 것과 무슨 관련이 있는 거요?"

주원호가 알 수 없다는 표정으로 물었다. 상대는 천라삼비 중 하나인 환비의 주인이다. 그리고 나머지 두 기병은 주진무와 사신교주가 지니고 있다. 그런데 어째서 이런 선물로 금오를 심기를 흐트러뜨려야 한단 말인가? 자신이 얻고자 하는 것은 수미금강저가 아니고 천라삼비인데 말이다.

"강한 적을 상대할 때는 정면을 공격해선 승산이 없는 법입니다. 운이 좋아 이길 수 있다 해도 이쪽 또한 막대한 피해를 감수해야 하기 때문입니다."

"무슨 뜻인지 잘 모르겠소. 좀 더 구체적으로 말해보시오."

"위헌령과 주진무는 결코 녹록한 상대가 아닙니다. 정면 승부를 벌여 그들을 제압하려면 우리 또한 전력의 태반을 잃게 될 겁니다."

"하면, 마금설의 수급을 이용해서 금오와 그들을 상쟁케 하겠다는 뜻이오?"

"바로 그겁니다. 둘 중 하나만 금오가 잡아준다 해도 우리 일이 아주 수월하게 되겠지요. 그 와중에 금오가 죽어준다면 더없이 고마운 일일 테고요.”

자세한 그의 설명에 주원호는 고개를 끄덕였다. 하지만 그는 아직도 상대를 완전히 믿을 수 없다는 표정이다.

“정말로 내가 천라삼비를 모두 얻을 수 있는 거요?”

“걱정 마십시오, 황자님. 먼저 생비를 가져다 드리고, 곧이어 사비를 드리겠습니다. 그리고 제가 지니고 있는 환비는 때가 되면 얻게 되실 겁니다. 다시 한 번 말씀드리지만, 저는 천라삼비에 욕심이 없습니다. 오직 한 분을 천하의 주인으로 떠받드는 대신 만인을 발아래 두고 싶을 뿐이지요.”

일인지하 만인지상(一人之下 萬人之上).

지금 환비의 주인은 주원호의 황위 등극을 말하고 있는 것이다. 엄연히 황제가 있고, 그 뒤를 이을 황태자까지 책봉된 상태에서 삼황자가 황위에 오른다는 것은 모반을 의미하는 것이 무엇이겠는가?

모반…….

무림에서 시작된 혈풍이 황실까지 몰아닥칠 기세다.

*　　　　*　　　　*

다음날, 정오가 약간 지났을 무렵.

금오 일행은 드디어 여립이 말한 계곡에 도착하였다. 그곳은 탑리목하 동쪽에 위치한 바위 사막에 존재했다. 메마르고 험한 바위산들이 첩첩이 뻗어 있는 계곡. 여립의 말대로 그곳은 대낮임에도 머리칼이 곤두설 만큼 음산한 기운으로 가득했다. 단순한 추위와는 확연히 구분되는 냉기가 음산하게 흘러나오고 있었던 것이다.

그렇다고 해골이 여기저기 굴러다니고 있는 것은 아니다. 계곡은 더할 수 없이 깨끗했다. 풀 한 포기 자란 흔적조차 없었으니까.

일행은 옷깃을 여미며 계곡 안으로 진입해 들어갔다. 그렇게 얼마간 걸어 들어가자 여러 개의 동굴이 뚫려 있는 지역이 나타났다. 사신교 총단처럼 많은 숫자는 아니었지만, 그곳에 있는 동굴도 수십 개는 넘어 보였다. 그중 대부분은 사람의 손에 의해 만들어진 동굴 같았고, 중앙에 있는 커다란 동굴만 자연적으로 생겨난 것 같았다.

"무슨 냄새지?"

금오가 미간을 찌푸리며 중얼거렸다. 약 냄새와 피비린내가 혼합된 듯한 악취가 자연동굴에서 흘러나오고 있었던 것이다.

"저 안에서 활시를 제련하고 있는 게 분명하구나."

곤륜쌍화의 천노가 긴장한 음성으로 대답했다. 만약 천령시와 지령시가 완성된 상태라면 여기 있는 모두의 목숨이 위험했기에 바짝 긴장하고 있는 것이다.

"그 말이 맞는다면 우리가 한발 늦은 모양이네. 아직 미완성이라면 누군가는 지키고 있어야 정상인데, 한 놈도 보이지 않잖아.”

금오가 심각한 표정으로 중얼거리며 동굴 안으로 들어섰다. 동굴 안에도 지키는 자가 없기는 마찬가지였다. 하지만 최근까지 사람들이 있었던 듯한 자취는 곳곳에 남아 있었다. 어둠을 밝힐 횃불이나 밥을 해먹은 아궁이 등등…….

금오는 횃불 하나를 밝혀 들고 일행과 함께 더 깊숙한 곳을 수색해 들어갔다. 그렇게 구불구불한 동굴을 따라 한동안 걸어 들어가다 보니 갑자기 앞이 확 트이며 거대한 지하 광장이 나타났다.

“젠장할…….”

횃불을 들고 주변을 둘러보던 금오가 탄식하듯 중얼거렸다. 푸르스름한 액체로 채워져 있는 암반 수조들. 활시를 제조했던 것이 분명한 그것들이 끝도 없이 펼쳐져 있는 모습을 발견한 까닭이다.

한 명이 들어가면 딱 맞을 만한 수조가 백여 개, 열 명이 나란히 누울 수 있는 수조가 오십여 개, 그리고 백여 명을 한꺼번에 수용할 수 있는 수조가 삼십여 개. 어림짐작으로 헤아려도 삼천육백이라는 숫자가 나온다.

일인용 수조는 천령시, 십인용은 지령시, 백인용은 인령시……. 그것도 쉽게 유추가 가능하다. 하지만 이 많은 활시가 세상에 쏟아져 나왔을 때 어떤 결과가 일어날지는 도저히 추측이 불가능하다. 세상이 멸망해 버리는 것은 아닐까?

심각한 표정을 짓고 있던 금오는 한 가지 의문이 든다는 듯 고개를 갸웃하였다.

'왜 여길 이대로 남겨둔 거지? 동굴만 무너뜨리면 간단히 은폐할 수 있었을 텐데……. 일부러 우리에게 보여주려고 했던 것일까?'

그렇다면 이것을 왜 보여주려 했을까? 의문은 또 다른 의문을 낳을 뿐, 명쾌한 대답이 떠오르지 않았다. 그때 석두 선사가 나직이 말했다.

"이 많은 활시가 움직였다면 누군가의 눈에는 분명히 띄었을 거다. 전 무림에 알려 만약의 사태에 대비토록 하고, 일대를 탐문하여 놈들이 어디로 향했는지 알아보도록 하자."

그의 말에 따라 일행은 곧바로 동굴을 빠져나왔다. 그런데 동굴 입구에 이상한 것이 놓여 있었다. 검은 보자기에 싸인 사방 한 자가량의 정방형 나무 상자였다.

이곳은 바위 사막이다. 사방을 둘러봐도 사람은커녕 짐승 한 마리 보기 힘든 이곳에 누가 저런 걸 여기에 갖다 놨단 말인가? 일행은 안색이 싹 변하며 급히 주변을 살펴보았다. 하지만 어디서도 인기척은 감지할 수 없었다.

일행이 주변을 살펴보는 동안에도 금오는 이상하게 상자에서 눈을 뗄 수 없었다. 뭔지 알 수 없는 불길한 느낌. 온몸의 털이 곤두서는 듯한 이 느낌은 대체 뭐란 말인가?

금오는 상자를 싸고 있는 보자기를 천천히 풀었다. 그리고 뚜껑을 천천히 열기 시작하는데, 이상하게 가슴이 쿵쾅거리고 손이 떨렸다. 이유는 알 수 없다. 그건 본능에서 울려오는 경고였으니까.

뚜껑이 약간 열리자 뭐라 형용할 수 없이 역한 냄새가 확 피어올랐다. 직감적으로 누군가의 수급이 들어 있다는 걸 알 수 있다. 대체 누구의 수급이란 말인가? 더욱 불길한 생각이 든다. 아빠들은 모두 여기에 있다. 빙영과 묘묘도 여기에 있다. 그렇다면 이제 남는 사람은 누구인가?

'안 돼……!'

금오는 속으로 소리쳤다. 뚜껑을 잡고 있는 손이 와들와들 떨린다.

"왜 그래, 금오?!"

이상하다고 생각한 빙영이 물었지만, 금오의 귀에는 들리지 않았다. 그의 신경은 온통 나무 상자에 쏠려 있었으니까.

금오는 움직이지 않는 손을 억지로 움직여 뚜껑을 마저 열었다. 순간 두 눈을 부릅뜨고 있는 마금설의 수급이 그의 양안으로 확대되어 들어왔다.

쿠웅!!

금오의 움직임이 굳어졌고, 무슨 일인가 하고 쳐다보던 다섯 아빠도 그대로 굳어버리고 말았다. 충격이 너무 커서 아무런 반응도 하지 못하고 있는 것이다.

"우아아아아악!!"

금오가 상자를 끌어안으며 비명 같은 외침을 토해냈다.

어머니…….

세상 누구의 가슴에나 가장 큰 이름으로 다가오는 존재가 바로 어머니 아니던가? 비록 낳아준 어머니는 아니었으나 핏덩이였던 자신에게 젖을 물려 키워준 사람이 바로 마금설, 엄마였다. 그런 분이 썩어가는 수급으로 자신을 찾아왔으니 그 심정이 어떠하겠는가? 내장이 토해질 듯한 오열이 북받쳐 오르건만, 가슴에 뭔가가 콱 막혀 눈물조차 쏟아지지 않는다.

어머니, 어머니, 어머니…….

속으로 그 이름을 되뇌며 신음 같은 눈물을 끅끅, 흘리고 있는 금오의 귀에 익은 전음성이 들려온 것은 바로 그때였다.

"상자를 꼭 붙들고 있는 걸 보니 내가 보내준 선물이 아주 마음에 드는 모양이구나?"

그것은 분명 사신교주 위헌령의 음성이었다.

'죽인다!'

금오는 불길이 타오르는 눈으로 전음이 들려온 방향을 쏘아보았다. 일행이 주변을 탐색할 때까지만 하여도 아무도 없었던 계곡 입구 쪽에 한 사람이 이쪽을 바라보며 서 있었다. 당연히 그는 위헌령이었다.

파앗!!

그를 발견한 순간 금오는 신형을 쏘아냈고, 일행은 그가 저만치 멀어지고 나서야 어떻게 된 상황인지 짐작할 수 있었다.
"함정일지도 모른다, 금오!!"
석두 선사가 소리쳤지만 금오는 멈추지 않았다. 어쩌면 감
정이 격해서 듣지 못한 것인지도 몰랐다.
"멈춰, 금오!!"
빙영이 소리치며 달려갔다.

第十章 수라독인대진(修羅毒人大陣)

下午
門鵜

1

　금오의 뒤를 쫓아가던 일행들은 계곡 입구에서 멈출 수밖에 없었다. 금오가 계곡을 빠져나가자 일단의 인물이 앞을 막아서며 시커먼 독장을 쏘아냈기 때문이다.

　그들의 숫자는 겨우 열 명. 하지만 계곡을 막기에는 충분한 숫자였다. 무공으로만 따진다면 일행이 월등하였지만, 그들은 독인이었다. 그들의 독장이 피부에 스치기라도 했다간 살이 금방 썩어 들어가고 말 터였기에 일행은 급히 물러서야 했다.

　뒤에서 벌어진 상황을 아는지 모르는지 금오는 오로지 위헌령의 뒤를 쫓기만 할 뿐이다. 지난번에 만났을 때와 달리 지금은 내력에서도 금오가 앞선 상태였기에 위헌령과의 거리는 서서히 좁혀져 갔다. 하지만 좁혀지는 속도가 느려서 그를 거의 따라잡았을 무렵엔 일행과 수십 리나 떨어지게 되었고, 바위 사막을 벗어나 모래사막에 들어선 상태였다.

위헌령은 금오를 유인하고 있는 중임에도 불구하고 그가 점점 다가오자 두려움이 느껴지기 시작했다.

지난밤에 그는 환비의 주인으로부터 힘을 합해 금오를 제거하자는 제의를 받았다. 그는 금오에게 맺힌 한이 많았기에 흔쾌히 수락하였다. 그러자 환비의 주인은 그에게 마금설의 수급을 넘겨주며 금오를 유인해 오라고 하였다. 약속 장소로 유인해 오기만 하면 자신이 활시들을 대거 매복시켜 두었다가 금오를 처치하겠다는 것이다.

그렇게만 된다면 자신이 보유한 독인은 하나도 희생시키지 않고 금오를 제거할 수 있겠다는 생각에 위헌령은 그의 제안을 받아들였다. 그런데 지금, 약속 장소를 이미 지나쳤건만 활시는 단 하나도 나타나지 않았다. 환비의 주인에게 보기 좋게 속은 것이다.

'감히 나를 속이다니……'

위헌령은 환비의 주인에 대한 분노가 끓어올랐지만, 지금은 금오를 처리하는 일이 먼저였다. 다행히 그는 만약의 경우에 대비하여 독인들을 매복시켜 두었다. 환비의 주인이 금오를 처리하고 났을 때, 대동하고 온 활시의 숫자가 많이 줄어

든 상태라면 독인을 동원하여 그들을 쓸어버리고 환비를 강
탈할 계획을 그도 세우고 있었던 것이다.

　저 앞으로 높은 모래 언덕이 나타났다. 그 뒤편에 독인들이
대기하고 있을 것이다.

　두둥!

　위헌령은 천라생비를 꺼내 북소리를 울렸다. 독인들에게
보내는 신호였다.

　수라독인대진(修羅毒人大陣).

　천라삼비가 한자리에 모인다 해도 진세에 가두기만 한다
면 절대로 살아 나올 수 없는 독진이 저 뒤에서 대기하고 있
는 것이다.

　파파파팟!!

　위헌령은 마지막 힘을 다하여 사구를 달려 올라갔다.

　이제 놈과의 거리는 칠 장. 금오는 가일층 속도를 올려 사구
를 쫓아 올라갔고, 정상에 이르렀을 무렵에는 거리를 오 장까
지 좁힐 수 있었다. 내리막길 중턱에 이르자 거리는 다시 삼
장으로 좁혀졌다. 이제 한 번의 도약으로 놈을 막아설 수 있다
고 판단한 금오는 혼신의 힘을 다하여 신형을 쏘아 올렸다.

　파아아앗!!!

　단숨에 위헌령을 뛰어넘은 금오는 그의 진행 방향을 막아
서며 착지하였다. 그러자 위헌령도 이제는 어쩔 수 없다는 듯
멈추어 섰다. 하지만 그것은 금오의 생각이었을 뿐이다. 사실

위헌령은 마지막에 속도를 약간 늦추어 금오가 자신을 뛰어 넘도록 유도한 것이기 때문이다.

"크큭……."

위헌령이 나직한 비웃음을 흘리고 나서야 금오는 자신이 함정에 빠졌을지도 모른다는 생각이 들었다. 하지만 그것은 뒤늦은 후회였다.

스스스…….

모래 속에 몸을 감추고 있던 독인들이 여기저기서 모습을 드러내기 시작했기 때문이다.

"드디어 네놈의 운도 다한 모양이구나. 스스로 수라독인대 진의 한가운데로 뛰어드는 걸 보니 말이야."

두둥, 두둥…….

위헌령은 수라독인대진 밖으로 천천히 걸음을 옮기며 북 을 울리기 시작했다. 그러자,

츠으으…….

독인들의 몸에서 시커먼 독기운이 스멀스멀 흘러나오기 시작했다. 그 독기운이 얼마나 지독하던지 주변의 모래가 금 방 검붉은색으로 변색되어 갔다.

"삼재수라전륜(三才修羅轉輪)!!"

위헌령이 소리치자, 독인들은 세 명이 한 조를 이루어 육십 개의 소륜(小輪)을 만들고, 여섯 개의 소륜이 모여 중륜(中輪) 을 만들고, 열 개의 중륜이 모여 거대한 대륜(大輪)을 형성하

였다. 그렇게 백팔십 명이 대륜진을 만드는 동안 나머지 열 명은 땅속으로 모습을 감추어 버렸다.

금오는 당황해하지 않고 독인들이 펼친 진세를 예리하게 관찰하였다.

셋이 소륜을 이루었으니 삼재진(三才陣)이 근본이고, 소륜 여섯이 모여 중륜을 이루니 육합진(六合陣)이 용(用)이며, 열 개의 중륜이 모여 대륜을 이루니 십방진(十方陣)이 세력이 된다.

이처럼 혼합된 진세를 깨는 데는 두 가지 방법이 있다.

먼저 소륜 하나를 깨뜨려 중륜의 균형을 무너뜨리고, 그것을 바탕으로 중륜을 하나씩 소멸시킴으로써 대륜의 세력을 약화시켜 나가는 방법이 있다.

두 번째는 중륜과 중륜의 연결 고리를 격파하여 대륜 자체를 혼란에 빠뜨린 뒤 소륜을 무작위로 격파해 나가는 방법이다.

둘째 방법이 더 빠르고 완벽하게 격파할 수 있기는 하지만, 그러기 위해선 진세가 지닌 전체 위력보다 우위의 힘을 보유하고 있어야 가능하다. 현재 금오의 능력이 대단해졌다고는 하나 수라독인대진 전체를 능가하기에는 턱없이 부족한 힘이다. 따라서 두 번째 방법은 사용할 수가 없다. 그렇다면 남는 방법은 하나, 취약한 부분을 찾아 소륜부터 공략해 들어가는 것뿐이다.

쿠우우…….

독인들이 진세를 이루며 주변을 맴돌자 일대에 거대한 기의 소용돌이가 생겨나기 시작했다. 그러나 그것은 공기의 흐름과는 다른 것이어서 모래를 말아 올리거나 하지는 않았다. 아직은 순수한 기의 소용돌이일 뿐이다.

그것은 마치 아지랑이 같아서 만지면 금방 흩어질 듯 보였지만, 사실 그 안에는 어마어마한 기운이 내재된 상태여서 어지간한 사람들은 그것에 닿는 것만으로도 온몸이 으스러져 버리고 말 터였다.

우우웅…….

금오의 손에 들린 수미금강저도 낮은 울음 소리와 함께 찬란한 금빛 광채를 발산하기 시작했다. 그도 결전의 태세가 갖추어진 것이다.

무한의 힘…….

이론적으로는 가능하다. 그것은 하늘과 땅의 기운에 나를 합일시키는 것이니까. 합일(合一)이란 하나가 된다는 뜻이니, 내가 곧 천지가 되고, 천지가 곧 내가 된다는 말이다.

천지(天地)와 하나 된 자. 천지의 힘을 온전히 나의 것으로 만든 자를 그 누가 꺾을 수 있단 말인가? 하지만 그것은 말마따나 이론일 뿐이다.

우주 운행의 이치를 깨달은 자. 머리로 아는 것이 아니라 그 자체와 하나 될 수 있는 각자(覺者)가 아니고선 그 힘을 사용할 수 없는 것이다. 그 힘만 사용할 수 있다면 이백이 아니라 이천, 이만의 독인이 몰려온다 해도 얼마든지 꺾어줄 수 있으련만, 금오는 아직 그 단계까지 도달하지 못했다. 다만 공공 선사의 안배로 몸이라는 유한한 도구를 통해 무한의 힘 중 일부를 퍼다 쓸 수 있을 뿐이다.

비록 일부라고는 하지만 무한의 힘은 진기와 달라 아무리 사용한다고 해도 고갈되는 법이 없다. 고갈되는 만큼 즉시즉시 채워지는 까닭이다. 하지만 채우는 그릇이라 할 수 있는 몸이 망가지면 사용할 수 있는 무한의 힘은 그만큼 줄어들 수밖에 없다. 때문에 육체의 유한함으로부터 벗어나지 못하는 한 무한의 힘도 유한할 수밖에 없는 것이다.

금오는 독진 한가운데 갇혀 있다는 사실을 망각하기라도 한 듯 그 자리에 우뚝 선 채 두 눈을 반쯤 감았다. 그리고 마음을 고요히 가라앉히자 몸이 텅 비는 듯한 느낌이 전해왔다. 불가(佛家)에서는 우리의 육신은 물론 세상의 모든 사물들 또한 실제로는 텅 빈 것과 다름없다고 일관되게 주장해 왔다. 그리고 그것은 일정한 수행을 쌓으면 누구나 경험할 수 있는 단계이다.

몸이 텅 비어서 바람이 그 사이로 통해 다니는 듯한 느낌. 그것은 무척이나 상쾌하면서도 허공과 하나되는 듯한 느낌이다. 여기서 수행이 더 진보되면 실제로 모든 사물들이 텅 비어 있음을 볼 수 있다고 한다.

그렇게 육신이 텅 비어 있음을 느끼는 순간, 금오는 천지간에 가득한 기운이 자신의 텅 빈 육신을 꽉 채우고 있음을 알수 있었다. 이것이 무한의 힘이다.

우우우웅!!

무한의 힘이 주입되자 수미금강저는 더욱 찬란한 금빛을 쏘아내며 무섭게 울어대기 시작했다.

"파(破)!!"

금오가 나직하면서도 묵직한 음성을 토해내며 수미금강저를 뻗어냈다. 그러자 어마어마한 황금빛 강기가 뻗어 나오며 소륜진 하나를 공격해 들어갔다.

츠아아아…….

그 힘은 실로 막대하여 태극검성과 제갈혁세, 혹은 천라삼비의 주인들이라 할지라도 막아낼 수 없을 것 같았다. 그런데,

울렁!!

그것이 소륜진을 강타하는 순간, 그 주변으로 거대한 기의 출렁거림이 일어나며 강기에 실린 힘을 그대로 흡수, 분산해버리고 말았다.

"멸(滅)!!"

금오는 곧바로 두 번째 공격을 가하였다. 그러나,

출렁!!

이번에도 결과는 마찬가지였다. 어느 부분을 공격하든 진

세 전체가 반응하여 충격을 흡수, 분산해 버리는 것 같았다.

"수라삼극(修羅三極)!!"

위헌령이 소리쳤다. 드디어 수라독인대진의 공격이 시작된 것이다.

구우우우…….

거대한 대륜진이 살아 있는 생명체처럼 꿈틀대며 세 방향에서 동시에 공격해 들어왔다. 거대하게 일렁이는 기의 장막. 눈에 보이지는 않았지만, 금오는 분명히 느낄 수 있었다. 지금 저들은 개개인의 능력이 아닌 진세 전체의 힘으로 공격을 해오고 있는 것이다. 정면으로 맞서서는 승산이 없었기에 금오는 운약선녀보를 시전하여 그들의 공격을 피하였다.

한 번, 두 번, 세 번…….

연이은 공격을 잘 피해내기는 하였지만, 한번 기선을 잡은 놈들은 공격의 고삐를 늦추지 않고 계속해서 몰아붙였다.

'이대로는 승산이 없다. 방법을 빨리 찾아내야 해.'

금오가 초조해하는 것은 수라독인대진 때문이 아니다. 문제는 위헌령이다. 아직은 잘 버티고 있지만, 그가 싸움에 합류하면 균형은 곧 깨지고 말 것이 분명했다. 그리고 그 우려는 곧 현실로 드러났다. 독진만으로 쉽게 승부를 낼 수 없다고 판단한 위헌령이 진세 안으로 들어온 것이다.

부우우우…….

위헌령을 안으로 들어오자마자 천라생비를 날려 금오를

공격하기 시작했다. 팽팽하던 싸움에 천라생비의 위력이 더
해지자 금오는 급격히 수세에 몰렸고, 균형이 무너지자 수라
독인대진은 더욱 기세를 올려 금오를 압박해 왔다.

구우우우…….

거대한 생명체처럼 금오를 압박해 오는 수라독인대진과
허공을 자유자재로 날며 금오의 허를 찔러 들어오는 천라생
비의 공격에 금오가 과연 얼마나 더 버틸 수 있을지 모를 일
이다.

*   *   *

"지독한 놈들……."

전마는 널브러져 있는 독인들로부터 멀찍이 떨어지며 중
얼거렸다. 다행히 열 명의 독인을 모두 처치하기는 하였지만,
참으로 힘든 싸움이었다. 일행의 능력은 결코 작은 것이 아니
었음에도 불구하고 독인들이 뿜어내는 지독한 독기운 때문에
애를 먹었던 것이다.

대체 얼마나 지독한 독공을 익힌 것인지 독인들의 피가 묻
은 바위의 표면이 부글부글 끓어오르고 있었다.

"어서 금오를 쫓아가 봐야 해요. 그는 분명히 이자들보다
많은 독인들로 이루어진 함정에 빠져 있을 거예요."

빙영이 종용에 일행은 숨도 제대로 돌리지 못한 채 금오의

자취를 따라 움직이기 시작했다. 그런데 그때,

　딸랑.

　신경에 거슬리는 방울 소리가 어디선가 울려오기 시작했다.

　"이 소리는……."

　이미 활시를 한두 차례 겪어본 바 있는 일행들의 안색이 어둡게 가라앉았다. 겨우 독인들을 물리쳤는데, 이번엔 활시라니… 아무래도 그들은 금오를 도와주러 가지 못할 듯하다.

2

　"크윽!!"

　천라생비에 당한 금오는 고통스러운 신음을 흘리며 신형을 휘청하였다. 그 순간 수라독인대진의 한 부분이 불쑥 솟아나오며 독인들이 공격해 들어왔다.

　솟아 나온 진세의 선두에 있는 하나의 소륜, 그것을 구성하고 있는 세 명의 독인이 동시에 장력을 쏘아냈다. 그러자 놀랍게도 세 명의 장력은 알 수 없는 힘에 이끌려 하나로 합쳐지며 금오에게 쏘아져 갔다.

　퍼펑!!

　"크어억!!"

　장력에 격타당한 금오는 대여섯 발짝이나 밀려 나간 뒤에

야 겨우 신형을 멈추었다. 그런데 이번엔 천라생비가 다시 쇄
도해 왔다.

'씨바, 내가 이렇게 당하기만 할 것 같아?

금오는 이를 악물며 무한의 힘을 끌어올렸고, 수미금강저
에 온 힘을 실어 천라생비에 부딪쳐 갔다.

카아앙!!

고막이 찢어질 듯한 굉음과 함께 천라생비가 멀찍이 튕겨
나갔다. 그러자 이번엔 독인들이 다시 공격을 가해왔다. 금오
가 기다리고 있던 바였다.

'찰나확안술!'

금오는 혈마곡의 진인광도에게 전수받은 비기를 이용하여
공격해 들어오는 소륜을 확대해 보았다. 그러자 그들의 전면
에 일렁이고 있는 기의 장막이 육안으로 보이기 시작했다. 아
지랑이처럼 아른아른한 모습이기는 하였지만 기의 흐름을 금
오는 확실하게 감지할 수 있었고, 그 흐름 속에서 작은 틈새
하나를 찾아낼 수 있었다.

'이제 다들 죽었어!!'

금오는 수미금강저에 무한의 힘을 실어서 찔러냈다.

"파(破)!!"

순간, 황금빛 찬란한 강기가 수미금강저에서 뿜어져 나오
며 강기막의 미세한 틈을 파고들었다.

파아악!!!

드디어 강기막이 찢어졌다. 그리고 그 안에 들어 있던 독인들은 모두 허리가 두 동강으로 잘려 나가고 말았다.

하나의 소륜이 소멸되자 그 부근의 강기막에 커다란 구멍이 뚫렸고, 금오는 그 틈을 놓치지 않고 안으로 뛰어들었다.

위헌령은 튕겨 나갔던 천라생비를 급히 회수했지만, 그때 금오는 이미 하나의 중륜을 완전히 헤집고 있는 상태였다.

"멸!! 섬!!"

기합성이 터져 나올 때마다 소륜이 하나씩 무너져 나갔다.

그와아아앙!!

위헌령의 천라생비가 다급히 금오의 배후를 공격해 들어갔다. 하지만 금오는 천라생비를 상대하기 위해 돌아서지 않았다. 진세 안으로 뛰어들었을 때 좀 더 확실하게 무너뜨려둘 필요가 있었기 때문이다. 그렇다고 천라생비를 완전히 무시할 수는 없었으므로 금오는 운약선녀보를 시전하여 천라생비를 흘려보내며 또 하나의 소륜을 격파해 버렸다.

그렇게 중륜 하나가 완전히 궤멸되자 수라독인대진은 아홉 개의 중륜으로 새로운 진세를 구축하기 시작했다. 그것이 완전히 구축되도록 놔둔다면 금오는 또다시 위기에 처할 가능성이 컸다.

그아아앙…….

허공을 선회해 날아오는 천라생비를 다시 한 번 흘려보내며 금오는 또 하나의 중륜을 향해 쇄도해 들어갔다.

새로운 진세를 아직 구축하지 못한 상태였기에 중륜을 보호하고 있는 강기막은 그리 튼튼하지 못하였다.

파아앗!!

무한의 힘이 실린 수미금강저에 강기막은 또 찢어졌으며, 하나의 소륜을 구성하고 있던 독인들이 독혈을 뿜으며 바닥에 널브러졌다. 모래마저 부글부글 끓게 만드는 독혈이었지만 만독불침이 금오에게는 아무런 해도 끼칠 수 없었다.

"크아아악!!"

금오의 무서운 공세에 두 번째 중륜도 급속하게 무너져 나가기 시작하자 위헌령은 천라생비를 울려 새로운 명령을 내렸다.

두두둥, 두두둥!!!

다급히 울리는 북소리에 맞춰 독인들은 진세를 빠르게 변형시켜 나갔다. 삼인 일조인 것은 마찬가지였지만, 이번에는 다섯 개의 소륜이 하나의 중륜을 만드는 식으로 아홉 개의 중륜이 구성되었다. 다섯은 오행(五行)이며, 아홉은 구궁(九宮)이다. 오행은 조화이니 변화의 묘로써 운용함을 의미하며, 구궁은 천하이니 견고한 세력으로써 진세를 떠받침을 의미한다.

비록 숫자는 줄어들었지만, 삼재, 오행, 구궁으로 이어지는 이 진세가 완성되면 삼재, 육합, 십방으로 구성되었던 먼저의 진세와 대등한 위력을 지니게 될 것이 분명했다.

'완성되기 전에 분쇄한다!'

금오는 아직 오행의 틀이 갖추어지지 않은 중류 하나를 향하여 쇄도해 들어갔다. 그런데 그때,

그와아앙!!

위헌령의 천라생비가 무서운 기세로 공격해 들어왔다.

'이제 너 정도론 어림없다!'

금오는 이제 자신이 있었다. 그런데 그때,

파파파팟!!!

주변의 모래 속에서 독인들이 갑자기 솟구쳐 오르기 시작했다.

'아차!'

금오는 깜빡 잊고 있었다. 처음에 수라독인대진을 형성할 때 남은 인원 십여 명이 모래 속으로 숨어들었었다는 사실을 말이다. 차라리 처음부터 그들이 활동을 했더라면 계속 경계를 했을 텐데, 한동안 숨을 죽이고 있는 바람에 잠시 그들의 존재를 잊었던 것이다.

콰—콰아!!

열 명의 독인이 동시에 장력을 쏘아내고, 천라생비는 목을 그어오며, 진형이 채 완성되지 못한 수라독인대전마저 공격해 들어오는 상황. 몸이 열 개라도 다 막아내기는 힘들 것 같았다.

우우웅!!

수미금강저가 휘둘러지는 순간,

파파팍!!!

카캉!!

연쇄적인 소음이 일어나며 모래 속에서 솟아올랐던 독인 세 명의 머리가 터져 나가고, 천라생비가 튕겨 나갔다. 그리고,

파파팡!!!

일곱 명의 독인이 뿜어낸 장력이 금오를 연이어 격타했다.

"으윽!!"

적지 않은 충격이 전해오기는 했지만, 독인 개개인의 장력 정도에 쓰러질 금오는 아니었다. 그러나 문제는 진세의 공격이었다.

구우우…….

금오는 중심을 바로 잡을 사이도 없이 무섭게 쇄도해 오는 진세에 맞서야 했다.

"파!!"

금오가 수미금강저를 떨쳐 내는 순간, 바닥에서 솟아오른 독인들이 재차 장력을 쏘아냈다.

파파팡!!

그들의 장력이 금오의 전신에 작렬한 것과 금오가 진세와 격돌한 것은 거의 동시에 이루어졌다.

콰우웅!!

일곱 독인의 장력을 허용한데다 진세와의 격돌이 더해지자 금오는 충격을 이기지 못하고 뒤로 사오 장이나 날아갔다. 당연히 충격 또한 대단했다. 그런데 그가 날아가고 있는 방향에선 진세의 또 다른 공격이 준비되고 있었다. 무방비 상태에서 그 공격을 허용한다면 아무리 도검불침의 몸이라 할지라도 치명적인 타격을 받게 될 것이 분명했다.

금오는 허공에서 방향을 틀며 수미금강저를 휘둘러 냈다.

"섬!!"

이미 큰 충격을 받은데다 급히 끌어올린 공격이었기에 금오의 자세는 매우 불안정하였다. 이대로 부딪친다면 큰 피해를 입을 것이 분명했지만, 달리 방도가 없었다. 이윽고 놈들의 진세와 금오의 수미금강저가 격돌하는 순간,

쿠가가가각!!

퍼퍼퍽!!!

생각지 못한 격타음과 함께 놈들의 배후가 급격히 무너졌다. 덕분에 금오는 흐트러진 자세에도 불구하고 타격을 입지 않았을 뿐 아니라, 독인 세 명을 뭉개 버리기까지 하였다.

"고집쟁이 어린 녀석아!! 하오문에서 물건이 하나 나왔다고 온 강호가 떠들썩하던데 겨우 그 정도였던 거냐?"

귀에 익은 그 음성은 제갈혁세의 목소리였다.

"영감탱!! 여긴 어쩐 일이야?!"

금오가 반갑게 소리쳤다. 제갈혁세 주변에는 목인괴, 진인

광도, 괴력파파, 요화선녀 등 혈마곡의 주요 인물이 몰려와 있었고, 저 뒤로 나머지 마인들도 무서운 기세로 달려오고 있었다.

"옥유천총을 찾아가는 길에 네 녀석 엄살떠는 소리가 들리기에 달려왔다!"

제갈혁세가 쌍장을 뻗어내 독인 두 명을 날려 버리며 대꾸했다.

"고마워, 영감탱!! 자세한 얘기는 이놈들을 쓸어버리고 하자고!"

혈마곡의 등장으로 전세가 완전히 역전되자 금오는 파죽지세로 수라독인대진을 부숴 나가기 시작하였다.

수미금강저가 번쩍거릴 때마다 독인들이 서너 명씩 쓰러지자 진세는 곧 와해돼 버렸고, 진형이 흐트러진 독인들은 빠른 속도로 밀려나기 시작했다.

'혈마곡 마인들이 몽땅 몰려올 줄이야.'

상황이 불리하다고 판단한 위헌령은 급히 신형을 날려 도주하기 시작했다. 그러면서도 북을 울려 독인들에게 금오를 집중 공격하도록 지시하였다. 그러나 그것은 금오를 죽이려는 것이 아니라 발을 묶어두기 위함이었다.

"위헌령!!!"

그가 도주하는 것을 발견한 금오가 사자의 울음과도 같은 외침을 토해냈지만, 수십 명의 독인이 집중 공격을 가해오는 탓에 그의 뒤를 추격할 수는 없었다. 그렇게 위헌령은 모래언덕 너머로 사라져 버렸다.

그로부터 약 반 시진의 사투 끝에 독인들은 완전히 궤멸되고 말았다. 그 과정에서 마인 수십 명이 독상을 당하기는 했지만, 재빨리 중독된 부위를 베어내는 등 응급조치를 하여 목숨을 잃은 자는 아무도 없었다.

마인들의 피에서 솟아나는 독기운이 지독했기에 금오와 혈마곡의 마인들은 멀찍이 자리를 옮기고 나서야 재회의 정을 나눌 수 있었다.

혈마곡에서 반년을 지냈어도 얼굴을 자주 본 사람은 몇 명 되지 않았지만, 그들 모두는 금오와의 재회를 진심으로 반가워하였다. 그 점에 있어선 금오도 마찬가지였다.

과거에 많은 죄를 지어 마인이란 낙인이 찍혀 있기는 하지만 그들은 누구보다 정이 많았고, 풋풋한 사람 냄새가 났다.

그들과 한동안 인사를 주고받고 나서야 금오는 제갈혁세와 마주 앉을 수 있었다.

"그러게 일찌감치 노부의 제자가 되었으면 오늘 같은 일은 당하지 않았을 것 아니냐?"

마주하자마자 대뜸 던진 제갈혁세의 말에 금오가 시큰둥한 표정으로 대꾸했다.

"영감탱이나 잘해. 강북에 놀러 갔다가 얻어터지고 도망이나 치는 주제에."

"뭐야, 이 녀석아?!!"

"제자가 돼주기로 한 건 아직 일 년도 더 남았으니까, 그때까지 몸조심도 하고."

발끈했던 제갈혁세는 이어지는 금오의 말에 표정을 누그러뜨렸다. 말투가 거칠기는 해도 자신을 진심으로 위하고 있다는 것을 아는 까닭이다.

"그런데 내가 네놈에게 더 가르쳐 줄 것이 있기는 한 거냐?"

"글쎄??"

제갈혁세의 말에 금오는 고개를 갸우뚱하였다. 자신의 능력은 이미 제갈혁세를 한 수 앞서 있는 상태일 것이다. 그런데 혈마곡에서 몇 가지 무공을 배우기는 했지만, 정작 제갈혁세의 독문무공은 반 초식도 배운 바가 없다. 그런데 약속 기한이 지나면 그를 사부라고 불러야 한다.

아무리 생각해도 이건 이상하다. 하지만 이미 약속을 한 상태이니 없던 일로 하자고 할 수도 없다.

'씨바, 아무려면 어때? 그냥 영감탱이라고 부르나 사부 영감탱이라고 부르나 그게 그 말인데…….'

금오는 편히 생각하기로 하였다. 따지고 들자면 세상에 이상하지 않은 일이란 하나도 없는 법이니까.

'그런데 이 인간들은 왜 안 오는 거야?'

금오는 문득 일행의 상태가 궁금해졌다. 급히 위헌령을 쫓느라 신경을 쓰지는 못했지만, 계곡을 빠져나오는 순간 십여 명의 독인이 그들의 진로를 차단한 것 정도는 알고 있었다.

'겨우 독인 열 놈에게 당할 실력들은 아닌데…….'

아무래도 돌아가 봐야겠다고 생각한 금오는 자리에서 일어나며 제갈혁세에게 작별을 고하려 하였다. 그때 거대한 모래언덕 너머로 일행들이 모습을 나타냈다. 그런데 뭔가 이상했다. 모두 깊은 부상을 당한 듯 정상적인 몸놀림이 아니었고, 숫자도 몇 명 부족한 것 같았다.

"뭐야, 겨우 독인 열 놈에게 저렇게 당했다는 거야? 그리고 아빠 셋은 어디 가고 둘뿐이야?"

다섯 아빠 중 첫째와 다섯째 아빠만 보이고 나머지 세 아빠의 모습이 보이지 않았던 것이다. 만약 그들마저 죽은 것이라면 금오가 어떻게 돌변할지 아무도 모를 일이다.

第十一章　유인(誘引)

下午
門鵑

$$1$$

"놈들에게 끌려갔다……."

울먹이는 듯한 추면귀의 대답. 세 아빠가 활시들에게 잡혀 갔단다. 금오는 가슴이 터져 버릴 것만 같다.

"그걸 그냥 두고 봤단 말야?!!"

그가 잡아먹을 듯 소리를 지르자 석두 선사가 대답했다.

"우리의 능력으론 어쩔 수 없었다. 활시가 모두 이백이나 되었고, 그중 천령시 급이 최소한 스무 놈은 되었으니까."

천령시는 대문파의 장문인 급 능력을 가지며 파괴하기 위해선 삼 갑자 이상의 내력이 필요하다. 그런 놈들이 스물이나 되었다면 일행으로선 정말 방법이 없었을 것이다. 그런데도 금오는 화가 난다. 자기들만 도망쳐 온 일행에게 화가 나는 것은 아니다. 그냥 화가 난다. 아빠들이 잡혀갔다는 이 상황 자체에 화가 나는 것이다.

"계곡으로 다시 가보자고."

다소 흥분한 듯한 금오에게 제갈혁세가 말하였다.

"가서 뭘 어쩌려는 게냐?"

"몰라서 물어? 놈들의 족적을 추적해서 아빠들을 구해내야지."

"구해낸다고? 같이 죽겠다는 게 아니고?"

"내가 그렇게 할 일 없는 놈으로 보여?"

"내 눈엔 그렇게 보인다."

눈 한 번 깜빡일 새도 없이 되받아치는 제갈혁세의 말에 금오는 언뜻 정신을 차렸다. 맞는 얘기다. 아빠들을 죽일 수도 있었는데 굳이 생포해 갔다는 것은 자신을 유인하려는 의도가 분명하니 말이다.

'그렇다고 아빠들을 그대로 둘 수도 없는 일이잖아.'

이 또한 맞는 말이다. 엄마가 죽고, 아빠들이 잡혀갔다. 그런데도 아들이 아무것도 하지 않는다면 패륜도 이런 패륜은 없다. 대체 어찌해야 하는 것인가?

깊은 고민에 빠져있는 금오에게 첫째 아빠 여립이 물었다.

"어쩔 셈이냐?"

"아빠는 어떻게 했으면 좋겠어?"

“나는…….”

여립은 차마 말을 꺼내기 힘들다는 듯 한동안 시간을 두었다가 겨우 입을 열었다.

“그 녀석들에겐 미안한 일이지만, 가지 않는 게 좋겠다.”

“아빠?!”

“네 어깨엔 너무 많은 것이 얹혀 있다. 아빠들 때문에 그걸 모두 던져 버릴 수는 없는 일 아니냐?”

여립도 이런 말을 하기가 매우 힘겨운 듯 입술을 지그시 깨물었다.

“그게 무슨 개뼈다귀 같은 소리요? 세 형님이 잡혀 갔는데 시도도 해보지 않고 포기하자니, 그게 대형으로서 할 말이요?”

추면귀가 시뻘게진 얼굴로 소리쳤다.

“일 년 전의 금오였다면 함께 죽는 한이 있더라도 구하러 가자고 했을 거다. 하지만 지금 이 녀석의 어깨엔 천하가 걸려 있어. 우리 욕심 때문에 천하를 버릴 수는 없는 일 아니냐?”

“천하는 뭐 말라비틀어질 천하란 말이요?”

“막내야…….”

“천하가 하오문에게 해준 게 뭐가 있어서 우리가 그런 걱정까지 해야 하냔 말이오. 하오문이라면 벌레 보듯 하는 천하 놈들 때문에 우리가 왜 형님들을 포기해야 하느냐고!!”

추면귀는 거의 이성을 잃은 듯했다.

"그럼, 함정임이 분명한 일에 금오를 몰아넣어야 옳다는 얘기냐?!!"

"함정인 걸 알고 있으니 걸려들지 않게 조심하면 될 것 아니오."

"세상일이 그렇게 말처럼 쉽다면 애초에 잡혀가지도 않았을 것이다."

"그만두시오!! 대형과 금오 녀석이 가지 않겠다면 나 혼자라도 형님들을 구하러 가겠소!"

추면귀가 성난 음성으로 소리치며 돌아섰다. 당장이라도 떠날 기세다.

그때 요화소녀가 제갈혁세의 귀에 대고 무슨 말인가를 속삭였고, 그 말을 들은 제갈혁세는 기쁨과 놀라움이 혼재한 표정을 지었다.

"그 말이 사실인가?"

"묘묘가 제게 직접 해준 얘기예요."

"그렇다면 두 손 놓고 있을 수 없지."

제갈혁세는 곧 목인괴, 진인광도, 괴력파파 등 혈마곡의 주요 인물들을 불러 모았다.

"곧 출발할 테니 모두 움직일 준비를 시키도록."

제갈혁세가 명하자 목인괴가 물었다.

"어디로 가시렵니까?"

"네 딸의 시아비가 납치됐다면 너는 어쩔 테냐?"

"그게 무슨 말씀입니까?"

"납치된 금오의 부친들이 네 딸의 시아비라는 얘기다."

"예??"

목인괴는 금오와 묘묘 사이의 일을 아직 듣지 못한 듯 경악한 표정을 지었다. 그러더니 곧이어 무척이나 억울한 표정으로 금오를 쏘아보았다.

"날강도 같은 놈… 그새 내 딸을 차지해 버리다니……."

그동안 모두에게 쉬쉬하느라 부녀지간의 살가운 정도 제대로 표현해 보지 못했는데, 벌써 사내가 생겨 버렸으니 어찌 아쉽지 않겠는가?

'우리 묘묘에게 함부로 하기만 해봐라. 그땐 정말 너 죽고 나 죽는 거다.'

어느새 목인괴의 눈빛은 이글이글 타오르기까지 하였다. 금오가 큰 죄라도 지었다는 듯이…….

"뭘 하고 있는 겐가?"

"아, 아닙니다. 묘묘의 시아버님들이 납치됐다니 당연히 구해내야지요."

화닥 놀라서 대답을 한 목인괴는 주변 여기저기에 흩어져서 쉬고 있던 마인들을 독려하여 출발할 준비를 시키기 시작했다.

그 모습을 보고 금오가 다가왔다.

“벌써 떠나시려는 거요?”

“그래, 떠날 생각이다.”

“그럼 안녕히들 가시오. 나는 아직 해결할 일이 있어서…….”

“못된 녀석!!”

“또 뭐가 불만이오?”

“그 못된 자존심이 불만이다, 이 녀석아!!”

“자존심이라니??”

“미래의 사부에게 공손하게 도움을 요청하면 큰일이라도 생긴다더냐??”

“나참… 도와달라는 소리를 안 해서 삐친 거요?”

“그래, 이 녀석아!! 어차피 도와주는 거, 네놈이 아쉬운 소리를 해야 나도 모양이 좀 날 거 아니냐?”

“어차피 도와준다고?? 그럼 지금 아빠들을 구하러 같이 가주겠다는 얘기요?”

“왜, 이제 고마운 생각이 좀 드는 게냐?”

“…….”

생각지 못한 제안에 충격을 받은 듯 금오는 얼른 대답을 하지 못했다. 그러자 제갈혁세가 이어 말했다.

“너무 감동할 필요없다. 네 녀석이 예뻐서 돕는 게 아니라 혈마곡 모두의 딸인 묘묘 녀석 때문이니까.”

그의 말을 듣고 묘묘가 얼른 달려왔다. 하여간 신법 하나는 귀신이다.

"그게 정말이에요? 시아버님들을 구출하는 데 모두 가주실 거예요?"

"그래. 너는 요화와 목인괴 만의 딸이 아니라 우리 혈마곡 모두의 딸이니까."

제갈혁세가 대답하자 묘묘는 그의 품으로 팔짝 뛰어들며 소리쳤다.

"고마워요, 곡주님!"

생각지 못한 그녀의 행동에 제갈혁세는 언뜻 놀란 표정을 짓더니 금방 환한 미소를 지으며 그녀의 등을 어루만져 주었다.

"그런데 말이다……."

말하기 힘든 부탁이라도 있는 듯 제갈혁세가 주저하는 음성으로 작게 속삭였다.

"곡주님 말고 다른 말로 불러주면 안 되겠느냐? 죽기 전에 꼭 한 번 들어보고 싶은 말이 있는데."

"그게 무슨……."

묘묘는 예쁜 눈망울로 제갈혁세를 올려다보았다. 흔들리고 있는 노인의 눈망울. 일평생 꼭 한 번이라도 들어보고 싶었던 말. 과연 그게 무엇일까?

고개를 갸웃하고 있던 묘묘의 눈동자에 이채가 언뜻 스쳐지나갔다.

“혹시 듣고 싶다는 말씀이…….”

‘그래, 어서 해보거라.’

제갈혁세의 눈빛은 설레임으로 물들었고, 묘묘의 얼굴엔 방긋한 미소가 피어났다.

“아…….”

묘묘는 제갈혁세의 애를 태우기로 작정이라도 한 듯 느릿한 목소리로 운을 떼었을 뿐 얼른 뒷말을 잇지 않았다.

제갈혁세는 마른침을 꿀꺽 삼켰다. 평생 단 한 번이라도 들어보고 싶었던 말. 그걸 드디어 묘묘가 해주려고 하고 있는 것이다.

“아―빠!!”

묘묘가 크게 소리치며 그의 가슴에 얼굴을 묻었다. 그리고는 연속해서 외치기 시작했다.

“아빠, 아빠, 아빠!! 듣고 싶다면 만 번이라도 불러줄게요. 아빠, 아빠, 아빠!!”

꽈아악!!

제갈혁세는 벅찬 감격을 참을 수 없다는 듯 묘묘를 꼭 끌어안았다. 그런데 그때,

쉬쉬쉭!!!

목인괴의 종용에도 불구하고 어슬렁거리기만 하던 혈마곡의 마인들이 일시에 쏘아져 오며 제갈혁세 주변을 에워쌌다.

“이건 반칙이오, 곡주!!”

"묘묘를 우리 모두의 딸로 삼겠다는 조건으로 그날 목인괴를 용서해 준 것인데, 혼자만 아빠 소리를 듣는 게 어디 있소?"

마인들이 으르렁거리자 제갈혁세도 마주 으르렁거리는 음성으로 소리쳤다.

"이놈들아!! 내가 명색이 곡주이니 가장 먼저 듣는 게 당연한 거 아니냐?"

"그래도 이건 반칙이오!!"

그때 묘묘가 제갈혁세의 품에서 빠져나오며 말하였다.

"싸우지 말아요, 아빠들."

순간 주변에 있던 마인들의 움직임이 모두 멈추어졌다. 마치 시간의 한 단면을 뚝 잘라놓기라도 한 듯 모두는 그 자리에 굳어버리고 말았다.

아빠… 아빠라니…….

각자 그럴 만한 사연과 이유로 인해 마인이 되었고, 그 상처를 평생 끌어안은 채 살아온 사람들이다. 젊은 시절은 원한과 복수로 흘려보냈고, 그 후로는 삼십 년이 넘는 세월 동안 혈마곡에 갇혀 지내느라 가족이란 걸 만들어볼 기회조차 얻지 못했던 그들이다.

그런데 그들 모두가 오늘 드디어 듣게 되었다. 세상에 더없이 아름다운 딸이 해주는 그 말을. 아빠, 아빠라는 말을 듣고야 만 것이다.

"으아아아아!!!"

"묘묘가 우리를 아빠로 불렀다!!"

"이제 우리도 총각귀신은 면한 거야!!"

누군가 괴성과도 같은 환호성을 지르는 것을 신호로 마인들은 일제히 소리치기 시작했다.

한쪽 옆에서 그 모습을 지켜보고 있던 금오가 끄느름한 표정으로 중얼거렸다.

"씨바, 남의 여자 데려다가 뭐 하고 있는 짓들이야? 그리고 수양딸 생긴 거와 총각귀신 안 되는 게 무슨 상관인데?"

질투 아닌 질투를 부리고 있던 금오는 무슨 생각이 들었는지, 곧 표정을 심각하게 바꾸었다.

"그런데 저 많은 괴물들이 다 묘묘의 아빠라면 내가 훨씬 불리해지는 거잖아. 나는 겨우 다섯 개뿐인데……."

엉뚱한 고민이 생기기는 했지만 혈마곡 마인들의 일로 인해 금오는 안정을 되찾을 수 있었다.

＊　　　＊　　　＊

예상치 못한 혈마곡의 등장으로 독인을 모두 잃어버린 위헌령은 참담한 심정이 되어 사막을 헤매고 있었다.

"십 년 이상을 준비해 온 일이건만 금오, 네놈 때문에 모든 것을 그르치고 말았다. 하지만 이대로 물러서지는 않겠다. 다

른 것은 몰라도 네놈 하나만큼은 반드시 죽여주고야 말겠
어."

이제 위헌령에게 남은 마지막 희망은 이곳 사막 어디엔가
나타났다는 옥유천총을 찾는 길이었다. 그곳이라면 금오에
게 복수할 방법이 분명히 있을 것이기 때문이다.

딸랑, 딸랑…….

어디선가 은은한 방울 소리가 들려온 것은 바로 그때였다.
위헌령은 흠칫 놀라 방울 소리가 들려온 곳으로 시선을 돌렸
다. 가까이에 있는 사구 꼭대기에 그가 서 있었다. 환비의 주
인…….

대낮임에도 불구하고 검은 면사로 가리고 있는 그의 얼굴
주변은 어둠으로 싸여 있는 상태였다.

'네가 나를 잘도 속여먹었겠다?

그가 약속대로 활시들을 매복시켜두기만 했다면 혈마곡이
개입했다 해도 이런 참패를 겪지는 않았을 것이다. 위헌령은
분노가 끓어올랐지만, 겉으로는 표현하지 않았다. 자신은 세
력을 모두 잃은 반면, 환비의 주인은 아직도 수많은 활시를
거느리고 있다는 사실을 알기 때문이다.

"환비의 주인께서 여기는 어쩐 일이시오?"

위헌령은 신형을 날려 사구 위에 올라서며 물었다.

"약속을 이행치 못해서 걱정을 하고 있었는데, 아무 일도
없는 것 같으니 다행이구려."

환비의 주인이 고저를 알 수 없는 음성으로 대답했다. 목소리만 들어서는 남자인지 여자인지, 노인인지 젊은인지 도무지 구분을 할 수가 없다.

자신이 독인을 모두 잃었다는 사실을 상대가 모르는 듯하자 위헌령은 다소 안심이 되었다.

"하마터면 금오에게 큰 봉변을 당할 뻔했소. 대체 활시들을 왜 매복시키지 않았던 거요?"

"갑자기 급한 일이 생겨서 그 일부터 처리하느라 그렇게 되었소. 정말 미안하게 되었소."

"그건 이미 지난 일이니 재론치 말기로 합시다."

위헌령은 대범한 웃음으로 환비의 주인을 안심시키려 하였다. 언제든 상대가 허점을 보이기만 하면 암습을 가해 환비를 빼앗을 속셈으로 말이다.

"그보다 금오를 잡을 묘안을 다시 짜봐야 하지 않겠소?"

위헌령이 묻자 환비의 주인이 나직한 음성으로 대답했다.

"물론 그럴 생각이오."

"그래, 다음엔 어떤 계획을 가지고 있소?"

"그건 천천히 얘기하도록 합시다. 지금은 그것보다 더 중요한 일이 있는 것 같으니."

"지금 금오를 처리하는 것보다 더 중요한 일이 뭐란 말이오?"

"이제 쓸모가 없어진 당신을 제거해 버리고 천라생비를 회

수하는 일이 더 중요하다고 생각하는데, 당신은 그렇게 생각
하지 않소?'

너무나도 담담하고 자연스러운 음성이어서 위헌령은 말뜻
을 얼른 알아듣지 못한 듯했다.

"지금 무슨……."

"네놈의 쓸모가 다했다는 얘기를 하고 있는 것이다."

말을 마침과 동시에 환비의 주인은 손에 들고 있던 환비를
거세게 울려내기 시작했다. 방울은 겨우 세 개임에도 불구하
고 사방에서 수천수만 개의 방울이 울려대는 듯하여 위헌령
은 정신을 차릴 수가 없었다.

'크으… 지독한 내공이다. 겨우 소리만으로 정신을 온통
흐트려 놓다니…….'

위헌령은 급히 천라생비를 꺼내 들고 북소리를 울려내기
시작했다. 음공으로 맞대응하려는 것이다.

두둥, 두둥!!

위헌령은 사력을 다하여 북소리를 울려냈지만, 방울 소리
는 조금도 잦아들지 않았고, 머리는 점점 더 혼란스러워졌다.

스스슷…….

주변 모래를 뚫고 수십 명의 인물이 솟아난 것은 바로 그때
였다. 그들은 환비의 주인이 제련한 활시들 중 최강의 능력을
지니고 있는 천령시였지만, 위헌령은 그것이 환각인지 진짜
인지조차 구분하기가 힘들었다. 환비가 지닌 최상의 능력은

바로 사람의 머리를 혼란시키는 것이었기 때문이다.

위헌령을 앞서는 환비의 주인과 오십여 명의 천령시. 아무래도 위헌령의 명은 오늘로 끝인 듯하다.

2

탑리목하에서 서쪽으로 삼백여 리 들어간 곳에 위치한 연주 지대.

외부 사람이 일부러 찾아오는 일은 평생 가도 한 번 볼까 말까 한 그곳에 오늘은 천 명이 넘는 인물들이 진을 치고 있었다. 그들은 다름 아닌 태극검가의 사람들이다.

소문에 의하면, 옥유천총은 이곳에서부터 사흘 거리에 위치한다고 하였다. 그리고 그곳까지는 물을 얻을 수 있는 곳이 더 이상 존재하지 않았다. 때문에 이곳에서 하루 동안 휴식을 취하며 물과 음식을 충분히 먹어두고, 다녀올 동안 마실 물도 준비하고 있는 중이었다.

사신교 총단 지하에서 교윤의 죽음을 목격한 이후로 담초은은 넋을 잃고 하늘을 올려다보는 일이 많아졌다.

보기 드물게 못생긴 얼굴, 남루한 행색. 그러나 자신을 위해 모든 것을 던졌던 한 사내. 그가 저 하늘 어디엔가 있을 것이 분명했기 때문이다.

'미안해요…….'

그녀는 하늘을 올려다볼 때마다 교윤에게 용서를 빌었다. 겨우 이런 뉘우침으로 그간의 잘못을 용서받을 수 없다는 것은 알고 있었지만, 이렇게라도 하지 않으면 죄책감을 감당할 길이 없으니 어쩌겠는가?

이상한 것은 교윤에 대한 죄책감이 들기 시작하자 그동안 자신이 저질러 온 수많은 잘못들이 가슴 깊이 뉘우쳐지기 시작했다는 점이다. 할아버지의 위세를 등에 업고 끝없는 오만과 이기심으로 살아왔던 세월들. 그동안 지은 죄가 너무나도 많았다.

변화…….

진정한 변화는 진정한 뉘우침으로부터 찾아온다. 진정으로 뉘우치는 순간, 삶은 새롭게 시작되며, 그동안 지은 죄는 서서히 줄어들기 시작한다. 뉘우침으로 죄가 가벼워지고, 다시 짓지 않음으로 새로운 죄가 생겨나지 않는 까닭이다.

지금도 담초은은 연주 마을과 멀리 떨어진 모래언덕에 홀로 앉아 지난날의 잘못을 뉘우치고 있는 중이다. 그때 검은 옷을 입은 사내 하나가 그녀의 시야에 들어왔다. 거리가 멀어서 누구인지는 알기 힘들었지만, 등에 긴 창을 메고 있는 모습이다.

'누구지?'

이런 생각을 떠올리는데, 연주 마을로부터 누군가 빠른 속도로 쏘아 나오고 있는 모습이 다시 시야에 잡혔다. 그 또한 먼 거리이기는 하였지만, 담초은은 그가 누군지 분명히 알 수 있었다. 그는 바로 그녀의 조부인 태극검성이었기 때문이다.

'저 사람을 만나러 나오시는 건가?'

그녀는 문뜩 의구심이 들었다.

먼 길을 걸어온 사내, 주진무는 태극검성이 왜 자신을 만나자고 했는지 여러 가지 생각을 해보았다. 두세 가지 가능성이 떠올랐지만, 그중 가장 유력한 것은 옥유천총의 등장으로 인한 천하의 혼란을 막는 데 도움을 달라는 얘기일 가능성이 컸다.

만약 그런 제의를 해올 경우에 대하여 주진무는 이미 불가(不可)의 입장을 정해놓은 상태다. 삼비를 모두 취합해 천라대력무세를 이루고, 옥유천총 또한 찾아내 최상최강의 위치에 올라서겠다는 것이 그의 결심이기 때문이다.

연주 마을에서 동쪽으로 삼백여 장 떨어진 곳. 시간은 정오. 그것이 태극검성과의 약속이었다. 그가 약속된 위치에 도달할 즈음 태극검성도 마을 쪽에서 모습을 나타냈다.

잠시 후, 두 사람은 모래밭 한가운데서 마주하였다.

주진무는 가볍게 포권을 취하는 것으로 예를 대신했고, 태극검성 인자한 미소로 그를 맞이하였다.

"무슨 용무로 저를 불렀는지 알고 싶습니다."

주진무는 단도직입적으로 물었다. 말을 돌릴 이유도 없을뿐더러 그럴 만한 마음의 여유도 없었기 때문이다.

"산책하기 적합한 환경은 아니지만, 잠시 걷지 않겠나?"

태극검성이 여유로운 미소를 지으며 말하였다. 너무 급하게 서둘지 말라는 의미일 것이다.

"그러시지요."

주진무가 고개를 끄덕이자 태극검성은 그와 나란히 걷기 시작했다.

"현 무림 정세에 대해서 어떻게 생각하는가?"

주진무가 예상했던 대로 태극검성의 무림 정세를 화두로 꺼내들었다.

"저는 그런 것에 큰 관심을 두지 않습니다."

"자네처럼 출중한 인재가 무림 정세에 관심을 두지 않는다니 의외로군."

태극검성이 다소 놀란 음성으로 돌아보았다.

"제가 해야 할 일을 아직 마치지 못했기 때문입니다. 제 앞가림도 못하는 처지에 무림 정세를 걱정한다면 그게 오히려 이상한 일이지요."

"무슨 일인지 몰라도 잠시 접어두고 무림을 바로잡는 일에 힘을 보태줄 수 없겠나?"

태극검성이 걱정스러운 눈길로 물었지만, 주진무는 그의 눈빛을 쳐다보지도 않은 채 딱딱한 어조로 대답했다.

"죄송하지만 그건 어렵겠습니다. 말씀드렸다시피 저는…… 크윽!!"

주진무는 말을 끝맺지 못한 채 고통스러운 신음을 흘렸다.

"다, 당신이 왜……?"

이건 정말이지 믿을 수 없는 일이었다. 소매 속에 숨기고 있었던 듯, 태극검성의 손에는 어느새 단검 한 자루가 들려 있었고, 검날은 주진무의 단전에 깊숙이 박혀 있는 상태였다.

태극검성이 암습을 하다니… 어찌 이런 일이 있을 수 있단 말인가?

"미안하네. 자네가 돕지 않겠다면 나 스스로 도울 수밖에."

너무나도 담담한 음성. 태극검성은 양심의 가책조차 느끼지 않는 듯했다.

"당신만은 겉과 속이 다르지 않으리라 믿었건만……."

주진무는 힘겨운 음성을 흘려내며 한 손을 뒤로 하여 천라사비를 움켜쥐었다. 그리고 생의 마지막 힘을 다하여 그것을 휘둘러 냈다. 하지만 그는 태극검성의 옷깃조차 다치게 할 수 없었다.

쓰아악!!

그가 천라사비를 휘두르는 것보다 단전에 박혀있던 단검을 횡으로 그어버린 태극검성의 움직임이 빨랐기 때문이다.

촤아아…….

분수처럼 뿜어지는 피와 쏟아져 나오는 내장들…….

주진무는 그렇게 한 많은 생을 마감해야 했다. 인적없는 사막 한가운데서, 전혀 예상치 못한 사람의 손에, 처참하게, 처참하게…….

그러나 아무도 본 사람이 없는 것은 아니다. 까마득한 사구의 정상에서 놀란 가슴을 부여잡은 채 숨죽이고 있는 담초은이 있었으니까.

'할아버지가 왜……?'

담초은은 심장이 마구 쿵쾅거렸다. 대체 무엇 때문에 할아버지가 저런 일을 저지른단 말인가? 다른 사람이라면 몰라도 할아버지는 절대 저래서는 안 되는 분이다. 그런데 왜 비열한 암습까지 해가며 사람을 죽인단 말인가?

사구에 납작 엎드린 채 그녀는 할아버지의 다음 행동을 바라보았다. 죽은 사내가 지니고 있던 장창을 삼단으로 분리하여 갈무리하고 있는 할아버지를, 죽어버린 사내를 모래 구덩이에 깊숙이 묻고 있는 할아버지를.

'나는 이제 어찌해야 하는 건가?'

담초은은 너무나 무서웠다. 그 사람이 누구이며, 왜 암습을 가했느냐고 할아버지에게 물어볼 용기는 도저히 나지 않는다. 그렇다고 아무것도 모른 척 할아버지를 대할 자신도 없다.

나는 어찌해야 하는가…….

담초은은 너무나 두렵고, 혼란스럽다.

　　　　　　*　　　　　*　　　　　*

　혈마곡 마인들과 함께 세 아빠의 뒤를 쫓고 있는 금오 일행
은 벌써 이레째 사막을 헤매고 있는 중이다. 다행히 탑리목하
에서 준비해 온 물이 떨어질 즈음 연주 지대를 만나 물은 충
분히 보충할 수 있었지만, 문제는 잡힐 듯 잡히지 않는 놈들
의 꼬리였다.

　놈들은 대체 어디로 향하고 있는 것일까? 자신을 유인하기
위함이었다면 벌써 뭔가 일을 꾸몄어야 했다. 하지만 놈들은
적당한 흔적을 남겨서 자신을 유인하고만 있을 뿐, 도무지 손
쓸 기미는 보이지 않았다.

　"씨바……."

　놈들의 자취를 따라 나가던 금오가 나직한 욕설을 흘려냈
다. 모래 바람이 땅과 하늘 사이를 가득 메운 채 몰아쳐 오는
모습을 발견한 까닭이다. 거리로 보아 수십 리는 족히 될 듯
했지만, 일행이 있는 곳에 당도하기까지 그리 오랜 시간이 걸
리지는 않을 것이다.

　여기 있는 사람들은 모두 일정 경지 이상에 도달한 능력자
들이니 모래 바람이 아무리 거세다 한들 파묻혀 죽는 일은 발
생하지 않을 것이다. 문제는 흔적이었다. 저 모래 바람이 흔
적을 모두 지워 버린다면 이 광활한 사막 어디에서 아빠들을
찾는단 말인가?

금오는 함께 와준 일행을 미안한 눈길로 돌아보았다.

모두 고마운 사람들이다. 하지만 첫째 아빠 여립은 이곳에 없었다. 혈마곡이 가세하여 아빠들의 흔적을 추적하기로 결정되던 날 여립은 옥유천총을 먼저 찾아보겠다며 떠났기 때문이다.

자신의 능력으로는 지령시도 상대하기 힘드니 있어봐야 도움이 되지 않을 것이라는 게 표면적인 이유였지만, 진짜 이유는 따로 있는 것 같았다. 아마도 천하의 안위를 뒤로한 채 개인적인 일을 먼저 해결하려는 자신의 태도를 못마땅하게 여긴 듯하였다

쿠우우우…….

불과 반 각도 지나지 않는 사이에 모래 바람이 일행을 덮쳐왔다. 무공을 익히지 않은 사람이라면 휩쓸려 날아가고 남을 만큼 거센 광풍이다. 눈을 뜨기조차 힘든 상태였지만, 금오는 곧게 뻗어 있던 아빠들의 흔적을 최대한 따라가기 위하여 방향을 유지한 채 꿋꿋하게 앞으로 전진해 나갔다.

누군가는 불평을 할 만도 하건만 그 누구도 불평을 하거나 돌아가자는 말을 꺼내는 사람 없이 묵묵히 금오의 뒤를 따랐다. 정말 고마운 일이다.

그렇게 모래 바람을 뚫고 간 지 얼마나 되었을까? 일행의 전면으로 거대한 사구 하나가 나타났다. 사막의 바람은 사구 저편의 모래를 말아 올려 이쪽 경사면으로 끊임없이 흘려 넘

기는 작용을 한다. 그래서 거센 모래 바람이 지나고 나면 사구의 위치가 변하는 것이며, 그것이 반복되면 사막의 지형 자체가 변하게 된다.

거센 모래 바람 때문에 일행은 눈을 제대로 뜨지 못한 채 힘겹게 전진해 나가고 있었는데, 선두에서 달리던 금오의 시야에 거뭇한 물체 세 개가 잡혀들었다. 심상치 않은 느낌을 받은 금오는 진기를 발산해 모래 먼지를 막으면서 시력을 끌어올렸다. 그러자 물체의 정체가 드러났다. 그들은 바로 금오가 찾고 있던 세 아빠였는데, 모래에 파묻혀 얼굴만 겨우 드러내 놓고 있는 상태였다. 그나마도 사구에서 흘러내리는 모래가 주변에 쌓여 입을 막아버리고 코까지 덮어버리려는 순간이었다.

'이런 젠장!'

속으로 외치며 급히 달려가려던 금오는 그 자리에 우뚝 멈추어 섰다. 묻혀 있는 아빠들 주변에서 심상치 않은 기운이 전해왔기 때문이다. 모래 속에 활시들이 매복해 있는 것이 분명했다. 숫자는 모두 셋. 너무 적다는 생각이 들었기에 다시 한 번 주의를 기울여 보았지만 감지되는 숫자는 확실하게 셋이었다.

이레나 끌고 다니던 것에 비하면 너무 쉽다는 생각이 들기는 하였지만, 혈도가 제압된 아빠들을 저대로 놔둘 경우 곧 숨이 막혀 죽을 것 같았기에 금오는 더 이상 주저할 수 없었다.

여럿이 다가갈 경우 놈들이 아빠들을 해칠 위험성이 있었기에 금오는 일행에게 멈추라는 수신호를 보낸 뒤 수미금강저를 꺼내 들고 천천히 접근해 갔다.

사구에서 흘러내린 모래들은 이제 아빠들의 코까지 뒤덮고 있는 상태였다. 혈도가 제압된 상태에서는 귀식대법을 펼칠 수 없기 때문에 시간이 얼마 없었다.

금오는 수미금강저에 진기를 잔뜩 주입한 채 성큼성큼 걸어갔다. 그렇게 아빠들 앞에 도착했을 즈음이었다.

파아앗!!!

아빠들 앞에 매복해 있던 세 명의 활시가 모래 속에서 솟아나오며 집중 공격을 가해왔다.

"너희 따위가 감히!!"

우우웅!!!

미리 준비하고 있던 금오는 수라금강저를 휘둘러 세 명의 활시를 차례로 쓸어나갔다.

파파팍!!!

기세 좋게 솟아 나오던 놈들은 몸이 채 빠져나오지도 못한 상태에서 머리가 박살 나 모두 절명하고 말았다.

'뭐지?'

금오는 아무래도 이상하다는 생각이 들었다. 너무나 간단했기 때문이다. 매복해 있던 놈들은 천령시 급도 아니었다.

지령시 혹은 인령시 급인 것 같았다.

금오는 만약의 사태에 대비해 긴장을 늦추지 않은 채 아빠들의 얼굴을 가리고 있는 모래를 빠르게 치워주었다. 숨을 다시 쉴 수 있게 된 아빠들은 간절한 눈빛으로 금오에게 뭔가를 말하려는 듯했다. 하지만 아혈이 제압된 듯 애기를 하지 못했다. 금오는 모래를 조금 더 파낸 뒤 아혈을 먼저 풀어주었다.

가장 먼저 아혈이 풀린 고주천이 소리쳤다.

"함정이다. 도망쳐!!"

그의 외침이 터져 나오는 순간이었다. 금오의 뒤쪽 모래가 갈라지며 한 인영이 솟아올랐다. 귀식대법을 펼쳤다 해도 이렇게 가까운 거리에서 감지가 되지 않았다면 금오의 능력에 거의 육박하는 상대임에 분명했다.

우우웅!!

금오는 반사적으로 돌아서며 수미금강저를 휘둘렀다. 그 순간 금오는 암습자의 얼굴을 똑똑히 볼 수 있었다. 그는 사신교주 위헌령이었다. 한 가지 이상한 것은 그의 눈빛이 평소와 다르다는 점이었지만, 금오는 그 점까지 신경 쓸 수가 없었다.

두둥!!

위헌령은 허공에서 천라생비를 손끝으로 튕겨 음파를 쏘아냈다. 수미금강저가 자신의 허리를 쓸어 오는 것 따위는 개의치 않는다는 태도다. 이럴 때는 정말 찰나의 순간에 생사가 결정된다.

수미금강저를 그냥 쓸어낼 것인가, 아니면 음파를 일단 피할 것인가?

금오는 두 가지 방법 모두 사용하지 않았다.

우우웅!!!

수미금강저를 그대로 쓸어내며 몸을 살짝 틀어 음파를 흘려보낼 생각이었다. 그렇게 하면 음파에 스치더라도 주요 장기가 손상되는 일은 일어나지 않을 것이다.

파가가각!!

금오의 의도대로 수미금강저의 입체 칼날은 위헌령의 허리를 그대로 분쇄해 버렸고, 그가 쏘아낸 음파는 금오의 옆구리를 살짝 스치고 지나갔다. 금오의 완벽한 승리였다.

하지만 그는 보지 못했다. 아빠들의 등 뒤에서 한 인물이 스르르 솟아오르는 것을 말이다. 그의 손에는 삼 척 단검이 쥐어져 있었다. 손잡이에 붉은 기운이 도는 세 개의 방울이 달린 단검. 그것은 바로 환비였다.

그는 이미 검을 뻗어 금오의 왼쪽 등을 겨눈 상태였고, 금오는 이제 막 사신교주를 처리하고 있는 순간이었다.

딸랑!!

방울 소리가 울렸다. 그리 크다고 할 수는 없지만 십 리는 족히 퍼져 나갈 듯 힘이 실려 있는 소리였고, 그것은 놀랍게도 검신을 통해 금오에게 쏘아져 나갔다. 물결처럼 공기를 가르며 쏘아 나가는 그 음파는 위헌령이 천라생비로 쏘아내는 것보다 훨씬 위력적인 힘이 실려 있는 듯하였다.

스아아앗!!

저만치에 서 있던 혈마곡 인물들이 소리칠 사이도 없이 음파는 금오의 왼쪽 등을 그대로 관통하고 지나갔다. 그곳은 바로 심장이 있는 부위였다.

"커억!!"

금오는 엄청난 압력에 의해 앞으로 튕겨 날아갔고, 환비의 주인은 섭물신공을 일으켜 천라생비를 회수한 뒤 곧바로 도주하기 시작했다.

일행의 눈에는 매우 느린 그림으로 모든 것이 비쳐졌지만, 위헌령이 솟아오른 것부터 환비의 주인이 금오를 암습하기까지는 그야말로 눈 깜짝할 사이의 일이었다.

"금오!!!"

빙영과 묘묘가 가장 먼저 금오에게 달려왔다. 하지만 엎어져 있는 그를 돌려 눕혔을 때 그의 동공에는 이미 생기가 남아 있지 않았다.

"안 돼!!!"

빙영이 절규하듯 소리쳤다.

콰우우우…….

모래 바람이 분다. 세상을 온통 집어삼킬 듯한 광풍이다.

第十二章　옥유천총(獄幽天塚)

1

　그날의 모래 폭풍으로 옥유천총은 다시 모습을 감추어 버렸다. 수많은 강호인들이 그것이 나타났었다는 부근을 이 잡듯 뒤지고 다녔지만, 옥유천총은 그 누구 앞에도 모습을 드러내지 않았다.

　그럼에도 불구하고 태극검가와 구파일방을 주축으로 한 정파무림의 정예 오천여 명은 인근 연주 지대에 분산하여 주둔한 채 사막을 떠나지 않았다. 지난번과 같은 모래 폭풍이 한 번 더 불어준다면 옥유천총이 모습을 다시 드러낼지도 모를 일이기 때문이다.

　그들 외에도 수천여 명의 무림인들이 소문이 가리키는 주변 일대에 운집해 있는 상태였다. 그렇게 많은 사람들이 모여 있다 보니 낙타에 물과 식량을 싣고 다니며 판매하는 장사꾼까지 생겨날 정도였다.

그런데 금오는 과연 어떻게 된 것일까?

소문의 지역으로부터 북서쪽으로 하루 거리에 위치한 연주 지대.

그곳에 혈마곡의 마인들과 금오의 일행이 머물고 있었다. 금오는 죽은 것도, 산 것도 아닌 가사 상태에 빠진 채 벌써 한 달 동안이나 정신을 차리지 못하고 있는 상태다.

환비의 주인에게 당했을 당시에는 모두 금오가 죽은 줄로만 알았었다. 그런데 아주 미약하나마 맥이 남아 있었고, 호흡도 끊길 듯이 이어지고 있는 상태였다. 그러나 보통 사람이라면 죽었다고 하는 것이 옳을 만큼 맥박과 호흡이 약한 상태였다.

모래 폭풍이 가라앉은 뒤 지금 있는 곳으로 자리를 옮긴 일행은 금오를 살리기 위하여 진기를 주입하는 등 여러 방법을 동원해 보았지만, 금오는 조금도 차도를 보이지 않았다.

이대로 영원히 못 깨어나는 것이 아닌가 불안하기도 하였지만 일행은 그를 포기하지 않았다. 깨끗한 집을 한 채 빌려 그를 눕혀놓고 오늘까지 단 한순간도 곁을 비워두지 않았다.

그를 돌보는 것은 빙영과 묘묘뿐 아니라 주선하와 하화까지 가세하여 네 여인이 교대로 하였다.

금오의 양기를 받아 조로증이 완전히 치유된 하화는 더없이 아름다운 모습으로 돌아와 있는 상태였다. 하지만 그녀의 얼굴에선 미소를 찾아보기가 힘들었다. 자신의 얼굴을 보아주어야 할 금오가 깨어나지 못하고 있으니 미모가 무슨 소용이란 말인가?

빙영과 묘묘는 이미 금오의 여자임을 인정받은 상태였지만 하화와 주선하는 그렇지도 못한 상태였다. 그럼에도 불구하고 그들 두 여인은 빙영과 묘묘 못지않게 헌신적으로 금오를 돌보았다.

만약 그녀들의 마음이 일시적인 감정이었다면 이제 지칠 때도 되었건만 그녀들은 오히려 시간이 흐를수록 더욱 헌신적인 모습을 보였다.

그런 모습을 보며 빙영은 마음속으로 이미 결정을 내린 상태였다. 금오가 깨어나기만 하면 그녀들과 그의 사랑을 나누어 받겠노라고.

그 점에선 묘묘도 이미 동의한 상태였으며, 빙영은 인덕왕부에서 요구할 경우엔 본부인 자리를 주선하에게 내줄 각오까지 되어 있었다.

이미 천하제일의 반열에 오른 금오이니 정실 자리만 차지할 수 있다면 인덕왕도 더 이상 반대하지는 않을 터였다.

네 여인을 제외한 나머지 사람들은 비교적 평온한 시간을 보내고 있었다. 그중에서도 혈마곡 마인들은 무슨 일이 있느

냐는 듯 먹고, 마시고, 떠드느라 여념이 없었다. 하지만 그것
은 어디까지나 겉모습일 뿐이다. 그들 모두도 신경이 금오에
게 쏠려 있는 것은 마찬가지였다.

그렇게 또 하루의 해가 저물어 갈 무렵이었다.

위이잉…….

심상치 않은 바람이 부는가 싶더니 붉게 노을 져 있던 서녘
하늘을 시커먼 모래 바람이 뒤덮어 오기 시작했다. 시야에 들
어오는 서쪽 지평선이 온통 모래 바람으로 뒤덮인 것으로 보
아 그날보다 한층 강한 모래 폭풍이 불어오고 있는 것 같았
다.

콰우우우…….

오래지 않아 일행이 머물고 있는 연주 지대는 모래 폭풍에
휩싸이고 말았다. 얼마나 거센 모래 폭풍이던지 코앞도 분간
하기 힘들 정도였다. 이대로 밤새 분다면 연못이 사라져 버릴
지도 모른다는 생각이 들 만큼 모래 폭풍은 무시무시했다.

밖에 나와 앉아 있던 사람들은 모두 부족민의 집으로 들어
가 바람을 피하였고, 네 여인은 금오가 모래 먼지를 먹지 않
도록 문을 꼭 걸어 잠그고, 침상 주변을 면사로 겹겹이 둘러
주었다.

똑똑…….

네 여인이 일을 모두 마쳤을 때 누군가 밖에서 문을 두드리
는 소리가 난 듯했다. 일행 중 누군가 금오가 걱정되어 온 모

양이라고 생각한 빙영은 모래 바람이 들어오지 못하도록 문을 조금만 열고 밖을 내다보았다. 그런데 밖에는 생각지 못한 손님이 와 있었다.

"초은 아가씨!!"

"나 좀 들어가게 해줘, 빙영."

담초은이 초췌한 음성으로 말하였다. 모래 폭풍을 뚫고 오느라 힘이 들기는 했겠지만, 그것 때문이라고만 하기엔 심하게 초췌한 모습이다.

빙영은 얼른 그녀를 안으로 들어오게 한 뒤 문을 걸어 잠갔다.

"안 좋은 일이라도 겪으신 건가요?"

빙영이 물었지만 담초은은 눈물이 그렁한 채 대답을 하지 못하였다. 안 되겠다 싶었던 빙영은 따뜻한 차를 내주어 그녀가 목부터 축이도록 하였다.

차를 마시는 동안에도 담초은은 눈물을 글썽거렸고, 찻잔을 잡은 손은 수전증이라도 걸린 듯 떨어댔다.

"아가씨……."

빙영이 그녀의 손을 잡으며 나직하게 부르자 담초은은 결국 울음을 터뜨리고 말았다.

"무서워, 빙영… 나는 너무 무서워서 뭘 어떻게 해야 할지 모르겠어."

"무슨 일 때문인지 말씀을 해보세요. 말씀을 하고 나면 마음도 조금은 안정이 될 거예요.”

“할아버지가… 할아버지가…….”

“주군께서 왜요? 혹시 그분께 무슨 변고라도 생긴 건가
요?”

“아니… 할아버지는 무사하셔……. 그런데… 그런데…….”

담초은은 두려움에 찬 눈빛과 흐느끼는 음성으로 그날 자
신이 본 것을 남김없이 말해주었다.

“너무 무서워서 도망쳤어. 그런데 누구에게 이 말을 해야
할지 몰라서 사방을 헤매고 다녔어. 그러다 금오가 생각나서
왔는데…….”

담초은의 말을 다 들은 빙영이 도저히 믿을 수 없다는 듯
물었다.

“제대로 보신 게 확실한가요? 혹시 아가씨가 잘못 보신 것
인지도…….”

“나도 제발 그랬으면 좋겠어. 하지만 아니야. 스스로 잘못
본 게 아닐까 하고 수도 없이 반문해 보았지만, 그분은 할아
버지가 분명했어.”

“대체 그분이 왜…….”

빙영은 넋이 나간 표정으로 고개를 저었고, 담초은의 말을
함께 들은 나머지 여인들도 커다란 충격을 받은 듯한 모습이
었다. 그로 인해 그녀들은 금오에게 변화가 일어나고 있음을
알아차리지 못하였다.

무한의 공간…….

금오는 또 한 번 그것을 경험하고 있었다. 하지만 이번엔 공공 선사가 함께하지 않았다. 무한한 공간에 오직 그 혼자 존재할 뿐이다. 아니 그건 존재라고 하기도 힘들었다. 그가 무한의 공간 자체가 되어 있는 느낌이었으니까.

한없이 펼쳐진 공간, 그 자체가 된 느낌은 과연 어떤 것일까? 너무나도 평온하여 금오는 영원히 그곳에 안주하고 싶었다. 금오로 존재하던 세상의 기억은 같은 것은 일어나지도 않는다. 그대로 존재, 그 자체만 느끼고 있을 뿐이다.

그런데 무슨 이유 때문이었을까? 어느 순간 갑자기 수많은 영상이 그의 눈앞을 스쳐 지나갔다. 그것으로 평온은 끝났다. 아직 해야 할 일이 남아 있다면 그것을 처리해야만 했다.

번쩍!!

금오의 눈이 떠졌다. 심장이 되살아나고, 호흡 또한 정상으로 돌아왔다. 겨울잠에 들어간 동물처럼 뚝 떨어져 있던 체온도, 밀랍처럼 창백했던 안색도 모두 정상을 되찾았다. 이제 마지막으로 남아 있는 일을 해야 할 시간인 것이다.

＊　　　　＊　　　　＊

―옥유천총이 다시 모습을 드러냈다!!

소문은 삽시간에 퍼져 나갔고, 한 달을 끈질기게 버텨냈던 강호인들은 그곳으로, 그곳으로 향하였다.

지난밤, 가사 상태에서 깨어난 금오 또한 예외는 아니다. 그는 모든 일행과 함께 이미 옥유천총 앞에 도착해 있는 상태였다.

'저것이 마의 근원인 옥유천총이란 말인가?'

드넓은 모래 평원 위로 거대한 건물의 상단부가 드러나 있는 모습이다. 아마도 지붕인 듯한 그것은 사방 십 리는 될 듯한 정방형이었는데, 곳곳에 기이한 괴수의 조각상과 첨탑이 돌출되어 있었다.

먼저 도착한 사람들이 입구를 뚫어놓은 듯 건물 한쪽의 모래가 넓고 깊게 파헤쳐져 있었다. 주변에 태극검가와 구파일방의 깃발이 펄럭이는 것으로 보아 입구를 확보한 것도 그들인 듯하였다.

입구에는 태극검가와 구파일방의 인물 수백 명이 진을 친 채 타인들의 접근을 막고 있었다. 아마도 옥유천총 내부에서 일어날 수도 있는 충돌을 미연에 방지하기 위한 조치인 듯하였지만, 수천 명이나 되는 군웅들이 몰려와 있는 상황이어서 그들의 힘만으로 막아내는 데는 한계가 있을 듯하였다.

"네놈들이 뭔데 옥유천총을 독차지하려 든단 말이냐?"

"어서 비켜나라! 계속 우리를 막겠다면 태극검가든 구파일방이든 쓸어버리고 들어가겠다!"

군웅들의 숫자가 계속 늘어나면서 분위기도 점점 험악해지고 있는 상황이었는데, 군웅들 한쪽이 갑자기 조용해지며 양옆으로 쫙 갈라졌다.

누가 비키라고 겁을 준 것도 아니건만 금오와 혈마곡이 등장하자 그 압도적인 기세에 밀려 저절로 물러선 것이다.

금오 일행이 다가가자 입구를 지키고 있던 정파연합 무사들이 바짝 긴장하며 앞을 가로막았다.

"이분은 금오 대협이에요. 책임자를 만날 수 있게 해주세요."

빙영이 나서며 말하자 그녀를 알아본 태극검가 인물 중 하나가 얼른 포권의 예를 취하며 말하였다.

"외호법님을 뵙습니다. 입구 방어는 이연 총사께서 담당하고 계십니다."

그때 마침 이연이 무사들을 헤치며 나타났다. 앞으로 나선 그는 한눈에 상황을 파악하고는 심각한 표정이 되었다.

"오랜만이구나, 금오."

그가 먼저 아는 척을 하자 금오가 빙긋 웃으며 대꾸했다.

"그러게. 내가 너무 오래 잠이 들었었나 봐. 그런데 여긴 왜 지키고 있는 거지? 막는다고 해결될 일이 아닌 것 같은데."

"저 안에 어떤 위험이 도사리고 있는지 모르는 상황에서 모두가 몰려 들어가면 우리끼리 서로 싸우는 일이 생길지도 모른다. 저 거대한 건물이 그대로 지옥이 될 수도 있다는 애기지."

"그쯤은 나도 알아. 내 말은 이렇게 순진한 방법으로는 저들을 막을 수가 없을 거라는 얘기지."

금오는 이연을 향해 씩 웃어주더니 뒤를 힐긋 쳐다보았다.

"이제 슬슬 효과가 나타날 때가 됐는데?"

중얼거리는 그의 말이 채 끝나기도 전에 그가 지나온 길에 서 있던 군웅들이 풀썩풀썩 쓰러지기 시작하였다.

"독을 쓴 거냐?"

이연이 놀라서 물었다.

"날 너무 그렇게 나쁜 놈으로 몰아붙이지 말라고. 저건 그냥 힘만 빼는 독이니까 생명에는 아무 지장 없어. 근무력산이라고 하지. 근래에는 별로 쓸 일이 없어서 아직 넉넉하게 남아 있으니까 이걸 사용해 봐. 누구든 다가오면 면상에다 확 뿌려 버리라고. 이틀 동안 목이 말라도 물 한 모금 마실 수 없는 고통이 어떤 건지 저절로 알게 될 테니까. 좀 치사하긴 해도 저 안에서 괜히 설치다 뒈지는 것보다는 그게 낫지 않겠어?"

금오는 주변에 있는 군웅들이 모두 들으라는 듯 내공이 실린 음성으로 말하며 근무력산을 꺼내 이연에게 건네주었다.

얼떨결에 그것을 받아 든 이연은 안색을 곧 굳히며 대꾸하였다.

"이곳에 들어갈 수 없는 건 너도 마찬가지다."

씨익!

금오가 다시 웃었다.

"그렇게 말할 줄 알았어. 그런데 우리가 들어가지 못하게 막을 준비는 돼 있는 거야?"

"……"

이연은 아무런 대꾸도 못하였다. 솔직히 이곳에 있는 인원만으론 금오 하나를 막기도 역부족인데, 혈마곡의 마인들까지 무슨 수로 상대한단 말인가?

그때 석두 선사, 개지박사, 곤륜쌍화가 앞으로 나서며 말하였다.

"우리도 못 들어가게 할 참인가?"

"네 분은 들어가셔도 좋습니다. 하지만 정파연합을 제외한 인물은 그 누구도 들이지 말라는 사부님의 엄명이 계셨습니다."

"하여간 융통성없는 건 알아줘야 한다니까."

금오가 나직이 중얼거리더니 섭물신공을 일으켜 바닥의 모래를 끌어 올렸다. 그러자 직경 세 치가량의 모래 기둥이 그의 장심으로 솟아올랐다.

"내기를 하나 하자고. 보시다시피 이건 모래야. 바람만 혹 불어도 날아가는 성질을 지녔지. 검을 쓰든 손발을 쓰든 상관 안 할 테니까 이걸 한번 무너뜨려 보는 게 어때? 이게 무너지면 우린 포기하고 여기서 입구나 지키기로 하지. 하지만 무너뜨리지 못하면 그냥 순순히 보내주는 거야. 이것도 비무의 일종이니 당신이 져서 들여보냈다고 하면 태극검성 영감탱도 아무 말 못할 거 아냐?"

이쯤 되면 이연도 더는 거부할 명분이 없었기에 조용히 검을 뽑아 들었다. 그리고,

"하아압!!"

그는 혼신의 힘을 다하여 모래 기둥을 베어 들어갔다. 금오가 대단한 성장을 이루었다는 건 알지만 설마 모래 기둥으로 자신의 검을 막을 수 있으리라고는 생각지 않았다. 그건 사부이신 태극검성도 불가능한 일이니까. 그런데 모래 기둥에 검이 부딪치는 순간,

까앙!!!

마치 만년한철에 막히기라도 한 듯 어마어마한 굉음이 일었고, 이연은 손목이 부러지는 듯한 통증으로 하마터면 검을 떨어뜨릴 뻔하였다. 반면에 금오가 만든 모래 기둥은 모래 한 알 흘러내리지 않았다.

"이제 들어가도 되지?"

금오는 방긋이 웃어주며 안으로 걸어 들어가기 시작하였고, 이연과 정파연합의 무사들은 그를 막지 못하였다. 태극검성이 나온다 해도 그를 막을 수 없다는 것을 아는 까닭이다.

2

사방 수십 장이 넘는 거대한 지하 석실.

야명주가 흘려내는 불빛으로 사위가 마치 피 칠을 한 듯 붉은색으로 물들어 있고, 그 한가운데 그가 앉아 있었다. 그의 이름은 주원호. 모든 면에서 첫째보다 월등했음에도 불구하고 셋째로 태어났다는 이유 하나만으로 황태자가 될 수 없었던 인물이다. 그래서 그는 역모를 통해서라도 황위를 찾고자 하였고, 그때 그가 나타났다.

얼굴도 이름도 모르는 자. 환비의 주인으로만 알고 있는 그가 나타나 무림과 황궁을 동시에 석권할 수 있는 방법을 제안하였다.

"천라대력무세, 그것만 얻을 수 있다면 세상에 두려울 것은 아무것도 없습니다. 그건 인간이 가질 수 있는 능력을 간단하게 초월하는 절대무공이기 때문입니다."

그가 자신에게 왜 이런 도움을 주는지는 알 수가 없다. 주원호는 오직 그가 주는 것을 받았을 뿐이다.

수만 명이 생매장당한 곳의 지하에서만 생성되며 천 년의 세월에 걸쳐 완성된다는 지옥혈정(地獄血精). 그것을 복용하여 계측 불가능한 내공을 얻었으며, 천라삼비를 합체하여 천라대력무세를 완성하였다. 이제 남은 것은 무림과 황궁을 접수하는 일뿐이다.

천라대력무세는 인간의 무공이 아니다. 그러니 열 명의 태극검성이 달려든다 해도 무서울 것이 없다. 게다가 삼천육백이나 되는 활시 군단이 자신의 명이 떨어지기만을 기다리고 있다. 이제 천하에 자신을 막을 수 있는 자는 그 어디에도 없는 것이다.

'가자, 주원호. 태어난 순서로 황위를 정하는 저 무능한 황궁을 향하여.'

주원호가 일어났다. 천하는 얼마나 많은 피를 흘려야 그를 막을 수 있을 것인가!

                    *   *   *

터엉~!

건물 내부는 한마디로 이랬다. 이 거대한 건물 내부가 아무런 것도 없이 텅 비어 있었던 것이다.

어마어마한 비급과 마병, 그리고 내공을 증진시킬 수 있는 영단이 존재할 거라던 소문과 달리 옥유천총은 그저 커다란 돌덩이에 불과했다. 울퉁불퉁한 내부의 구조로 보아 이곳은 속이 빈 거대한 암반이었던 것이 분명했다. 아마도 지붕의 조각물들은 돌출되어 있는 부분을 쪼아내 그럴 듯한 형상으로 만든 것일 뿐이고 말이다.

다만 한 가지, 내부의 중앙에는 사방 백여 장에 이르는 또 하나의 정방형 암반이 존재했다. 만약 저 안에 공간이 존재한다면 소문이 사실일지도 몰랐다. 하지만 금오는 왠지 저 안에도 비급 따위는 존재하지 않을 것 같은 기분이 들었다.

내부는 이미 수천 명의 정파연합 무사들에 의해 장악되어 있는 상황이었지만, 정도무림의 명숙이라 할 수 있는 석두 선사와 개지박사 등을 앞세운 덕에 큰 마찰은 일어나지 않았다. 하지만 혈마곡의 등장으로 팽팽한 긴장감이 조성되는 것은 어쩔 수 없었다.

일행이 나타났다는 소식을 들은 듯 태극검성이 일단의 인물과 함께 달려왔다. 함께 온 사람들은 개지박사를 제외한 강호사대기인과 구파일방의 장문인들인 듯하였지만, 상황이 상황인만큼 일일이 인사를 나누는 따위의 번다한 예의는 차리지 않았다.

"오랜만이오."

금오가 먼저 인사를 하자 태극검성도 인자한 미소로 화답하였다.

"좋지 않은 소문이 들려서 걱정하였더니, 무사히 돌아왔구나."

"나는 무사히 돌아왔지만 그렇지 못한 사람도 있는 것 같소."

"누굴 말하는 게냐?"

"주진무라고 의형을 삼고 싶은 사람이 있었는데, 그가 누군가에게 죽었다는 소리를 들었소."

금오는 말을 하며 태극검성의 반응을 살폈다. 아니, 그는 어쩌면 다른 사람을 보고 있었는지도 모른다.

"주진무 왕자가 죽었다고?"

"그렇소. 왕자이기도 하지만 천라사비의 주인이기도 했었소."

"으음… 그렇다면 천라삼비의 주인 중 다른 누군가가 벌인 일인 모양이구나."

"영감탱은 처음 듣는 소리요?"

영감탱이란 말에 구파일방의 장문인들은 인상이 와락 일그러졌지만, 금오는 개의치 않았다.

"처음 듣는 소리다만……? 혹시 나를 의심하는 게냐?"

"그럴 리가 있겠소? 혹시라도 그랬다면 오히려 다행한 일이겠지만."

"그건 또 무슨 소리냐?"

"내가 알기로 영감이 환비의 주인은 아닌 것이 분명하오. 그런데 사신교주는 내 손에 죽었고, 천라생비는 환비의 주인이 탈취해 가버렸으니 만약 진무 형도 환비의 주인이 죽인 것이라면 그의 손에 천라삼비가 다 모인 셈이 되기에 하는 말이오."

"그 말은 천라대력무세가 이미 완성 됐을지도 모른다는 뜻이냐?"

"그럴지도 모르는 게 아니라 아마 분명히 그럴 거요. 그리고 내 추측이 맞는다면 이곳 옥유천총이 사라졌다 다시 나타난 것도 누군가 꾸민 일일 가능성이 크고 말이오. 마치 모래 폭풍 때문에 사라졌다 다시 드러난 것처럼 보이기는 했지만, 모래 폭풍에 그렇게 쉽게 드러나고 사라질 것이었다면 그 오랜 세월 동안 수천 번은 더 발견됐을 테니까.”

금오의 말에 모두가 고개를 끄덕였다. 비록 모래 폭풍이 거세기는 했지만, 어딘가 인위적인 냄새가 나는 것은 사실이었다. 금오의 말이 이어졌다.

“처음에 이곳이 드러난 것은 무림의 정예 세력을 이곳으로 유인하기 위함이었을 테고, 중간에 다시 사라진 것은 시간이 필요했기 때문일 거요. 그리고 어제 다시 나타났다는 것은 천라대력무세가 완성되었음을 의미하는 것이고 말이오.”

유인, 그리고 천라대력무세의 완성. 그것은 어쩌면 천하무림의 몰살을 의미하는 것일 수도 있었기에 모두의 얼굴에 긴장감이 역력하게 드러났다.

하지만 금오는 여전히 여유로운 표정이다.

“어? 무욕개 영감탱도 행차하셨네? 찻잔에 들러붙은 입술 떼어내느라 고생 좀 하셨을 텐데, 밥 먹는 덴 지장없는 거요?”

“시끄럽다, 이놈아!!”

버럭 소리를 지르는 무욕개를 놓아둔 채 금오의 시선이 이번에는 귀곡신수에게 돌아갔다.

“영감탱도 여전하시네. 십 년을 넘게 봤는데, 어떻게 늙지도 않아?”

“네 녀석 제자 삼기 전에는 억울해서 못 늙을 것 같다.”

　귀곡신수가 빙긋이 웃으며 대꾸하자 금오가 다가가며 말을 받았다.

"그 꿈은 그만 버리셔. 제자 삼기엔 내가 너무 커버렸으니까."

"그런 것 같기는 하구나. 하긴 이곳을 살아서 빠져나가지 못한다면 제자고 뭐고 다 헛소리에 불과할 테지."

"왜 그렇게 암울한 소리를 해? 걱정 말라고. 내가 있는 한 아무도 다치지 않고 빠져나가게 될 테니까. 아, 환비의 주인은 죽을지도 모르겠군."

너무나도 당당한 금오의 말에 귀곡신수가 놀란 표정으로 물었다.

"네 입으로 천라대력무세가 완성됐을 것이라 하지 않았느냐? 그런데 아무도 다치지 않을 거라니, 천라대력무세를 꺾을 자신이라도 있는 게냐?"

"뭐, 어려울 거 있겠소? 천 년 전이든 이천 년 전이든 인간이 만든 것이 분명하다면 인간의 손에 깨지는 것이 당연한 일인데."

그의 대답에 귀곡신수는 물론 주변의 모두가 눈을 휘둥그렇게 떴다. 고약한 말버릇 때문에 인상을 찌푸리고 있던 구파일방의 장문인들도 더 이상 그를 가볍게 보지 못하는 표정이다.

"대체 무엇을 얻었기에 그리도 큰소리를 치는 게냐?"

귀곡신수가 궁금하다는 표정으로 물었다.

“무한의 힘.”

“무한의 힘?”

“그렇소. 천라대력무세든 그 할아비든 인간이 만들어낸 것이라면 무엇이든 깨뜨려 버릴 만한 힘을 얻었소.”

“그 말이 허풍이 아니란 걸 어떻게 증명할 테냐?”

“꼭 증명해야만 하오?”

“만약 허풍이라면 너를 믿었던 전 무림이 혼란에 빠질 수도 있기에 하는 말이다.”

“그렇다면 걱정을 덜어드리도록 하지.”

금오는 주변을 둘러보더니 태극검성과 제갈혁세를 번갈아 쳐다보며 말하였다.

“무림의 양대 산맥을 이끌고 있는 두 영감탱이 좋겠네. 서로 죽이지 못해 으르렁거리는 두 사람이 힘을 합해서 나와 내력 대결을 펼쳐 보자고.”

“이런 버르장머리없는 녀석! 내 아우들에게 무공을 배운 지 얼마나 됐다고 건방을 떠는 거냐?!”

제갈혁세가 먼저 발끈하여 소리쳤고,

“너무 무모한 것 아니냐?”

태극검성도 못마땅한 표정으로 대꾸하였다.

“둘 다 나를 제자로 삼지 못해 안달했잖아. 그러니 제자 삼았다 치고 청출어람하는 기분을 한번 느껴보라는 건데, 왜 쌍심지는 돋우고 그래? 청출어람 좋잖아? 둘이 합심해 보면 으르렁거리는 것보다 친구로 지내는 것이 좋다는 생각이 들지도 모르고. 괜히 앙탈 부리지 말고 어서들 덤벼봐.”

정말 말하는 싸가지(?)는 참 밥맛이다. 이래 가지고는 무림을 구해도 영웅 대접받기는 힘들 듯하다.

어쨌든 금오가 양손을 앞으로 내민 채 자세를 잡자 태극검성과 제갈혁세는 못마땅한 표정을 지으면서도 각기 한 손을 마주 대었다.

“자, 시작하자고. 진기는 내가 알아서 처리할 테니까 사력을 다해봐. 어줍지 않게 봐준다고 설치다가 창피당하지 말고.”

“이런 건방진 놈!!”

제갈혁세가 성난 음성으로 소리치며 먼저 진기를 쏟아 넣기 시작했다. 한번 혼 좀 나봐라 하는 식으로 대량의 진기를 쏟아 넣었지만, 금오는 빙긋이 웃기만 할 뿐 조금도 힘든 기색을 내비치지 않았다. 그러자 제갈혁세는 지닌바 능력을 한껏 끌어올렸다. 하지만 금오는 여전히 웃을 뿐이다.

“좋다. 노부의 진기도 한번 받아보거라.”

태극검성도 드디어 진기를 쏟아 붓기 시작했다. 하지만 금오는 여전히 여유로운 표정이다. 태극검성이 점점 진기를 올려도 마찬가지였고, 끝내는 두 사람이 전력을 다 쏟아 부었지만, 망망대해에 냇물이 흘러들 듯 금오는 요지부동이었다. 그렇게 이 대 일의 진기 대결이 정점에 이른 순간이었다.

쉬이익!!

낮고도 강렬한 파공음이 일며 날카로운 비수 한 자루가 금오의 등을 찔러 들어갔다.

파아악!!

비수는 여지없이 금오의 왼쪽 등에 박혀들었다. 심장이 있는 바로 그곳에.

"크억!!"

비명이 흘러나왔고, 모두는 순식간에 일어난 사건에 놀라서 모두 굳어버리고 말았다.

"대체 어떻게……."

나직한 음성이 흘러나왔다. 그것은 금오가 아니라 그의 뒤에 있던 귀곡신수가 흘려낸 음성이었다. 금오를 암습한 흉수는 바로 그였던 것이다. 하지만 등에 깊숙이 박혀 있어야 할 비수는 한 푼도 파고들지 못한 상태였고, 내력 대결을 벌이고 있어야 할 금오의 좌수가 오히려 귀곡신수의 가슴에 깊숙이 박혀 있는 모습이었다.

금오가 빙긋이 웃으며 돌아섰다.

"모든 일의 배후에 영감탱이 있는 게 아닌가 의심을 하고 있었거든. 그래서 일부러 영감탱에게 암습할 수 있는 기회를 줘본 거야. 제발 아니기를 바라면서. 물론 두 영감탱에게 말해서 방금 전에 진기를 미리 거두게 해두었지. 엄한 사람들을 다치게 할 필요는 없으니까."

"어떻게… 안 거냐… 나라는 사실을……."

“태극검성 영감탱이 진무 형을 암습했다는 말을 들었을 때부터 의심이 생겼지. 내가 아는 태극검성 영감탱은 절대로 누군가를 암습할 사람이 아니야. 그렇다면 과연 제자도 구분하기 힘들 정도로 태극검성 영감탱 흉내를 낼 수 있는 사람이 누구일까 생각해 봤지. 그랬더니 답이 너무 쉽게 나오더라고. 그럴 능력은 지닌 인물은 천하에 오직 하나, 천신만안지공을 익히고 있는 영감탱뿐이었으니까.”

“크흐… 그랬구나……. 네놈을 통해… 무림을 분열시키려던 내 계획이… 오히려 나를 드러내는 꼴이 되고 말았어…….”

“대체 왜 그런 거야? 무림과 무슨 원한을 졌다고 이런 짓을 저지른 거냐고.”

“원한 따위는… 없다… 옥유천은 이럼으로써… 존재의 가치를 갖는 집단이니까…….”

“참 슬픈 일이군.”

“네 녀석이 슬퍼할 일이… 하나 더 있을 것 같구나…….”

“또 뭐가 남은 건데?”

금오가 되묻는 사이 귀곡신수의 얼굴이 서서히 변하기 시작했다. 죽음에 임박하여 진기가 소실되자 그의 진면목이 나타나고 있는 듯하였다. 그런데,

“이런 젠장!!!”

금오가 절망 어린 음성으로 소리쳤다.

서서히 드러나는 얼굴. 그것은 다름 아닌 첫째 아빠 여립이

었던 것이다.

"왜!! 왜!!"

금오가 다시 소리쳤다.

"귀곡신수로서는… 부끄러울 것이 없다……. 내 일을… 한 것뿐이니까… 하지만 네 아비로서는… 미안하구나…….."

귀곡신수, 아니, 여립의 양안에 눈물이 고여 들었다. 배후에서 천하를 주물렀던 그도 아비라는 이름 앞에서는 인간일 수밖에 없는 모양이다. 그래서 여립의 모습으로는 금오를 상하게 하지도 못했던 것이고 말이다.

금오도 그것은 알 수 있다. 그가 만약 첫째 아빠의 모습으로 자신을 죽이려 하였다면 절대 막아내지 못했을 테니까.

"아빠……."

금오의 입에서 울먹이는 음성이 흘러나왔다. 목이 메여 말끝이 들리지 않는 음성이다. 하지만 후회는 없다. 아빠에게 손을 쓴 것은 아니니까.

"조심해라… 천라대력무세는 무섭다… 삼천이 넘는 활시도… 끄륵!!"

여립은 아비로서 마지막 당부를 하며 그렇게 눈을 감았다.

금오는 입술을 깨물며 그의 몸에 박혀 있는 손을 뽑아냈다.

"환비의 주인… 귀곡신수를 죽인 건 내가 아니라 첫째 아빠였어. 첫째 아빠가 천하를 구한 거야."

그가 나직이 중얼거리는 동안 네 아빠가 다가와 여립의 시신을 수습하였다.

중앙에 있던 정방형 암반에서 묵직한 소음이 울려 나온 것은 바로 그때였다.

그그그궁…….

"세상에……."

대체 어떤 기관 장치가 되어 있는 것인지 그 거대한 암반이 통째로 밀려 나가며 바닥의 입구가 드러나고 있었다. 저런 식으로 되어 있으니 정파연합이 아무리 조사를 해도 석문 같은 것이 발견되지 않았던 것이다.

그그그그…….

암반이 밀려 나가며 어느 정도 입구가 드러나자 넓은 계단을 통해 활시들이 대오를 맞춰 걸어나오기 시작했다.

삼천육백의 활시. 가장 약한 인령시라 하더라도 일 갑자의 내력이 있는 자만이 파괴할 수 있는 무시무시한 존재들이다.

태극검성과 구파일방의 장문인들은 활시들을 상대할 수 있는 극소수의 정예만 남기고 나머지는 모두 밖으로 나가도록 명하였다. 또한 남아 있는 무림 명숙들이 그들을 막지 못할 경우를 대비하여 입구에 강력한 진세를 설치하도록 진식에 조예가 깊은 도사 몇 명도 나가도록 조치하였다. 그리고 남아 있는 사람들은 이곳에서 모두 죽을 각오로 버티고 섰다. 하지만 금오는 여전히 여유였다.

"하여간 늙으면 걱정만 많아진다니까. 저 살아 있는 시체

들하고 싸울 거 뭐 있어? 천라대력무세를 익힌 놈 하나만 없
애면 그만이지.”

“크크크……”

금오의 말이 끝나는 순간, 계단 아래쪽에서 음산한 웃음이
흘러나오는가 싶더니 한 인물이 활시들을 뛰어넘어 일행의
앞에 내려섰다.

삼황자 주원호. 그를 발견한 순간 사람들은 또 한 번 놀라
야 했다. 천하를 집어삼키려 하는 천라대력무세의 주인이 황
자였다니…….

“금오… 네놈의 주둥이는 여전히 건방지구나.”

“그래도 나는 천하를 뒤집어엎을 생각은 하지 않아. 대체
황자씩이나 되는 사람이 뭐 할 짓이 없어서 스스로 괴물이 되
려고 하는 거야?”

“닥쳐라!! 너 따위 비천한 하오문 출신은 나의 아픔을 알지
못한다.”

“그래, 무슨 아픔을 가지고 계신데?”

금오가 그에게 되물을 때였다.

“모든 면에서 나보다 뛰어난데 황태자 자리를 차지할 수
없었던 것이 못내 아팠던 게지.”

입구 쪽에서 생각지 않은 음성이 들려왔다. 모두가 놀라서
돌아보니 황금색 비단의를 걸친 인물이 수백 명의 동창 고수
들을 이끌고 다가오고 있었다. 그는 다름 아닌 대명 제국의

황태자였다.

"잘됐군. 잘나신 황태자 나리께서 등장하셨으니 여기서 무림과 황실까지 끝장낼 수 있겠어."

"못난 인간! 겨우 황위에 오르고 싶어서 이런 짓을 저지른 거야?!"

금오가 소리쳤다. '겨우 황위'라는 말에 주원호와 황태자는 흠칫 놀란 표정을 지었고, 주변의 무림 명숙들도 놀란 눈빛으로 바라보았다.

"자기가 이끌어야 할 백성을 아무렇지도 않게 죽이는 인간이 무슨 황제가 되겠다는 거야? 그런 게 황제라면 이 나라에 황제 못 될 사람이 어디 있겠어?"

이어지는 금오의 질책에 주원호가 발끈하여 소리쳤다.

"하오문 나부랭이가 감히 황실을 능멸하려 드는 거냐?!"

"잘못했으면 황실이라도 욕을 먹는 게 당연한 거야."

"건방진 놈!!"

주원호는 크게 화난 표정으로 손에 들고 있던 천라대력무세를 치켜 들었다. 장창의 상단에 단검이 결합되고, 하단의 은경 부위에 소고가 결합되어 탄생한 천라삼비의 합체. 그 모습이 괴이할뿐더러 그것으로부터 흘러나오는 기운 또한 기괴하기 그지없었다.

딸랑……

천라대력무세로부터 환비의 방울 소리가 울려 나왔다. 그러자 삼천육백여 활시들이 도검을 뽑아 들었다. 드디어 천하를 건 한판의 승부가 펼쳐지려는 순간이다. 그런데 그때,

"이봐, 괜히 여럿 잡지 말고 둘이 해결하는 게 어때?"

금오가 뜻밖의 제안을 하였다.

"네놈이 끝까지 건방을 떨겠다는 거냐?"

주원호는 자신을 이길 상대는 세상에 존재하지 않는다는 듯 비웃음을 머금었다.

"활시는 어차피 다른 사람들이 막아줄 거야. 그러니 당신은 나를 상대해야만 하겠지. 그러니 괜히 여럿 힘들게 하지 말고 우리 둘이 해결하자고. 만약 당신이 깨진다면 활시가 온 무림을 초토화시킨다 해도 아무런 의미가 없잖아. 반대로 내가 깨진다면 이쪽에선 솔직히 당신을 이길 사람이 없으니 순순히 무릎을 꿇을 거야. 당신이 명령하는 대로 네, 네, 하며 따를 거란 얘기지."

"그걸 어떻게 보장할 테냐?"

"황궁은 몰라도 무림은 그럴 거라고 약속할 수 있어. 그렇지 영감탱들?!"

금오가 돌아보며 큰 소리로 묻자 태극검성과 제갈혁세를 비롯한 무림의 명숙들은 '이런 버르장머리없는 놈을 봤나!' 하는 눈길로 쏘아보았다. 하지만 그의 제안엔 큰 이론이 없는 듯하였다. 솔직히 금오가 막지 못한다면 그를 막을 사람은 아무도 없을 것이며, 조금 비겁하기는 해도 금오가 지더라도 싸

울 기회는 여전히 남아 있기 때문이다.

"그렇게 멀뚱히 서 있지들 말고, 세상을 말아드시려는 저 철없는 황족에게 확실하게 약속을 해주라고. 그래야 단둘이 간단히 끝낼 거 아냐?!"

금오가 소리치자 태극검성, 제갈혁세, 그리고 구파일방의 장문인들이 한목소리로 대답하였다.

"우리 무림은 금오가 약속한 대로 따를 것이오."

아직 금오에 대해서 모르는 황태자는 상황의 급변에 적잖이 당황하는 표정이었지만, 주원호는 이미 끝난 싸움이라는 듯 비릿한 미소를 머금었다.

"좋다, 금오. 네놈이 제안한 대로 단둘의 대결로 마무리 짓도록 하겠다. 그러나 만에 하나라도 네놈이 졌음에도 불구하고 무림이 굴복하지 않는다면 전 무림은 물론 그들의 식솔 하나까지 남김없이 도륙하고 말 테다."

"정말 무시무시한 인간이네. 좋아, 좋아. 삶아 먹든 구워 먹든 나 죽은 다음에는 당신 마음대로 하라고. 그런데 날 이길 자신은 정말 있는 거야?"

"천라대력무세를 보고 나면 그 건방진 주둥이는 저절로 다물어지게 될 것이다."

"좋아. 이제 시작해 보자고."

금오가 말을 받으며 수미금강저를 꺼내 들자 주원호도 천라대력무세를 비껴든 채 진기를 끌어올리기 시작했다.

쿠우우우우…….

진기를 끌어올린 주원호의 주변은 금방 어둠의 기운으로 물들어 가기 시작하였고, 그 기운은 점점 확장하여 방원 십여 장을 뒤덮어 버렸다. 실로 무시무시한 기세였다.

"오너라, 금오!!"

어둠의 기운 내부에서 나직한 음성이 흘러나왔다.

"하여간 뭐 좀 하는 인간들은 괜히 무게 잡는 걸 좋아한다니까? 좋아, 와주길 바란다면 내가 들어가지."

말을 마침과 동시에 금오는 수미금강저를 든 채 어둠 속으로 쇄도해 들어갔다. 수미금강저로 어둠을 가르는 따위의 일은 일어나지 않았기에 그의 모습은 곧 어둠 속에 파묻혀 버리고 말았다. 대체 저런 식으로 어떻게 천라대력무세를 이기려는 것인가? 무림 명숙들의 얼굴에 어두운 그늘이 드리웠다. 그때,

"천―라―대―력―무―세―!!!"

옥유천총을 무너뜨릴 듯한 주원호의 외침이 터져 나왔고, 곧이어,

"놀고 자빠졌네!!"

말도 되지 않는 금오의 기합성(?)이 흘러나왔다. 그러나 듣는 사람의 맥이 다 빠질 것 같은 음성과 달리 뒤이어 나온 격돌음을 그야말로 무시무시하였다.

쩌―저저저적!!!

지척에 수십 개의 뇌전이 내리 꽂히는 듯한 굉음이 연속해

서 일어났고, 일대를 감싸고 있던 어둠의 기운은 몇 배나 되는 크기로 확장되었다가 수축하기를 반복하였다.

그러던 어느 순간,

쩌엉!!

거대한 바위가 갈라지는 듯한 굉음과 함께 일대를 감싸고 있던 어둠의 기운이 확 흩어져 버렸다. 그리고 드러나는 모습.

"와아아아!!!"

상황을 파악한 금오 측 사람들의 입에서 환호성이 터져 나왔다. 금오가 방긋 웃는 얼굴로 손을 흔들고 있었기 때문이다.

"금오, 만세!!"

"하오문 만세!!"

태극검가도, 혈마곡도, 나머지 무림인들도, 황태자와 동창의 고수들도, 모두 하나가 되어 그렇게 외쳤다. 금오 만세라고, 하오문 만세라고…….

대하오문의 역사가 시작되려는 순간이다.

『하오문 금오』大尾

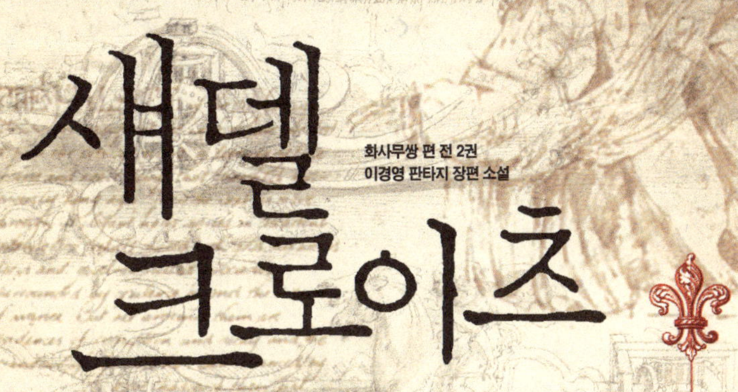

섀델 크로이츠

화사무쌍 편 전 2권
이경영 판타지 장편 소설

『가즈나이트』의 명성과 신화를 넘어설
이경영의 판타지의 새로운 상상력!

자신만의 독특한 세계관을 창조한 작가
이경영의 새로운 도전과 신선한 충격.

바란투로스의 특수부대 섀델 크로이츠의 리더 파렌 콘스탄.
야만족을 돕는 안개술사를 물리치기 위해 아시엔 대륙에서 온
불을 뿜는 요괴 소녀 카샤.
너무나 다른 두 사람이 운명의 길에서 만나다.
친구란 이름으로 시작된 모험, 그 앞에 놓인 난관과 운명의 끈은
어떻게 될 것인지……

"질투가 날 만도 하지.
요괴가 산신령을 엄마로 두는 건 흔한 일이 아니거든.
괜찮다, 파렌, 본좌가 아는 요괴들 전부 본좌를 질투하고 부러워하니까."
소녀는 손에 잔뜩 받은 빗물을 홀짝 마셨다.
파렌은 그 순수함에 웃음을 흘렸다.
그는 지금까지 자신이 봤던 그녀의 기이한 행동들을 어렴풋이나마 이해할 수 있을 것 같았다.
그렇게 친구가 된 둘은 그 길로 긴 여행을 떠나게 된다.

본문 중에-

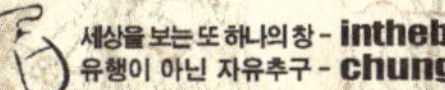
세상을 보는 또 하나의 창 - inthebook.net
유행이 아닌 자유추구 - chungeoram.net

Book Publishing CHUNGEORAM

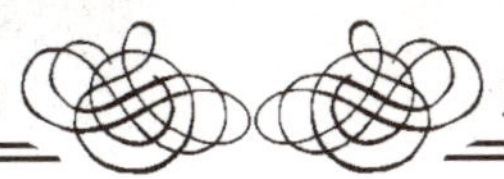

공부하는 감각의 차이가 자녀의 미래를 결정한다.
이 시대가 필요로 하는 명품 인재 만들기!

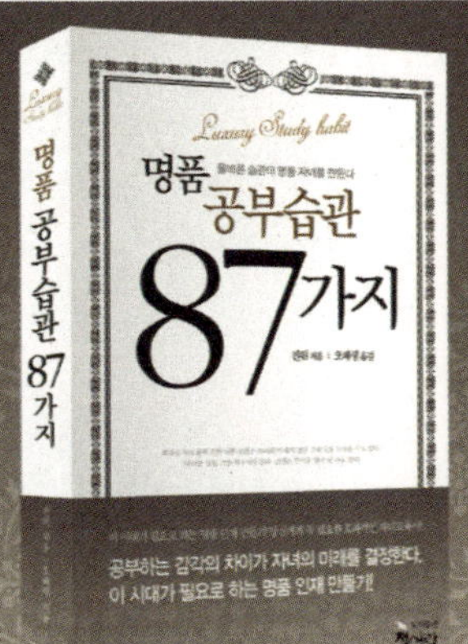

Luxury Study habit

올바른 습관이 명품 자녀를 만든다

명품 공부습관 87가지

저자 : 친위
역자 : 오혜령

❖ 똑소리 나는 부모의 똑소리 나는 자녀 교육법!

어린 시절의 습관은 평생을 결정한다.
제대로 바로잡지 못한 나쁜 습관은 자녀의 미래에 검은 그림자를 드리울 수도 있다.
대부분의 부모들은 아이의 잘못된 습관을 발견하면 언성을 높이는 경향이 있다.
하지만 그것이 문제 해결의 방법이 아님을 당신은 이미 알고 있을 것이다.
지금 당신은 적절한 대안을 찾지 못해 힘겨워 하고 있지는 않은가.
내 아이가 명품 인생으로 살아가길 희망하는 부모라면 이 책에 귀를 기울여 보자.

❖ 내 아이가 세상의 중심에 우뚝 설 수 있게 하는 방법!

이 책은 잘못된 공부습관과 대인관계 형성 등의 문제 등을
87가지 이야기를 통해 알아보고 그에 걸맞는 올바른 해결책을 제시해주고 있다.
이 한 권의 책을 통해 똑소리 나는 부모가 되어보자.
그리고 내 아이가 최고의 명품으로 거듭날 수 있도록 노력해보자.
이 책은 분명 당신에게 꼭 맞는 효과적인 자녀교육서가 될 것이다.

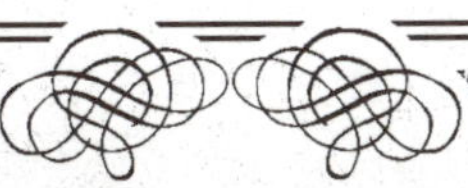

Book Publishing CHUNGEORAM

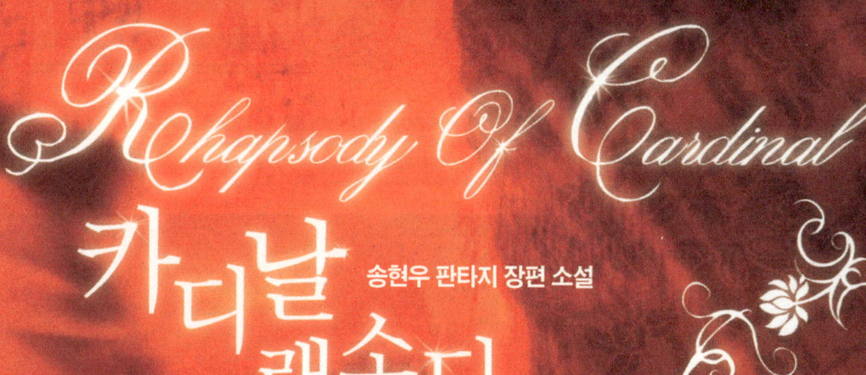

놀라운 경험(the enormous experience)!

He created a completely new world.
It is a place who have never known and where never been able to imagine.
This splendid world will introduce the enormous experience for the
person only who reads.

그 누구에게도 알려진 것이 없으며 상상조차 할 수 없었던 새로운 세계를
작가는 완벽하게 창조해내었다.
이 멋진 세계는 독자들만이 체험할 수 있는 놀라운 경험으로 인도할 것이다.

판타지는 허구다? 아니다. 판타지는 일상이다.
우리의 삶은 연속된 판타지의 연장선상에 놓여 있고,
상상은 우리의 일상을 더욱 살찌운다.
『카디날 랩소디(Rhapsody of Cardinal)』를 경험하는 독자들은
더욱 풍부한 일상 속에서 새로운 삶을 경험할 것이다.
멋진 만남! 흥미로운 경험! 이것이 『카디날 랩소디』가 가진 장점이며,
작가 송현우가 독자들에게 바라는 꿈이다.

세상을 보는 또 하나의 창 - inthebook.net
유행이 아닌 자유추구 - chungeoram.net
Book Publishing CHUNGEORAM